女经理人

魏魏梓 著

中国言实出版社

图书在版编目（CIP）数据

女经理人 / 魏魏梓著 . — 北京：中国言实出版社，
2020.2

ISBN 978-7-5171-3419-0

Ⅰ.①女… Ⅱ.①魏… Ⅲ.①长篇小说—中国—当代
Ⅳ.① I247.5

中国版本图书馆 CIP 数据核字（2020）第 007115 号

责任编辑：史会美
责任校对：崔文婷

出版发行 中国言实出版社

地　址：北京市朝阳区北苑路180号加利大厦5号楼105室

邮　编：100101

编辑部：北京市海淀区北太平庄路甲1号

邮　编：100088

电　话：64924853（总编室）64924716（发行部）

网　址：www.zgyscbs.cn

E-mail：zgyscbs@263.net

经　　销 新华书店

印　　刷 旭辉印务（天津）有限公司

版　　次 2020年7月第1版　2020年7月第1次印刷

规　　格 710mm×1000mm　1/16　18.5印张

字　　数 280千字

定　　价 58.00元　ISBN 978-7-5171-3419-0

目 录 CONTENTS

1. 重逢   1

2. 希望就在远方   5

3. 守得云开见月明   9

4. 谢幕的地产盛宴   14

5. 曾经相爱，又何必互伤?   18

6. 生命要像野草一样顽强生长   24

7. 请君入瓮   29

8. 那年，那时，那爱情   34

9. 地产新秀初露头角   39

10. 融入深海市   44

11. 我的命运，是不平凡   50

12. 快刀斩乱麻，成功逆袭   56

13. 突然而至的爱   61

14. 青涩而又慌乱的青春   67

15. 受地产商青睐，敲开深海市大门   72

16. 君子之仇   77

17. 好邻居、好姐妹   82

18. 巾帼不让须眉　　　　87

19. 非典时期的爱情　　　93

20. 打响高端地产第一枪　　97

21. 图丁广告的乐与痛　　102

22. 将爱情双手奉上　　　107

23. 入住尚湖花都的女人们　112

24. 要面包还是爱情　　　115

25. 第二次抉择　　　　　120

26. 遇初恋，小曼陷旧情　124

27. 突出重围，创办美丽奥　128

28. 洛杉矶的新生　　　　132

29. 错乱的爱情往事　　　137

30. 结婚了，真爱就是一场梦　143

31. 丽江情　　　　　　　148

32. 美丽的邂逅　　　　　154

33. 爱情像雨又像雾　　　160

34. 归零，重新出发　　　166

35. 深广合地产迈入高端开发商行列　171

36. 狂飙的地产，疯狂的购房者　176

37. 比男人更可靠的，是工作　181

38. 野蛮生长，各显神通　185

39. 是真心还是假意　189

40. 你不知道遇上谁，开始怎样的因缘　193

41. 硝烟弥漫的职场　198

42. 一场游戏一场梦　202

43. 八度广告　207

44. 管控开始了　211

45. 世事难料　215

46. 玩火者　220

47. 貌合神离　225

48. 学区房　230

49. 天下没有免费的午餐　234

50. 凋零的记忆　239

51. 养虎为患　243

52. 还情   248

53. 迷雾被一步步解开   253

54. 自欺欺人   258

55. 洗尽铅华   263

56. 日出与日落   267

57. 房子是用来住的   271

58. 旧爱，已远去   276

59. 要不要宽恕?   280

60. 一个时代的结束   285

1. 重逢

2016 年 12 月 20 日晚，17 点 40 分，香港国际机场。

作为全世界最开放的自由港、最繁忙的航空中转站之一，香港国际机场每天吞吐着数以万计的乘客。人来人往，每个人都步履匆匆，或是神情严肃的商务人士，或是新奇兴奋的各地游客。

在这个时间以秒计算的、寸土寸金的大都市里，每个人的故事都被淹没在庞大无比的钢铁丛林中。迅速迭代的城市里，在被滚滚洪流裹挟着向前奔腾的时代面前，个人的悲欢离合仿佛只是大江大河中的一粒沙。尽管对这粒沙本身来说，那些故事就是全世界。

马上就要登机了，苏明萱并不着急起身，她所在的贵宾休息室离 3 号登机口只有几步路的距离。此刻，她仍然有时间品着杯中的咖啡，沉淀一下纷乱的思绪。

移民洛杉矶的她，已经快两年没有再回到与香港隔海相望的深海市。大学毕业后，深海市不仅仅是她的第一个落脚点。从 22 岁开始，人生中最美好的 10 多年，苏明萱在深海市和香港之间频繁往来，两个城市交织成她生命中最难忘的记忆。如今这里却已是故乡，此次一别，又不知何时能再回来。

苏明萱透过贵宾室高大的玻璃窗户出神地看着香港机场和远方深海市

的方向。突然像是做了什么决定似的，她果断放下咖啡杯，站起身，深深吐了口气，套上乳白色貂皮大衣，拿起随身的行李箱，头也不回地向登机口走去。

为了保证旅行途中有一个舒适、安静的空间，苏明萱选择了头等舱。头等舱有专门的空乘提供管家式服务，苏明萱在空乘的引领下来到自己的座位，放好随身的行李之后，殷勤又亲和力十足的空乘丽萨立刻端上热毛巾和几样饮品供她选择。

飞机即将起飞，苏明萱拿出一本书正准备看，丽萨俯身轻声问她，是否介意有位升舱的客人坐在她身边的空位。

"OK，不介意。"苏明萱漫不经心地说。经常长途飞行的她了解很多拥有航空公司高端会员的乘客，在条件允许的情况下会享受免费或者付费升舱的服务。头等舱的私密性足够好，即便有乘客坐在边上，也并不会带来什么困扰。

不一会儿，丽萨引领着那位升舱的客人落座。苏明萱不经意间抬头看了一眼，正赶上对方也礼貌性地向她点头致意。

"你好……"

一瞬间，两个人都愣住了。空气仿佛凝滞了一般。

是他。苏明萱的心像被什么紧紧攥了一下，钝钝的窒息似的揪痛。

是她。邻座客人错愕的神情上难掩一丝尴尬和慌乱。

"你好。"12年来，每次想起他的钝痛持续时间逐渐变短，这次也只是突然又被过往刺痛了一下而已。苏明萱平复心情之后淡淡回了招呼。

"明萱……吗？"邻座的男人神色复杂地试探道。

苏明萱没有看他，以挺直的脊背、高昂的头颅、精致的嘴角的一抹微笑，算是给予回答。

他怎么可能认不出她？这么多年来，苏明萱在他眼里没有变化，仍然那样美丽、知性、落落大方。唯一变了的，是她身上多了些坚毅果敢的气质，也多了一些距离感。

男人语气中的犹疑是有理由的。虽然仅一眼的工夫，苏明萱已经惊讶地感受到时间在他身上的痕迹，他40岁，已微微发福，理得短短的头发仍掩盖不住稀疏的迹象。曾经他脸上意气风发的单纯再难觅踪迹，取而代之的是商场沉浮雕刻在脸上的纹路。

苏明萱闭上眼，过往的回忆翻涌上来，脑海中浮现出《匆匆那年》的旋律：

> 匆匆那年
> 我们究竟说了几遍再见
> 之后再拖延
> 可惜谁有没有爱过
> 不是一场七情上面的雄辩
> ……

让她陷入回忆的这位邻座男子，叫汪力宏。与汪力宏相识的因缘，如今回想起来好像是一段阴错阳差的误会，苏明萱原以为来临的是幸福，却没料到结局的惨淡；而汪力宏深深伤害她的经历，又成功地促进了她今日的世界。回想起两个人经历的过往，或许就是一段孽缘。即便如今形同陌路，二人的命运仍然有数不清的羁绊。

这羁绊到现在都没有结束，苏明萱暗暗地想。不同的是，这一次她不再充当被伤害的角色了。物极必反，爱到极致之后，恨也是自然而然的结局吧？

在飞机上偶遇苏明萱，完全在汪力宏的意料之外，他根本不期望还能有机会与苏明萱近距离地见面。再见到她，一直压在汪力宏心理的阴郁短暂地一扫而光，甚至让他有点兴奋，他紧张地搜寻着能有什么话可以打破二人之间的沉默。

"多年不见，你变化真不大。"

"也许吧。你现在……去洛杉矶是公事还是？"苏明萱努力控制自己的心绪不要再被他拉回从前。

"公事，项目出了点问题。"

苏明萱没有接话，和她预想的一样，到洛杉矶后，他们不久之后还会见面的。

"现在过得怎么样？冒昧问一句，听说你有孩子了？"汪力宏小心地试探，隐藏着内心的好奇和热切。

苏明萱放在座椅扶手上的手一瞬间攥紧了，内心深深倒吸一口冷气。

孩子，汪力宏猝不及防的发问让苏明萱的心理防线差点溃败。如果他再说出什么关于孩子的更多的话，她不知道自己是不是要失控。他不会听说了什么吧？苏明萱脑子里慌乱地搜寻所有知道她孩子身世的人，除了自己的三个密友之外，并没有他人知晓。而汪力宏应该不会从她们那里打听到什么消息。

前思后想妥当后，苏明萱重新让自己镇静下来，然后对汪力宏说："对，我有个儿子。"

苏明萱又追问了他一句："你呢？现在也该有孩子了吧？"

汪力宏无奈地苦笑："还没有。"

他如今的生活，他的妻子吴欣欣都懒得关注了，他并不是春风得意。而她苏明萱，至少在汪力宏眼里，却活成了另一番精彩模样。这次会面看上去是苏明萱多年来一直盼望的复仇，但当它实际发生的时候，却让苏明萱心生一丝落寞，甚至空虚。好生奇怪。

在这种惆怅中，苏明萱戴上眼罩，调平座椅，躺下身休息了。

头等舱里，一夜无话。

2. 希望就在远方

汪力宏已经登上中国香港飞往美国洛杉矶的飞机，吴欣欣心里松了一口气，此刻已是晚上 8 点，公司所有员工都已经下班，只有她一个人静静地坐在办公室里。

接手深广合地产后，吴欣欣一直守着父亲打下的江山，然而当国内地价一次又一次被刷新时，她意识到高风险来临了，于是开始悄悄布局海外，把眼光投向欧美房地产市场。

吴欣欣出生于 1981 年，是 80 后富二代的典型代表，与 70 后的稳健谨慎相比，80 后的狂妄自信在她身上体现得淋漓尽致。也许是步子迈得太大，也许是对国内销售市场太乐观，当深广合地产在国内开发的楼盘遇到政策打压、销售停滞时，美国地块的资金问题接踵而来。深广合地产支付完美国地块第二笔款后，就出现了严重的财务危机。截至上月底，公司财务已经确定无法再支付出第三笔款。

深广合地产是父亲吴广龙一生辛苦创下的，吴欣欣不想父亲的江山毁在自己手里，权衡再三，她决定集中所有资金全力保住洛杉矶地块。

洛杉矶这块地曾经吸引了众多的中国开发商竞夺，最终被深广合地产以 30 亿美元溢价获得。签约后，吴欣欣才明白国外的开发远没有中国的简单。首先是外汇管制资金汇出难，其次是开发资金比例高，最后是此地块属于旧改项目，需要漫长的工期，深广合地产未来几年的流动资金都要耗在此项目上。

吴欣欣现在很后悔当初没听进汪力宏的话。2014年，深广合地产在讨论海外拿地决策的时候，公司总经理汪力宏一直持反对意见，他觉得深广合地产的根在中国和深海市本地市场，还没有强大到像李嘉诚的和黄、王健林的万达一样走出去。汪力宏还提出深广合地产要想保持持续增长，还是要集中财力开发深海市以及环深海市周边的城市地块。随着北上广以及深海市等一线城市的房价暴涨，深海市周边的二三线城市房价也会同步上涨，虽然这些城市的地价也在走高，但因为毗邻深海市，还是很好销售的，开发风险系数也低。

吴欣欣作为公司董事长，她觉得深广合地产要发展和上市，就必须要开发国际市场，最终她一意孤行决定了此事。地块谈判期间，汪力宏意识到风险阻止不了后，就不再过问。

近期，吴欣欣推心置腹地跟他谈了地块处境之后，汪力宏才意识到事情比他想象的严重，看着吴欣欣为此事焦虑得面容憔悴，他也很心疼。同时汪力宏也不想辜负岳父曾经的信任栽培，于是他放下手上的其他项目，亲自接手美国地块事务，争取在公司资金链彻底断裂前，与美方谈判延缓支付后期款，或者商讨走合作开发模式，最坏的结果就是违约，放弃已支付的定金，丢了这个烂摊子。

2004年夏天，23岁的吴欣欣从英国留学回来后，便被父亲安排在汪力宏身边担任营销部的副总经理。在营销部工作，吴欣欣在快速学习市场知识的同时，也爱上了汪力宏。

老板女儿的身份，让汪力宏产生了幻想。论才貌，吴欣欣的确是一个集智慧与美貌于一体的女人。在英国商学院，吴欣欣攻读的是金融财经专业。因为成绩优异，一毕业回国，就有银行等金融机构向她抛出了橄榄枝，但吴广龙年轻时候吃苦太多，身体不好，想早点让女儿接班，于是让她进入深广合地产。

吴欣欣母亲去世时才38岁。母亲离世后，随着财富地位的迅增，父亲在择偶方面谨慎了，直到她毕业回国上班，还没有再婚。作为长女，吴欣欣遗传了父亲胆大果断的性格，所以吴广龙摒弃了重男轻女的观念，从送她出去读书到进入公司，都是把她当作接班人培养。

吴欣欣开始在营销部学习，再到财务部、投资部，最终熟悉了房地产开发公司的所有业务流程。吴欣欣觉得房地产开发中最难的就是拿地和从银行贷款，其他业务都有专业公司去做，分工很明确，作为公司老板，她具备前瞻的视野和领导能力就够了。

2000年前后，深海市房地产市场可以用欣欣向荣来形容。2001年，苏明萱在深海市商报社工作期间，认识了众多的房地产老板，吴广龙是其中之一。

吴广龙觉得深广合地产在发展期间，需要一个懂得策划宣传的专业人士来运营提升公司的品牌。跟苏明萱熟悉后，他多次邀请她加盟，但苏明萱喜欢报社的工作氛围，于是几次拒绝了他给出的高薪和职位。吴广龙最终在爱才而挖不到的情况之下，请苏明萱帮忙推荐。

别看吴广龙只有小学文化，但是他在十几年前就有这样的意识，还是令人敬佩的。敬佩之余，苏明萱想到了还在广告公司怀才不遇的男友汪力宏，觉得这个机会更适合他。因为怕吴广龙误解，苏明萱把汪力宏推荐给他的时候，并没有说这个人是她的男朋友。

让苏明萱后来没有想到的是吴广龙那么赏识汪力宏。汪力宏的外表加上名校头衔以及独到的房地产市场见解，让吴广龙第一次见面就认定公司此职位非汪力宏莫属。

事实证明吴广龙是明智的。有了几年的广告公司跟盘工作经验，汪力宏到深广合地产上任后可以说是轻车熟路。在担任深广合地产营销部副总经理兼品牌部总监后，汪力宏利用媒体资源，以楼盘营销带出深广合地产品牌，使得名不见经传的深广合地产在深海市业界的品牌知名度不断被拔高。2006年，深广合地产跻入深海市民营房地产开发企业10强之列。

在媒体持续的报道中，吴广龙农民开发商的形象逐渐向文化地产商靠拢，随着品牌度上升，深广合地产开发项目的利润也较之前高涨。深广合地产抓住了历史机遇，在2004—2006年，先后拿下深海市十几块地，这十几块地在5—10年后多倍增值，开发出来的总销售额达几百亿。2010年，深广合地产荣登中国民营房地产开发企业 10 强之列。

　　对于国外市场，吴欣欣在 2010 年就有了主意，她在那时就开始组建海外团队，全球找地，这也就有了后面购买洛杉矶地块事件。没想到的是，吴欣欣的雄心壮志换来的却是滑铁卢，此刻她太期望汪力宏的出马能够带给她好运。

　　吴欣欣在回首往事中迎来了 27 日的凌晨，她想汪力宏此刻应该到达洛杉矶了。在等待和回忆中，吴欣欣已经睡不着。于是她在办公室内部卧室简单洗漱下，然后穿上跑鞋，开车前往深海市红树林公园，她要用慢跑 10 公里来迎接新的一天。

3. 守得云开见月明

"朱总，有一位张小姐，说是您的地产经纪人，正在门外要见您。"管理这套房子的阿姨上楼，对正坐在沙发上捧着一杯咖啡的朱文茜说。

"好的，请她在楼下起居室等，我这就下来。"

张然第一次走进有着"深海市地产一姐"之称的朱文茜家中，她是朱文茜委托秘书请的资深地产经纪人，代理出售朱文茜位于山海区前海区域的一套复式豪宅。尽管张然来她家之前做了各种想象，然而踏进门的一刹那还是被她居住的这套房子震撼了。

一层一进门是充满热带丛林气息的玄关，墙壁上挂满了各种珍稀动植物标本做成的装饰，地上铺着大地色调的羊毛地毯。开门的阿姨接过张然的外衣和鞋子，把它们安置在与金棕色墙壁融为一体的衣柜后，带着张然穿过玄关，来到了一层的起居室。整栋房子是罕见的泰式风格装修，红土色鹅卵石纹样的大块地毯铺在起居室中央，周围是马赛克纹路的同色系地砖，宽大的木质沙发共有 3 组，大的在正中，面对着壁炉，两组单人沙发分列两侧。沙发中间放一张正方形木桌，上面是比地毯更深的红色桌旗，桌旗上摆着黄铜质地的精美烛台，乳黄色的蜡烛没有点燃。沙发对面的壁炉是花岗岩的粗粝纹路，壁炉上方散放着一捧紫色郁金香，优雅中带着漫不经心的野性美。再往上，墙壁略微凹进去，做成一个壁龛的模样，四周雕花装饰，中间嵌一尊同样花岗岩质地的浮雕佛像，面容沉静，身段柔美，自在地踟跌而坐。整个起居室的光线是暖橘红色，既不刺目，也不昏暗，营造出柔和静谧的氛围。向起居室深处望去，能看到连接室外的落地窗，白色的轻薄窗纱垂幔形地搭在窗上，外面是一汪碧蓝的水，四周绿荫掩映，地面铺成洁白的，好似细白的沙滩。原汁原味的泰式风情。

正在张然尽情欣赏朱文茜的豪宅时，只见她从二楼顺着楼梯款款而来。朱文茜穿一件重磅丝质长裙，齐肩的头发，没有化妆，只涂了一点枫叶色的口红提亮起色，胸前戴一枚闪耀的祖母绿吊坠项链，与墨绿和白色相间的长裙呼应得正好。

"朱总，您好！我是您的地产经纪人张然，您叫我小张就可以。"张然赶紧整理思绪，表现出十二分的职业笑容。

"你好，张小姐。"朱文茜来到起居室的沙发之间，热情又不失分寸地向张然笑了笑，"请坐。"

张然坐在朱文茜左手边的单人沙发上。

"朱总，您在港湾华府的复式单元，有两位客户都给出了报价，这是两位客户的详细资料和报价金额，请您过目。"张然极其职业地拿出两份装在文件夹中的资料，双手放到朱文茜身前的正方形木几上，"如果您需要，我可以给您介绍两位客户的背景。"

"好的，我看一下，请你稍等。"

几分钟后，朱文茜向张然了解了其中一位买家的信息，然后又嘱咐了张然一些细节，在短暂又详细的沟通过后，张然心里暗喜，这一单大生意成了。

一个月后，张然通知朱文茜买家的购房尾款已经从资金监管账户转到了她的私人账户。

朱文茜躺在躺椅上，看着手机银行中增加的数字，满意地笑了笑。

朱文茜持有的这套港湾华府复式单位原购买单价是1.2万元每平方米，7年后的2016年11月，二手房卖出价格是10万元每平方米。如今，朱文茜手中持有的剩余高端房产，都已还清贷款，估值达5亿元。

对于这笔房产投资，朱文茜觉得相对她持有的湾区、湖区等物业，回报其实一般。朱文茜在湾区和湖区的几套当初以1万—2万元单价购买的物业，如今单价全部都在 12 万元以上，而且据她预测，后期还会有更大的涨幅。因为更看好这些地段未来的升值潜力，所以即便 2016 年深海市房地产市场受调控影响，二手房市场成交量下降，她也丝毫不急于出手。

港湾华府就不一样了，这个楼盘的价格已经到顶，后续发展空间不大，拿在手里略显鸡肋，所以朱文茜才将它转手换为现金。对于叱咤地产界多年的朱文茜来说，出手房产套现的几千万元，已经不能在她心里激起太大的波澜，这只是一桩再普通不过的投资变现而已。

从事房地产行业 20 余年，成为上市房地产公司——光复地产集团的总经理，朱文茜是当仁不让的地产一姐。很多人都艳羡才 40 岁出头的朱文茜，已经实现财富自由可以过随心所欲的舒服日子，然而她仍然每天奋斗在地产一线，她的确天生就有做房地产的天赋。

港湾华府的转手，让朱文茜不禁回忆起自己购买人生中第一套房子时的情景。

2000 年，朱文茜在深海市漂泊 3 年后，由于从事房地产代理行业，搭上了 20 世纪 90 年代楼市飞涨的顺风车，在深海市平均房价四五千的时候，她的月薪已近万元。天生有商业细胞的朱文茜，觉得这是入手房产给自己安家的好时机，于是她选了一套虽然有些年限，但地段绝佳的二手房。从此开启了自己的地产投资之路。

1973 年冬天，朱文茜在浙江省温州市的一个县城出生了。温州人遍天下的美名，让她从小就知道自己的未来也是离家闯荡。大学毕业后，村里的邻居们走空了，她的父母也走了，朱文茜也直接南下深海市找工作，再也没有回过故乡。

朱文茜生得江南女子的灵秀、娇小，黑亮的大眼睛在小小的脸盘上格外显眼，略薄的嘴唇总是轻轻抿成一个弧度，像是在微笑，但一张口却是格外伶俐、机灵，能说会道得让人甘拜下风。纤细的身躯下，仿佛有一炉热炭在燃烧，永远精力充沛，巨大的能量蠢蠢欲动。

1997 年，她拉着一个箱子、背着一个背包，第一次踏上深海市的热土。每天拿着一沓报纸，循着上面的招聘广告，一个个地打电话，有面试机会就拿着地图坐公交车去面试。深海市让初来乍到的她着迷，平地拔起的高楼大厦、步履繁忙的人们、拿着大哥大大声谈生意的老板们、各种在老家温州没有见过的娱乐场所、人们身上新潮靓丽的服饰……心里住着一只渴望自由、渴望搏击长空的雀鹰的朱文茜暗暗告诉自己：就是这里了，这就是我要的世界。

朱文茜大学读的是哲学专业。大举发展经济的 20 世纪 90 年代，哲学这个专业常常让人摸不着头脑，不知为何物。朱文茜连着跑了两个星期，工作还是一筹莫展。她租的小旅馆的房租快要付不起了，不得已，只能放下自己的专业，放下进办公楼当白领的想法，不管什么工作，先做起来，立住脚跟再说。

在深海市闲逛的时候，她发现到处都有工地，一个一个新楼盘拔地而起，楼盘门口销售中心里的房产销售们总是神色匆忙又亢奋地奔波其中，一张张脸上好像挂着房子很抢手、很好卖的样子。卖房子是不是能挣很多钱？朱文茜敏锐地嗅到了其中的机会。逛着逛着，她走到了一家售楼处门口。

"请问，你们这里招人吗？"朱文茜推门进去，站定在一位忙着整理面前资料的员工面前，笑盈盈地问。

"嗯？哦，你别问我，我们老板在后面。"员工把资料塞进公文包，简单回答了朱文茜之后急匆匆出门了。

朱文茜往后面看了看，然后向前走去，穿过一个过道，有一间办公室，门上贴着"总经理"字样的牌子，她走过去敲了敲门。

"你好，请问你们这里招人吗？"

一位 30 岁出头的女士从桌子上抬头看向她，轻轻皱了皱眉，上下打量了朱文茜一下，然后冷漠地说道："进来吧。"

"我们没有发招聘广告。"

"我知道，但我很想在你们这里工作。"

女士觉得好笑："你知道我们是干什么的吗，就想来我们这里工作？"

"卖房子啊。"

"可不是你想的卖房子那么简单，你做过吗？"

"没有，我刚来深海市，但是我喜欢卖房子，我也有信心会做得很好。"

"口气倒不小，说说你凭什么认为你能干好，你又为什么觉得你喜欢这一行？"

"从我来到深海市我就注意了，这里已经建了很多高楼大厦，但仍然有很多工地在建新楼盘，我想这是大家都想买房子留在这里定居，所以房地产肯定是个很好的朝阳行业。还有我个人胆大、心细、不怯场，爱和人打交道，这个性格最适合做销售了。"朱文茜胸有成竹地说，微笑的大眼睛和上扬的嘴角，露出阻挡不住的灵性和锐气。

办公桌对面的女士眼神逐渐从挑剔变成欣赏，果然，从这个小姑娘稚气未脱的脸上，她看出了一股韧劲，一股不服输的顽强，还有过人的聪明，正像她说的，她适合干房地产。

"我们百联达地产是专业做新房销售的代理公司，既然你喜欢这行，有自己的主见，那我希望你能坚持自己的理想，房地产在未来也确实是大有发展的行业，明天过来上班吧，先做销售员。"

"谢谢姐姐！我还没自我介绍呢，我叫朱文茜，请问怎么称呼您？"朱文茜露出甜甜的笑容。

"张莹莹，百联达地产的总经理，也是创始人。"

"谢谢，张总！"

4. 谢幕的地产盛宴

朱文茜第一次听到"张莹莹"这个名字的时候，根本没有任何惊讶，但随着对行业的熟悉和了解，这个名字让她在敬佩之余，也感慨人生的机缘巧遇。而后来，这两个女人的命运也随着时代的洪流永远地牵扯在一起。

1993 年，百联达刚刚创建，蜗居在 40 平方米的店铺里。

1990 年，毕业后一直在深海市土地交易中心吃"铁饭碗"的张莹莹，敏锐地捕捉到了中国商品房市场的高潮即将来临，毅然辞职下海，开办了深海市第三家房地产代理销售公司。创业初始，拿不到整个项目代理，只能跟现在的中介人员一样四处托关系找房源。

1993 年的深海市房地产市场，最缺的就是房源。谁能拿到房源谁就有钱赚，因为满市场都是拿着现金要买房的人，根本不愁客户。

此时深海市的房地产开发商都是国企单位，具有垄断性，私人很难拿到大面积地块来开发，于是有人就利用国企资源优势先拿到房源，然后卖给在中介公司等候的购房客户，拿到房源的人赚的是中间高额差价，代理公司赚的是买家给的总房价的 1%—3% 佣金。在房地产市场还不成熟的时候，深海市有很多这样的乱象，后来很多中介人员还因此发财，成立自己的中介公司，这也是很多中介公司老板发家的第一桶金。

需要房子的客户，先在中介店铺登记，一旦有房源，他们就通知客户过来。每个销售人员身后都有众多排队的买家，在银行卡还没有普及的时候，买房的人都是背着大量现金来现场交款的。为了能顺利抢到房子，原本1套50万元的房子会采用竞价方式销售，谁出的价格高就卖给谁，于是50万元的房子可能卖到60万元，甚至更高。

朱文茜进入百联达地产做销售员的时候，张莹莹已经渡过了初创的艰难时期，公司在1997年签约了10多个新楼盘。百联达靠着前期主打中小楼盘，一步一个脚印逐渐占领了深海市房地产代理市场，以至2000年前后，地产商要想营造品牌形象、高声誉度，必找百联达代理。

在百联达地产工作三个月后，朱文茜已经熟练掌握了地产销售中的所有流程，在客户这一块，也积累了众多的新老客户资源。经过一段时间磨炼学习，张莹莹觉得朱文茜更适合做策划管理工作，于是她准备找朱文茜聊聊让她转部门。

"文茜，下班后来我办公室下。"

"张总，我正要找你呢，湾区那个楼盘的代理我们能拿下吗？我这里有几批老客户介绍的新客户想买。"

"再等等，应该问题不大。"张莹莹挂了电话，转手拨给湾区地块公司的王总。

"王总，现在方便吗？是我，张莹莹，我们送过去的策划方案老板看了吧？应该没有其他家敢报出那个销售总价吧？百联达做事您也是了解的，绝对是经过充分调研后得出的。如果我们比其他家多卖500元每平方米，老板就能多获得1亿—2亿元，这是双赢的事。"

"张总，你的意思我都明白，咱们认识这么久，我一定尽力，你先把合约送过来给法务审核，老板那儿我等下再去找他。"

"太谢谢你了，王总，明天我亲自送过去！"

1997年底，湾区新家园开盘了。

"大家按照登记顺序来缴款，放心，只要认筹了，都能买到。"朱文茜和同事们在销售现场维持秩序。

售楼现场气氛如火如荼，几乎每一位都肩背手提大包、小包，打开全是几万乃至几十万元的现金。朱文茜那天真正体会到了财务说的什么叫数钱数到手抽筋。

"张总，你猜今天销售了多少？近乎售罄，太火爆了！"

"文茜，这就是房地产市场，这就是深海市。"

那是1997年，深海市房地产最火热的一个高峰，自新家园之后，朱文茜也从销售部转行去策划部从事策划工作。

无奈好景不长，年后就遭遇了1998年的全球金融危机。那一年，投资客户丢盔弃甲，惨败而逃，凄凉的退场让人现在想起来仍然无限唏嘘。

朱文茜看着手机上进账的3000多万，想起刚卖掉的这套港湾华府，是2009年购入的，当时又是受到2008年全国房地产市场低潮影响，光复地产开发的港湾华府销售进度出现困难，作为集团的副总经理，朱文茜以身作则，率先带头买下这套300平方米的复式单元。后来港湾华府挺过了2008年的经济萧条，而且在7年后，以近10倍的价格出手，而在1998年她亲历的那一场风暴后，就没有这么多幸运者了。

1998年金融危机之后，中国香港等境外的那些曾经拿着外汇高价购买的房子出现了严重缩水，位于东湖区的靠近火车站附近的房子，更是出现了楼价下跌60%的现象。如大成大厦、新宇广场等这些20世纪90年代抢过来的楼盘，当时100多万港币购买的100平方米3房，算上港币汇率，实际价格是116万元人民币。到了2003年，这些房子的二手价格只有30万—40万人民币，此刻汇率已经跌到1∶1。即使这么低，很多投资客户仍然选择抛售掉。

购房者中很多是老人，他们原本是想拿一辈子积蓄来炒楼的，结果只能像炒股票一样，惨跌之后清仓出逃。朱文茜再也没有听到当初带着老朋友、拿着全部家当来深海市炒楼的那些客户消息，不知他们现在在香港过着怎样的蜗居生活……

脑海中回放着自己这20年来经历的房地产起起伏伏，朱文茜揉了揉太阳穴。走到写字台前，打开电脑，邮箱里面是光复地产各个项目组发来的日销售额报表。

结尾寥寥的几个数字摆在眼前，整个中国包括深海市房地产市场自

2016 年 6 月份以来出现了最惨淡的销售状况，现在离 12 月 30 日还有 10 天时间，公司年初制定的销售目标无论如何是完成不了。作为上市公司来说，每年的 30 日是给股民公布业绩的时刻，所以尽管只有 10 天，但身为集团的负责人，朱文茜觉得要对得起公司给出的高额薪水，仍旧要再奋力一搏。

总结看完之后，她迅速在公司总监以上职位的微信群中发布消息：

"明天上午 9 点，在公司召开紧急销售会议。"

此刻天色已暗，负责起居的阿姨已经在一楼休息，二楼偌大的空间中只有朱文茜孤身一人。她躺在浴缸里，没有时间品味孤独，在接下来的一场硬仗之前要好好放松一下。

困意袭来，蒙眬中，朱文茜仿佛看到郭天阳正含笑走向她。

5. 曾经相爱，又何必互伤?

"太明，今天晚上有时间吗？我订了咱们经常去的餐厅，有件事要告诉你。"

"小曼，什么事？"电话那头响起郑太明温和的、宠溺的笑声。

"晚上你就知道啦。"小曼心底泛起一阵甜蜜，笑意不自觉地浮在脸上。

2009年，深海市的初春，空气中仍有挥之不去的潮湿冰凉的气息，这气息过后，即将迎来炎热的夏季。

陆小曼提前一周安排好工作，预订了一家五星级酒店的法式餐厅。

今晚，陆小曼穿的是郑太明送给她的香槟粉色吊带长裙，披着卡其色的博柏利风衣，颈上配的是一条由宝石蓝色、香槟色、金色交织的爱马仕长条围巾，围巾随意地缠绕在只有两根丝带的光华肩胛骨上，脚上配的同样是一双深宝石蓝色的高跟鞋，拿着和吊带裙同色的香奈儿手包，对着镜子审视了一下绾起的发髻和垂落的发丝，回手关上门，轻盈地走进车库，开车出门。

陆小曼比约定的时间早到了10分钟，以往他们吃饭，都是郑太明订好餐厅等她，这次她放下高傲的身段，今晚她要把最特别、最隆重的一次惊喜给郑太明。

"先生您好，请跟我来。"身穿黑色西装的法国侍者把郑太明引到陆小曼预订的半包围式餐桌前。

陆小曼冲郑太明微笑，当郑太明走到距桌子1米开外的距离时，她款款站起身迎接，眼里满是藏不住的爱意和欣喜。

眼前的小曼让郑太明迷惑不解，甚至一度被震撼住了，他竟一时语塞，短暂沉默过后，郑太明轻叹:"小曼，你今天太美了。"

小曼一下子笑了:"谢谢。"

落座后，看着窗外的夜景，有一种说不出来的美。酒店坐落在海边，海水轻轻荡漾，偶尔有几只轻缓驶过的渔船，没有人刻意关注海边的这间高级西餐厅。望着海边楼群勾勒出的繁华天际线，品味着正宗的法式餐，郑太明和陆小曼两人轻松又亲昵地聊天，聊这一周的经历见闻，互诉对对方的思念和依恋。

"对了小曼，今天是什么特殊日子呀?"郑太明一边往嘴里送一块香滑的鹅肝，一边问她。

陆小曼挺直脊背，深吸一口气，平静了1秒钟，声音中略带一点颤抖地说:"太明，从2007年到现在，我们在一起快两年了，感谢你给了我两年最甜美的恋爱，我很想成为与你一起生活的人。"

陆小曼说完这些话，眼里已经泛起了泪光，脸上一阵红晕，她握在一起的手微微颤抖，今天她终于鼓起勇气，表明自己要嫁给他的想法。

经过几秒钟的沉默后，空气变得更加凝滞，陆小曼的一番话并没有得到真挚回应，郑太明脸上先是闪过一丝惊慌，然后是瞬间的纠结烦躁，最后爬上他脸庞的，是无情的冷静。

"小曼，你知道的，我非常爱你。"郑太明说完低了一下头，"但是，我真的没法给你结果。我们之间难道还在乎那个形式吗?彼此心里都有对方，还不够吗?"

陆小曼脸上的笑容瞬间凝固，心里好像被什么重物钝钝地痛击了一下，这种结果她设想过，但是真从郑太明嘴里说出来，还是让她心里有一种说不出的难受。

一阵痛苦堵在胸口，陆小曼再也说不出话来，只能低下头悄悄擦了一下眼睛。

19

两人沉默，气氛再次凝固。

陆小曼一个人低头切牛排，郑太明默默地看着她。彼此心照不宣地演了一出若无其事。

陆小曼心里在悲泣，虽然最终的判决并没有到来，但她已经感到了"结束"的先兆。她是一个落荒而逃的士兵，面对剥下她浑身铠甲的人，只能硬撑着最后一点尊严。

回到家后，陆小曼只想用睡眠来忘记这个痛彻心扉的夜晚。刚躺到床上，就听到手机短信的声音响起。

"小曼，对不起，我不是有意要伤害你。我这辈子都不能离婚的。对不起，我只能在其他地方补偿你。"

陆小曼本就绞痛的内心仿佛一下子被撕裂了。那个跟她相爱了两年，像一缕阳光一样照进她心里的男人，也许永远没有答案给她。

2007年，已经声名在外的深海市电视台著名主持人陆小曼，被邀请主持美莱地产新楼盘开盘活动。活动上她远远地看着美莱地产的老板郑太明，这位地产界有名的"博士老板"，不仅年轻有为，而且风度翩翩，瘦削而挺拔的身姿，一身名牌西装穿戴得体，白皙有棱角的脸上架着一副金丝眼镜，完全就是一个斯文学者模样，完全没有她见过的其他地产商身上的江湖气、狂傲气。

本以为仅仅是主持一场活动，远远欣赏一下郑太明，没想到活动后的答谢宴上，和郑太明简短的几句对话，让他们彼此读懂了对方的眼神。

跟陆小曼这两年来美好的回忆，也像汹涌的潮水一样折磨着郑太明。他不想失去陆小曼，也是真的爱她，可是有什么办法？身为美莱地产的老板，他无法选择，他不能给陆小曼任何承诺。

郑太明心疼陆小曼熬过的这两年时光，已经把公司开发的保留单位红树海悦湾中一套800平方米顶层复式更名到她名下，又暗中把澳洲的一套豪华别墅送给了她。

陆小曼对郑太明的赠予不置可否，她并不缺房子，她是做房产节目主持人的，深知房产投资价值，认识郑太明之前，她已经投资了几套高端房产。

"太明，你知道我不需要这些。"但郑太明能够给予陆小曼的，只有财富而已。

"小曼，澳洲的房子，是你们母子的一个退路，另外，我也有一点私心，我希望那里能成为完全属于我们的世界。"

听郑太明这样说，小曼既幸福又苦涩地接受了，她仍然爱着他，不想放弃。

从 2011 年冬季起，澳洲的那栋别墅，成了郑太明和陆小曼每年一起度假私会的幸福港湾。

这一转眼，又是 5 年。

2016 年 12 月 19 日下午 4 点，当苏明萱坐在深港两地牌车从深海市去往香港机场的路上，在地球的南海岸、美丽的墨尔本的一处豪宅里，陆小曼正慵懒地躺在泳池躺椅上休息。

此时郑太明应该下飞机了吧？想到他马上到来，疲惫感一扫而空，短暂的睡眠也让她精神充沛，于是起身披上睡衣，去更衣室换了提前准备好的晚装下楼。

进入餐厅，陆小曼被眼前的景象震惊了，长长的餐桌上配了漂亮的欧式烛台和粉色绣球和爱尔兰玫瑰，餐具已经摆好，餐前小菜也摆放在精美的欧式奢华的盘子里面。

"陆小姐，你醒啦？我让厨师准备晚餐。另外，郑先生已经到了，在书房，他看你在休息便没有打扰你，我现在去请他下来吃晚餐。"管家安娜看到陆小曼进来，立刻跟她汇报。

"谢谢你，安娜，我去叫他吧。"陆小曼说完就转身向二楼书房走去。在楼梯口，她脱下了高跟鞋，然后赤脚轻声向书房门口走去。书房的门虚掩着，郑太明正在讲电话。刚下飞机的他也没有忘记工作，听声音，陆小曼觉得他的情绪有点不好，话中还带着怒气，这情绪可能来自公司近期的资金压力。

陆小曼从不过问郑太明公司的事务，但一些不好的风声总是能够传到她的耳里。外界传言美莱地产今年开发的几个项目，销售额都没有达到预期，而年底即将要支付的工程款和银行贷款迫在眉睫。

自 2009 年那次暗示失败后，陆小曼再也没有问过郑太明的家事。他们只是互相取暖、互相慰藉的两个人，每年享受片刻温暖，然后各奔西东。

1989年，郑太明大学毕业，然后申请去美国耶鲁大学读研究生。他在耶鲁度过了6年贫穷时光，直到遇上了妻子刘菲雅。刘菲雅是郑太明今生的贵人，要是没有她，现在的郑太明或许就是建筑事务所里的一名普通建筑师，更不会回国创业，也不会登上亿万富豪的榜单。

郑太明现在的成就对于他的家族来说，是一个传奇，谁也没有料到从贫穷山沟里走出来的他会有今天的财富。所以郑太明跟刘菲雅结婚时就发过誓，这一辈子都不会离开她。

刘菲雅出生在北方的一个政商结合的家庭，父亲从政，母亲从商，耳濡目染的她，从小对商业就有一定的敏锐性。在这样的家庭出生，她需要找到的另外一半就是能够在她的英明决策下，服从指挥共同进退的人。

在一次同学聚会上，刘菲雅遇到了帅气清贫的建筑学博士郑太明，她觉得找到这个人了。几次私约，在了解到刘菲雅无比优越的家庭条件后，郑太明接受了她传递过来的爱，然后两人快速结婚。

同在美国耶鲁大学留学读商科的刘菲雅没有像郑太明那样只顾读书，她一直在关注中国市场。早在1998年，她就意识到中国房地产将迎来一个全新的高速发展时代。于是婚后她便跟郑太明商量卖掉美国的住房，然后带上全部资金500万美元回国创业。

1999年3月，两人回到中国，并且听取刘菲雅父亲的意见，把公司注册地址选在中国最具改革创新的前沿城市——深海市。

美莱地产成立后，赶上了中国房地产发展的黄金期，从美国带回来的500万美元原始资金像滚雪球一样，增长到几十亿人民币。也许正是因为财富来得太快，总让郑太明有点恍惚，不知道此刻是在梦里还是在现实中。

作为妻子来说，刘菲雅也很优秀。生完女儿后，她就基本不过问公司的事情。但郑太明不得不佩服，每当公司出现困难时，她总能够伸手，帮他扭转乾坤。所以，郑太明觉得美莱地产与其说是他的，还不如说是刘菲雅的。

自2016年9月开始，深海市房地产市场突然降温，银行也在收紧用于房地产开发用途的贷款。此刻，压力让郑太明疲惫不堪，但想到来见陆小曼，疲惫马上散开，心里的那丝杂念也很快驱除掉了。

不，绝对不能动小曼的房产做抵押，送给她的那套房子是唯一没经过任何抵押的干净资产，万一他郑太明有什么不测，至少可以保证他们母子安稳。

当陆小曼走到郑太明身后抱着他的时候，他心里再一次下定决心。

6. 生命要像野草一样顽强生长

2016 年，深海市的冬天与往年相比明显不一样。虽说到了冬季，但是气温仍保持在 25 度，温暖如夏。此刻，黄燕青躺在深海市医院病房里，却如同掉进了冰窟窿里一样，无论是身体还是内心都是冰冷的，这是她从来都没有体验过的孤独与无助。

半个月前，黄燕青被主治医生确诊得了宫颈癌。如果不是手上白纸黑字的确诊单，她是怎么都不会把自己跟癌症联系在一起的？

黄燕青今年 37 岁，被确诊后那一刻她很迷惘，想找人倾诉，但想了一圈，发现自己身边常年宾朋满座，但却没有几个人是可以吐露心声的。黄燕青不想让身边朋友以及业内人知道她患病的消息，如果被传播出去，她不仅会成为别人的笑柄，而且对公司也会产生不好影响。

最后，黄燕青能想到的就是远在洛杉矶的苏明萱，自她出国后，两人已经很久没有见面了。拨通苏明萱电话的时候，黄燕青才想起洛杉矶此时是半夜，于是便微信留言给她，希望她醒来后立刻回复。

早上 8 点，醒来的苏明萱看到手机留言后立刻给她回复。

"燕青，出什么事了吗？"苏明萱对黄燕青比较了解，要是没什么大事，她半夜不是在酒吧就是在 KTV 陪客户，怎么会想起找自己呢？突然找自己，肯定遇到事了。

"明萱，我……得了宫颈癌，你说这是不是报应？"看着黄燕青发来的信息，苏明萱一时愣住，不敢相信。

"燕青，你别急也别怕，现代医疗很先进，都可以治好的。"顿了一会儿，苏明萱立刻安慰她。苏明萱理解此刻黄燕青的心情，她真没有预料到一向活泼潇洒的她会得重病。早在几年前苏明萱就提醒她，生意稳定了，要有自己的空间，没必要迁就客户了，公关工作可以交给年轻员工，可她就是不听，还总说现在的广告竞争太激烈了，85后、90后的公司都起来了，她要是松懈，很多单就被抢走了。劝几次没用后，苏明萱就不再言语了，她觉得黄燕青这么多年可能已经习惯这种生活了，毕竟她仍是单身一人。

黄燕青跟苏明萱的相识是在图丁广告。

1998年，黄燕青早苏明萱两年进入深海市图丁广告有限公司从事广告销售业务。2000年夏天，苏明萱来到深海市后应聘进入图丁广告从事文案创意，办公室里苏明萱的隔壁卡位就是黄燕青。苏明萱主要负责汽车、房产广告的文案，因为没经验，做出来的方案经常被否定。

黄燕青出生于1980年，比苏明萱小1岁，但工作早、生活阅历丰富，看到刚进公司的苏明萱，就会想起刚进公司的自己，因为摸不着路做了很多无用功。看到苏明萱的窘态后，黄燕青决定帮助她。于是黄燕青在出去跑楼盘广告的时候，就带着苏明萱一起去，还去汽车展场了解各种品牌的汽车，寻找创作灵感。

刚到深海市，苏明萱经历了职场人士最初的所有尴尬和辛劳，她很感谢黄燕青的帮助引导，也正是因为那段看楼盘的日子，让她逐渐喜欢上了房地产这个行业。两人虽仅共事几个月，但就此结下了深厚的友谊。苏明萱后来进入商报社，也经常跟黄燕青有共同的楼盘合作客户。至今为止，苏明萱是黄燕青在深海市认识的最好朋友。

得知黄燕青生病，苏明萱让她先安排好公司事情，然后住进医院，跟医生商讨治疗方案，她会尽快回国看她。

三天后，黄燕青在家里见到了快两年没见的苏明萱。在苏明萱的眼中，这是黄燕青多年来最柔弱的一次。她进门后，黄燕青就上前紧紧抱住她，眼泪如断线的珠子不停往下落，喉咙更是哽咽着说不出话来。

"别怕，有我呢。"苏明萱拍拍她的肩，牵着她走到沙发边坐下来。

"明萱，我原本今年都准备退休了，但没想到身体会出问题。"黄燕青止住眼泪，喃喃自语。

"你是该歇歇了。"别人不了解黄燕青，但是苏明萱太了解了，她一路走来是多么不易。

深海市很多业内人士惊奇，为何苏明萱和黄燕青这两个完全不同风格的人会成为密友？苏明萱的心里不仅感激黄燕青对自己最初的帮助，更是同情黄燕青的人生经历，也知道她为什么要拼命赚钱。

也许是穷怕了，拥有财富对黄燕青来说，才是最安稳的保障。她最常说的话就是再做一年，再挣多少钱她就不干了，可是说了很多年，第二天她又如拼命三郎一样出现在公司或者客户的办公室。

在众多南下深海市打工的人群中，黄燕青能够拥有今天的财富地位，她已经很满足了。每次回到贵州老家的山村，村里的人像欢迎英雄归来一样迎接她。每次回村，黄燕青都会给村里人带很多礼物，对一些孤寡老人她还会挨个发红包，对家庭穷困上不起学的孩子们，除了赠送物品，她还给他们交学费，因此村里人谈起黄燕青，都夸她是个好人。

跟黄燕青当年一起出来打工的小姐妹们，都已嫁人，继续沦为村妇，看到黄燕青荣归故里时，她们流露出来的都是羡慕的眼神，甚至后悔回来，如果她们也继续留在深海市，也许跟黄燕青一样。

1996年春天，春节刚过，山村的冬天寒气还未散去，黄燕青就跟着老乡们来到深海市，此时她才16岁，刚刚读完高一上学期，因为交不起第二学期的学费，作为老大的黄燕青被迫退学挣钱，供下面的4个妹妹弟弟读书。

刚到深海市，这些没有学历的女孩子们都在工厂流水线上班。因为读过高一，再加上长相不错，黄燕青在车间工作了3个月，就被经理挑选到办公室做文员。文员的工作说白了就是在办公室端茶倒水打杂，偶尔还要被老板带出去安排在酒桌上陪客，但是相比流水线来说，这是一份令同伴艳羡的工作。

在一次接待客户的晚宴中，黄燕青被老板的合作商看上了。早熟的黄燕青读懂了林先生的眼神，于是在他私下的许诺中，黄燕青同意了。

黄燕青跟了林先生5个月后，意外怀孕了，于是她从工厂正式辞职，在林先生给她租的房子里面，等待着孩子出生。黄燕青原本不想要这个孩子，但林先生说他40多岁了还没孩子，如果黄燕青给他生下这个孩子，他就离婚娶她。

黄燕青相信了林先生的话，于1998年5月生下了女儿黄婷婷。女儿出生后，林先生并没有兑现他的诺言，不过就是生活费上增加一倍，从原来每月6000元增加到1.2万元。林先生给黄燕青的生活费，其中一大半被她寄回了贵州老家。

1998年8月，面对结婚无望，黄燕青把孩子留给了雇请的阿姨照看，选择再次出来工作。黄燕青去人才市场应聘，然后被招进图丁广告，成了一名广告业务员。

刚进图丁广告，黄燕青对广告业务也不懂，但老板说会培训她们，而且老板说广告业务做好了，收入会很高。于是黄燕青进入了广告这个行业。

工作两年，黄燕青迎来了一批又一批同事，送走了一批又一批同事，业务员3个月没有业绩，不用老板辞退就自己走人，因为广告公司600元底薪只够吃饭而已。

入职第三个月，黄燕青幸运碰上一家医药保健品公司，签了第一单，然后顺利转正。这家保健品公司跟她合作了三年，直到2001年后国家广告法出台新的政策，没有医疗广告批文，出太多的钱也不能打报纸和电视广告才被迫终止。

2000年，留在图丁广告的黄燕青的底薪也被老板提到1800元，加上广告提成，平均每月能拿到5000元工资。这让原本一直靠林先生生活的黄燕青有了出头之日。

同年7月，苏明萱进入图丁广告做文案策划。看到苏明萱的第一眼，黄燕青就觉得她与众不同，苏明萱全身透露出阳光自信。熟悉后得知，比她大1岁的苏明萱出生在苏南的知识分子家庭，父亲是高级工程师，母亲是中学老师，她是父母的独生女、掌上明珠。

原生家庭的修养明显地会塑造出不一样的外表气质。跟苏明萱相比，黄燕青觉得差距太大了。她有 5 个弟妹，加上父母，全家 7 个人都靠她 1 个人养活。 现实尽管如此，但黄燕青并没有放弃，而是选择与命运不断抗争，她觉得既然改变不了出生，但通过努力可以改变命运。黄婷婷出生后，黄燕青更希望给女儿一个完满的人生，所以她要奋斗。

20 年后的 2018 年，黄婷婷成绩优秀，考入了北京的一所名校。黄燕青的奋斗确实改变了女儿的人生。黄婷婷眼中的母亲，是让她引以为豪的深海市大型房地产广告公司的创始人，她是出生在深海市的深二代。

黄燕青也很感谢苏明萱，16 年的交往中，她并没有因为她的原生家庭和个人行为而看不起她。苏明萱的到来迅速扭转了黄燕青的消极心态，希望她为了女儿和父母振作起来，配合医生尽快手术。

苏明萱一开始也想让黄燕青去美国治疗，但深海市医院的专家医生说黄燕青的病情属于轻度，他们医院在这方面的技术很成熟，没有必要耽误时间去美国，她们都觉得医生说得有道理，于是就安心在深海市医院做手术。

黄燕青手术后出院，苏明萱就悄悄坐上了香港飞洛杉矶的航班，没想到在回程的飞机上遇见了这一生想见又不想见的人。

7. 请君入瓮

苏明萱原以为来洛杉矶的会是吴欣欣，没想到等来的却是汪力宏。

这么多年来憋在心里的冤屈终于有机会洗刷了。然而，当这个曾经在她心里被诅咒了上万次的男人出现在她眼前的时候，她却又心软了。诚然，时间已经化解了她心头多年的痛。下飞机时，苏明萱在犹豫中还是给了汪力宏她在美国的电话号码。

到达洛杉矶的第五天，汪力宏给苏明萱发来信息，约她见面。收到信息的 5 个小时后，苏明萱给他发了一家位于比弗利山庄附近的罗迪欧大街的咖啡馆地址。

第六天下午 2 点，苏明萱到达约定地点。

"请问女士、先生喝什么？"二人坐下后，服务生过来点单。苏明萱点了杯热美式，汪力宏要了杯抹茶拿铁。

"你还是喜欢喝苦咖啡？"汪力宏看着苏明萱杯中的褐色液体轻叹。

"是，我这个人向来专一。而且苦一点，会让头脑时刻清醒。"苏明萱似在对自己也似在对汪力宏说。听到"专一"这两字，汪力宏不由得掉过头，脸微微一红，不敢再直视对面人的眼睛。

咖啡馆满屋咖啡香气袭来，两人继续相对无言，不知从何言起。想起往事，苏明萱觉得她跟汪力宏之间不是几句话就能诠释的。

　　"明萱，我这辈子最对不起的人就是你，这么多年过去了，你能原谅我吗？"沉默已久，杯中的咖啡已耗尽，汪力宏鼓起勇气打破僵局，惭愧地说出十几年都没机会说出的话。

　　"求我原谅？当年我背离父母、放弃安稳职业跟着你南下深海市，是谁发誓一辈子只爱我一个人？换作是你，会原谅吗？"看着玻璃窗外面缓缓流动的行人，苏明萱依旧不能释怀。

　　"明萱，我错了，如果时光能倒流，我一定……"

　　"汪力宏，时光不会倒流，我们也没有机会再重来。你今天来找我如果只是谈这些，那么我没有时间听你忏悔。你也别把自己想象得多伟大，今天即便你未婚，我仍未嫁，我们也不再可能。"汪力宏的话还没说完就被苏明萱终止了。

　　"明萱，别误解，今天我真有事请你帮忙。"汪力宏不愧在商海中打拼了十几年，此刻提感情也许就是一个开场的套路，而他真正目的是寻求苏明萱帮助。

　　来美国5天了，汪力宏几次都没有约见到兄弟集团的老板，今天他约见苏明萱是想向她打听下兄弟集团。

　　"这家公司我了解，但是我也不一定能帮上忙。"听到汪力宏提到兄弟集团，苏明萱就已经猜到是什么了。

　　"你能帮我联系上兄弟集团的老板吗？我几次都没约上。"

　　"汪力宏，在你的心里只有深广合地产，而我只不过是你想再利用的一个棋子吧？我真后悔当年把你介绍进深广合地产。"

　　"明萱，不是这样的……"看着苏明萱的脸瞬间变色，汪力宏立刻很后悔说出请她帮忙的事。

　　"我不想再成为你的棋子，如果汪总没有什么其他事情，我叫司机来接我回家了。"

　　"明萱，不用叫司机，我送你回家，路上我还想跟你聊聊。"看着苏明萱准备起身离去，汪力宏不由分说地拉着她一起走出咖啡馆。苏明萱不好再拒绝，她同时为自己刚才失控的言语自责，这么多年早已经放下的事为何见到他后又变得不平静。

"你过得很幸福吧？"上车后，汪力宏岔开话题，试探性地问了一句。

"是，我先生对我很好，也很尊重我，更不会移情别恋。"苏明萱的回话中带着隐隐的回击。

"你呢？娶了豪门富二代，一定过得很好吧？"

"你想听真实的吗？我们的婚姻早已经名存实亡，只不过为了公司还维系在一起。"汪力宏的话让苏明萱惊愕。

"你们不是很相爱吗？"苏明萱心里默念没再出声，气氛随即又陷入短暂沉寂。

汪力宏的婚姻不幸福，苏明萱觉得那就是报应。

按照苏明萱提供的地址，汪力宏根据导航提示，开进比弗利山庄的一处私宅。苏明萱居住的这栋房子在整个比弗利山庄并不是很贵。这栋房子是结婚后婆婆买来送给他们夫妻的，购买时价是 300 万美元，现在价格是 1000 万美元。

美国的比弗利山庄，全球闻名。这里有比尔·盖茨上亿美元的居所，也有众多好莱坞明星落户于此，这里更是财富地位的象征，所以早期来美国的中国富豪们也喜欢住这里。

2017 年 1 月 8 日，汪力宏到达洛杉矶的第十三天，终于见到了兄弟集团的幕后老板胡婉真女士，会面地点定在兄弟集团的总部办公室。

兄弟集团的总部坐落在洛杉矶市中心，这是一栋面积约 2000 平方米的低密度花园式办公楼，由两层钢木混合建成，如果不细心观察，貌似就是一栋住宅。汪力宏和深广合地产洛杉矶分公司总经理刘涛从一楼上电梯到达二楼的大会议室，接待人员倒上茶水后说请稍等，胡总马上就到。

5 分钟后，会议室门被打开，兄弟集团总经理宋大成首先推开了门，随后他身旁的一位年长的雍容华贵的女人走进来。不用介绍，汪力宏就能猜出这个女人应该就是老板胡婉真。让汪力宏没有预料到的是，胡婉真的身后还跟着一位他熟悉得不能再熟悉的女人。

"苏明萱，她来这里干吗？"心里的疑问惊奇还没来得及消化，汪力宏就被介绍了。

"汪总、刘总，你们好，这位就是我们集团总裁胡婉真女士，她也是我的母亲。"宋大成拉开椅子让胡婉真入座，然后向汪力宏以及深广合地产的人介绍。

"这位是我们集团最年轻有为的副总裁苏明萱女士。苏总之前也在深海市从事房地产十几年，你们也许会认识？"介绍完胡婉真，宋大成继续介绍她身旁的苏明萱。

在得知苏明萱的真实身份后，汪力宏惊讶得说不出话来，他现在终于明白苏明萱问他的那句话，为何是你来洛杉矶而不是吴欣欣？原来她早就知道这件事，汪力宏更没有想到的是，吴欣欣千辛万苦拿的地竟然跟苏明萱有关，吴欣欣难道真不知道？而苏明萱前几天跟他见面，为何也不告诉他实情，难道这一切都是她苦心布的局？虽然带着满心的疑问，但汪力宏仍旧要装作镇定自如。

"宋总，借你吉言，我跟苏总还真认识，而且是多年的老朋友。但苏总是金口，竟然从来没有向我透露过，她就是兄弟集团的副总裁。"汪力宏看着苏明萱冷漠的眼神，他觉得要稳住心智，于是微笑着打趣地回答了宋大成。

宋大成并不清楚两人的关系，只是随口一提，没想到他们还真认识。

"真是缘分，胡总，苏总，这位是深广合地产深海市公司的汪总，这位是深广合地产美国分公司的刘总，我们前期是跟他签约的。"宋大成向母亲介绍深广合地产的到访人员。

"胡总，久仰大名，听说你以前也在深海市做过房地产开发，是我们的前辈，很高兴见到你。"宋大成介绍完，汪力宏立刻上前走到胡婉真面前，递上名片。

"我已经是老人了，未来属于你们年轻人的，没想到汪总这么年轻，幸会，请坐。"胡婉真接过名片，礼节性地握了一下汪力宏递过来的双手，然后开始进入会议正题。

"苏总，你在深海市是一个厉害的角儿，到美国后仍旧一样。"跟胡婉真聊完，经过苏明萱座位时，汪力宏也递上名片，然后说出了这句意味深长的话。

在汪力宏的眼里，胡婉真55—60岁，但实际并非如此。胡婉真平时很注重保养，此刻虽已是高龄，但皮肤和身材保持得很好，很难看出这是一位年近 70 的老人了。胡婉真精神体力也很好，在处理公司事情上，她的头脑清醒，眼光依旧独到。宋大成佩服母亲，他和弟弟宋大伟都没有继承母亲这一优点。

宋大成兄弟俩跟随母亲来到美国快 20 年了，他们已经适应了美国这种平静无斗志的生活，所以胡婉真对他们都不满意，至今也没有把公司大权交给他们，反而是苏明萱一回到美国便被她重用。宋大成知道母亲喜欢苏明萱，其实就是喜欢年轻时候的她自己。

宋大成本无心打理公司，苏明萱来了之后，他自然省了很多心。

8. 那年，那时，那爱情

2000年3月，此时正值武汉大学樱花树盛开，每年的这个时候，武汉大学都会吸引来自世界各地的众多游客。后来为了控制入园观赏人群的数量，武汉大学制定了新的规定，必须先在网上预约后，才能入园观赏。

3月也是很多大四学生临近毕业的日子，苏明萱是1996年入读苏南大学中文系的，此刻已经在苏南市政府实习。父母的建议是让她参加公务员考试，然后进入机关工作。苏南市政府办公室属于比较清闲的部门，苏明萱的实习工作就是在办公室打杂，偶尔也写一些宣传报道文章。

曹曼曼是苏明萱的高中密友，高考考上了武汉大学外语系。从大一开始，曹曼曼就不断邀请苏明萱来武汉玩，但是直到快毕业，苏明萱才决定来武汉，这还是在曹曼曼下了最后通牒后。

3月28日下午4点，苏明萱坐上了从苏南开往武汉的火车，火车是绿皮L开头的慢车，而且只有一趟夜班车，火车一路停靠无数站点，第二天早上8点，终于到达武昌站。

按照曹曼曼给她的公交线路，苏明萱一路找到武汉大学。二人久未见面，曹曼曼看到到来的苏明萱，热情高涨。她们首先去了樱花园，这是苏明萱第一次看到这么多樱花树簇拥在一起，苏南市也有樱花树，但是远没有这里密集。见到樱花锦簇盛开的美景，曹曼曼用相机给苏明萱拍下了跟樱花树的合影。

此时正是上课时间，樱花园只有她们两个人。为了跟苏明萱拍张合影，曹曼曼不时地看着路过的人群，希望找到一个可以求助的人。

汪力宏恰巧路过，走近樱花园，他远远就看到一个女孩兴奋地朝他挥舞双手。在那双手的招呼下，他往这边走来。

"帅哥，请帮我们拍张合影。"

"好的。"

打开相机的镜头，镜框中的一个女孩深深地吸引了汪力宏。那一头齐腰披肩长发、清纯甜美的笑脸、白色飘逸长裙衬托下的高挑个子，宛如一幅纯美的油画，这幅景象让他着迷。这个画面后来多次出现在汪力宏的梦中，他突然觉得，自己心中一直寻觅的那个女孩出现了。

在跟曹曼曼短暂的交谈中，汪力宏得知她是外语系的同学，而这个跟她合影的长发女孩是她高中同学，来自遥远的苏南市，巧合的是他跟她都是今年的中文系毕业生。

"你好，我叫汪力宏，武汉大学 96 级中文系的。听说你也是中文系的，我们能认识一下吗？"确定心思后，汪力宏把相机递给曹曼曼，勇敢上前伸出双手，主动询问。

"你好，我叫苏明萱。"苏明萱回答后，轻轻碰了一下这双热情伸过来的手。

"很高兴认识你们，如果不介意的话，中午我请你们午餐。"

"好啊，谢谢帅哥。"汪力宏的邀请，苏明萱还没有回答，就被曹曼曼抢着答应了。

在汪力宏眼里，曹曼曼是动态的代表，她热情大方，留着齐耳短发，话语中还不时带着男孩子的顽皮气息，而苏明萱就是静态的代表，她永远是面带微笑，且很少言语。汪力宏没有想到这样一静一动两种性格的人竟然会成为好友，或许这就是性格互补的缘故。

中学时代，父母封建化的教育让苏明萱很少跟男孩子来往，即使上了大学，她也是时刻处在母亲的监控之中。刚上大学时，也有很多人写信或者递纸条给她，然而在很久都没有得到回复或被直接拒绝后，这些人也就失去了信心，苏明萱因此在大学里获得了一个"冰雪美人"的称号。

初识汪力宏，苏明萱也有心动的感觉，他一米八五的身高，穿着一套米色休闲西服，帅气的外表下透露出来的是无比骄傲的内心。作为武汉大学中文系著名的才子，汪力宏在高中和大学期间就发表了众多的文学作品，在体育方面，他更是校园篮球队的主力，每次只要他出场，球场周围就会出现很多仰慕他的女孩围观，她们还奋力地呼喊着他的名字为他助威。

尽管如此，到毕业也没有出现一个能够让他怦然心动的女孩。他觉得这些仰慕追求他的女孩，都是徒有其表，很难吸引和打动他，他喜欢的女孩是外表与内在合为一体的女神。

汪力宏的母亲是武汉一所高校的英文老师，在他眼里，母亲不仅有文化，更是美貌与智慧的化身，所以汪力宏心目中的女孩其实就是母亲年轻时候的翻版。

午餐桌上，谈到毕业就业，汪力宏说他可以留校考研也可以工作。近期他听说很多师兄师姐都选择了南下深海市，受他们的影响，汪力宏也想南下。

苏明萱说她毕业后要听从父母之命考公务员，而曹曼曼则很轻松地说自己还没想呢。在武汉读书4年，她已经适应了武汉，口味也变重了，所以她不想回苏南了。饭后曹曼曼跟汪力宏交换了手机和呼机号码。

后面几天，曹曼曼带苏明萱逛遍了武汉几大著名景点，如黄鹤楼、东湖、楚园等。开始是两人逛，后面变成了汪力宏在没课的时候也出现了。汪力宏总向曹曼曼打听苏明萱在苏南的情况，此刻再傻瓜的曹曼曼也明白他喜欢上了自己的闺密。

第五天苏明萱要离开武汉，汪力宏坚持要送她进站到月台。

"再见……"看着窗外月台上奋力挥手的汪力宏，苏明萱摆下手，心里默念着。

> 那一天知道你要走
> 我们一句话也没有说

当午夜的钟声敲痛离别的心门

却打不开我深深的沉默

……

祝你一路顺风

火车缓缓离去，汪力宏默念着小虎队的歌，突然觉得心里空荡荡的，此刻身体也仿佛被什么抽空了一样。短短几天，这个女孩占据了他心中最深的位置，他也终于理解一见钟情、相见恨晚的感觉。

苏明萱虽然给汪力宏留了QQ，但她似乎很少上线，她到达的信息还是曹曼曼转告他的。汪力宏曾经试探性地在QQ上找过苏明萱，但QQ头像永远都是灰色不在线状态，苏明萱从武汉离开后便如同断了线的风筝一样，再无音信。

忍受了两个月煎熬，5月底，汪力宏抵不住心中的思念，坐上从武汉开往苏南的火车，他决定当面向苏明萱表白。

汪力宏在苏南大学中文系几个班级门口蹲守的第三天，苏明萱出现了。苏明萱这段时间实习，很少回学校，当看到一个似曾相识的背影在班级门口徘徊的时候，她还想这世上不会有这么像的人吧？

"汪力宏？"

"苏明萱。"

"你什么时候来的？"

"我来了3天，终于等到你了。"

离开武汉时，苏明萱心里也一阵惆怅，汪力宏对她的感觉她明白。回到苏南，汪力宏的QQ留言她也看到了，但是想到两人之间的遥远距离，她动摇了，并且慢慢放下。苏明萱知道自己注定离不开苏南市，没有结果的爱情也只会徒增伤悲，所以她就没有回复汪力宏任何信息。

让苏明萱没有想到的是汪力宏会千里迢迢从武汉跑到苏南找她。为了感谢他在武汉的热情招待，苏明萱请汪力宏到学校外面吃饭。走出校园大门，附近100米周围有各种各样的小饭馆。苏明萱带着汪力宏去了一家她熟悉的小店，点了鸭血粉丝、小笼包以及一些特色炒菜。品尝完，汪力宏觉得苏南的美食比起武汉的美味多了。

夜晚，华灯初上，校园外的街道上热闹非凡，街边夜市地摊上摆满了各种货品。汪力宏要请苏明萱看电影，她没有拒绝，那晚的电影竟然是爱情片《廊桥遗梦》。观影中，苏明萱被女主人公的细腻感情折服，也为两人一生的结局遗憾流泪。看着落泪的苏明萱，汪力宏轻轻触碰了一下她的手，然后紧紧握住。在手被触摸的瞬间，苏明萱一度紧张地想抽回。汪力宏觉得苏明萱也是喜欢他的，握住的那双细长的手，如流苏般柔软，幸福来临得太快了。

7天时间很快过去，汪力宏不得不返校，他不仅要准备论文答辩，还要为南下深海市工作做准备。火车驶去，留下的是彼此的思念，如果第一印象只是被苏明萱的外貌吸引，那么这几天接触后，苏明萱丰富的内涵更让汪力宏着迷，他心里暗暗发誓，今生一定不辜负她。

汪力宏走后，苏明萱也从实习单位回到学校准备毕业论文答辩，然而总有种心不在焉的感觉，心中也时常回忆着两人在一起的场景，她不知道这算不算是爱情。几次电话后，汪力宏的一封长信随即在6月寄来。这封信写了整整7页，字里行间充满了对苏明萱的思念和爱意。读完这封信，苏明萱激动地流下眼泪，她已经深深爱上了这个男人。

在信中，汪力宏希望苏明萱毕业后能够跟他一起去深海市，在苏南和深海市的选择中，苏明萱陷入了抉择两难之中。一边是父母从小到大的温柔乡，一边是爱情的呼唤，最终她在汪力宏的一个又一个激情澎湃的电话中，听从了自己内心的选择。

7月30日，苏明萱给父母留下了一封充满愧疚的信，坐上了南下的飞机。

9. 地产新秀初露头角

2001 年 3 月，尽管是春天时节，但深海市已经是骄阳似火。福滨区沙头工业区 28 栋 4 楼的福成地产办公室里，朱文茜此刻正坐在独立的格子间里面，焦虑地拿着一堆资料在看，今天是她来福成地产上班的第三天。

从百联达地产跳槽到开发商福成地产，这是朱文茜职业生涯中的第一次飞跃。百联达地产一直给福成地产开发的楼盘做代理服务。朱文茜也因为负责福成地产的楼盘，才有幸认识老板孟成彪，并且受到他的赏识来到福成地产。

离职前夕，朱文茜很诚恳地跟张莹莹谈了一次，她真没有想到老板是那么开明，不仅没有为难她，还鼓励她前进。张莹莹甚至说她在百联达地产 3 年了，也该有一个向上的台阶了，这就是张莹莹的聪明之处。朱文茜进福成地产，对百联达地产来说其实是好事，后期她负责管理的楼盘全都签约给了百联达地产，当然百联达地产也不负重托，给出的都是满意答卷。

2000 年前后，百联达地产无论在策划方案，还是在销售能力方面都是深海市综合排名第一的公司。后来除工作之外，朱文茜和张莹莹的私人感情也迅速升温，不再是老板和下属的关系，而是亲密的好姐妹。

早年深海市楼盘的户型设计多是模仿甚至抄袭香港的楼盘，以小户型为主，这其实也是为满足香港投资客的喜好。香港人喜欢的户型大多数集中在 30—60 平方米，这种户型面积小，总价低，首付 1—2 成就可以买来出租或者自住。

香港的人均收入比深海市高，2 万—5 万元首付仅相当于两个月工资。还有一些在香港买不起住房、娶不起老婆的低收入人群，把眼光转向了一海之隔的深海市。在这里，他们花几个月工资购买一套小房子，就可以娶到貌美如花的在深海市打工的年轻女孩。

朱文茜在百联达地产开始做策划时，就负责福成地产开发的时尚天地项目。朱文茜是策划经理，楼盘提案也是她写的。时尚天地位于福滨区通往香港的口岸地带，地块狭小，目标客户也正是年轻都市小白领和对岸的香港低收入人群。

朱文茜的策划方案设计为：单室、1 室、2 室、3 室，单室面积为 23 平方米，1 室 1 厅面积为 35 平方米，2 室 2 厅面积为 50 平方米，3 室 2 厅 1 卫面积为 68 平方米。如果楼盘定价 5000 元，单室总价为 11.5 万元、1 室总价为 17.5 万元，单室和一室首付只需要 2 成、2.3 万—3.5 万元。而此刻深海市白领人均月薪为 5000 元左右，他们只需要用工作半年时间就可以买房。

最为关键的是，这种户型设计还可以做高容积率，让开发商获利更多，这是开发商老板们最喜欢的。

在前期规划的会议上，孟成彪一下子就记住了朱文茜，他觉得这个女孩很有想法，当时就有了把她招进福成地产的冲动，但碍于跟百联达的合作关系，不好直说。直到在时尚天地的开盘晚宴上，他借酒向张莹莹开了口。

"张总，今天开盘不错，感谢你们的辛苦付出，这杯酒我敬你。"

"谢谢孟老板，这是我们应该做的，你敬我真不敢当，这杯酒我先干了，你随意。"看到甲方老板敬酒，张莹莹举起杯子一口喝完。

"张总，还有件私事麻烦你，能否让个人给我？"孟成彪在张莹莹喝完酒，放下杯子后，说出了心里蓄谋已久的想法。

"孟老板，你看上谁啦？"张莹莹何等聪明，孟成彪只说了一句话，她其实就知道他要谁了，但还是卖一个关子。

"小朱，这姑娘不错，很有干劲，福成地产急需这样的人才。"孟成彪说出了想要的人。

"孟老板，你真会挑人，专拣我心脏部位挑，文茜可是我培养3年多的人才，我正准备提升她为副总监，她真是个可以独当一面的强将。你现在要走她，可是断了我的右臂啊。"张莹莹说的话是事实，在这几年的培养中，她看得出来朱文茜是一个不可多得的人才。

"但是念在我们多年合作的分儿上，即使是我的右臂，孟老板你需要也可以随时让她过去。不过你最好跟她聊一下，这姑娘很有主见，她如果愿意去我决不阻拦。"

"那就谢谢张总了。你放心，福成地产不会亏待你们的，后面还有大把地块呢。"孟成彪端起桌上的酒杯再次跟张莹莹碰了一下，然后看了一眼隔壁桌上敬酒回来脸色微醉的朱文茜，仰起脖子喝完杯中的酒。

"谢谢孟总。"张莹莹觉得与福成地产给出的每个项目至少100多万代理费相比，一个员工的去留在此刻是无足轻重的。

人往高处走，孟成彪伸出橄榄枝后，朱文茜也动了要离开的心思，只是觉得愧对老板的悉心栽培。朱文茜在孟老板找了她第二次后，跟张莹莹摊牌，她不知道两人其实早已经私下达成一致。张莹莹还顺水人情地指导朱文茜到了甲方之后，要注意哪些事项。相对乙方代理公司凭能力赚钱升职，甲方公司还要处理复杂的人际关系，这样的提醒对朱文茜确实很重要，她刚到福成地产任职，就印证了张莹莹的忠告。

朱文茜来到福成地产担任营销总监，她了解到原来的营销部经理孟海涛是老板的远房侄子，他虽然只有小学文化，但处事很圆滑。福成地产刚成立时，他是办公室主任，后来孟成彪从工程施工转到房地产开发，孟海涛就顺势被任命为办公室主任兼营销部经理。刚到福成地产的时候，朱文茜也想不到孟海涛会在背后捣鬼。

房地产开发公司负责营销的经理到总经理有很高的权限，所有跟营销部合作的公司都是他们决定。深海市房地产市场上也有一些不点破的约定俗成的规矩，那就是有固定点数返还给负责人，比例是签约总额的5%—

20%，这些灰色收入远高于经理人的工资。

孟海涛觉得朱文茜接手营销部后，这些收入就跟他没有关系了，所以当孟成彪在会议上宣布朱文茜担任营销部总监、做他的顶头上司时，就开始了一步一步算计她。朱文茜做事能力强，雷厉风行的风格让孟海涛在合作中已经领教了，现在她成了他的上级，那意味着以后不仅合作公司的回扣拿不到，而且营销部的工作也没现在这么轻松了。

孟海涛表面上不跟朱文茜发生冲突，但私下让他做事的时候，总是百般拖延，尤其是让他约楼盘合作的服务公司过来谈事，他总是先把人带到自己办公室聊半天，然后才一起到朱文茜的办公室见她。

自福成地产营销部空降一位新的总监后，合作单位在收款之后，纷纷私下约她吃饭，并且暗示说有预留的点数给她，朱文茜这才明白自己挡了别人的财路。后来她跟张莹莹说出烦恼之后，张莹莹说如果她真的不要，可以让这些人继续送给孟海涛，这样肯定可以缓和他跟你之间的关系。

张莹莹还跟她说出了行业标准，朱文茜没想到暗地回报这么高。如果按照平均5%计算，那么福成地产每年几个项目的营销推广费用至少3000万元，5%就意味着有150万元，这个收入抵上她在福成地产10—15年的工资，难怪孟海涛那么排斥她。

事实果然如张莹莹说的，没有人跟钱过不去，回到办公室，她就叫来孟海涛。

"孟经理，之前由你经手签约的合约维持原来状态，一概不换，但是要积极配合我们的工作。"朱文茜的话让孟海涛转变了态度。

"谢谢，朱总。"孟海涛后来真是积极配合朱文茜，等她要离开福成地产，他竟然还有点舍不得。但朱文茜走后，孟成彪也没有把他提为营销总监。

至今，朱文茜都为自己十几年的职业生涯不受贿而引以为豪，她在深海市地产圈获得的财富都是合法收入。

一直与她合作的张莹莹，也是朱文茜佩服的女人之一。自百联达地产创办初期，张莹莹就立下规矩，杜绝给甲方经理人回扣。后来在与世桦地产竞争期间，很多职业经理人选择签约世桦地产，是因为个人可以获得丰厚报酬。再后来当世桦地产超越百联达地产时，朱文茜不知道张莹莹是否后悔过当初立下的规矩。

10. 融入深海市

经过两个小时飞行，飞机平稳地降落在深海市宝成机场。

深海市根据地域，它被分为东湖区、福滨区、山海区、海盐区、宝成区、龙城区等6个行政区，东湖区是20世纪90年代的经济中心。然而随着城市开发速度的加快，经济中心也不断往西移动，20年后山海区成为整个深海市的经济中心和科技重心。

走出机舱门，深海市火热的空气迎面而来，此刻正是深海市最炎热的夏季。在出口处，苏明萱看到了向她挥手的汪力宏。

"明萱，深海市欢迎你。"汪力宏接过苏明萱的行李放在地上，然后双手向前拥抱住她，让他日思夜念的女孩终于来到了他的身边。

坐上出租车，35分钟后到达汪力宏租住的房子。汪力宏租住的这个公寓位于5楼，面积大约30平方米。从破旧的楼梯向上走的时候，苏明萱产生过一丝迷茫，是不是来错了地方？难道这就是汪力宏激情澎湃赞美的乐土吗？

单身公寓名叫金福公寓，距离福滨中心区大约1公里，隔壁是深海市著名的城中村金沙村。2000年，公寓单价仅2000元，1套总价也就是6万元，租金每月却要800元。这些房子大多是公司整栋购买来出租的，租金回报也很高，1套房子出租6年就能收回成本。

汪力宏说这里的公寓租金比其他独立的商品房小区便宜，而且位置好，交通出行和生活都很便利。经他解释后，苏明萱的心情好多了。就是打电话给母亲的时候，她也忍住冲动，说住得很好。汪力宏把公寓让给苏明萱住，自己则去了金沙村同学那里借住。

因为先来 1 个月，汪力宏已经在大学师兄的介绍下找到工作。他在一家名为泰呈广告的公司做文案工作，月薪 2800 元，加上项目提成和年底奖金，年薪大约 5 万元，这个收入相比留在武汉工作的同学高多了，武汉的工资才 1500 元左右。

休息几天，苏明萱开始了找工作之旅。第一周，她每天都能接到无数的面试电话，然后坐着绿色小巴车去各个区面试。现在来深海市的年轻人已经看不到当年的那种 24 小时运营的车了，只有香港仍保留着传统。

苏明萱至今还记得坐小巴车去深海市偏远的吉心镇上水径的一家叫喜爱郎的果冻公司应聘经历。她坐了整整两个小时的车才到达，最后公司录用她做总经理助理，她却因为路途遥远拒绝了。

在一些总经理助理、秘书以及广告公司文案的工作中，苏明萱选择了薪资相对高而且能成长学习的广告公司，跟汪力宏成了同行，这家公司就是她跟黄燕青相识的图丁广告。进入图丁广告第三个月，苏明萱已经适应每天都要加班加点熬夜的生活，能在 8 点下班就是件很幸福的事。

广告公司不是苏明萱的最终目标，她时刻留意着报纸的招聘广告。黄燕青在跟苏明萱的熟悉交往中，了解了她的心思，于是也找机会帮她。黄燕青在跟深海市报社的广告对接中认识了很多编辑和记者，于是经常问他们是否招人。

一天，黄燕青兴奋地拿着一张深海市商报社的征文启事给苏明萱看，征文启事由一个名叫深广合尚园的楼盘赞助。此楼盘地处深海市北郊地段的工业厂房集中区，周边环境很差，近几年也没有新楼盘面市，开发商老板都担心卖不出去。征文启事的诱人之处就是投稿获奖后，有机会被商报社聘用为记者，苏明萱决定试一下。

深广合尚园是深广合地产拆掉工业厂房转换地块性质盖起来的小户型公寓，开盘销售不好，只卖掉 20%，于是深广合地产就联合商报社做了这场征文活动，意在扩大宣传力度。

深广合尚园是典型的小户型楼盘，总数量 400 套，最小的单房面积仅 18 平方米，其次是 28 平方米的一室一厅等。楼盘主力购买人群是投资客户，他们在购买后可以出租给工业区的中高级白领，开盘价格是 2500 元每平方米，但即使这么低的价格，也是无人问津，因为附近的二手房价格不到 2000 元。

销售停滞后，深广合地产的营销部经理王春阳找到负责项目主力宣传的商报社，寻求解救办法。商报社签了此楼盘几个整版广告过意不去，于是地产版主编汪平就给他们出了一个招，那就是以此楼盘的名义做一个有奖征文活动，意在唤醒年轻人的文学热情，重新包装出一个温暖的家园。

2000 年前后，深海市的打工文学很兴盛，征文在厂区准客户购买群中引起了很大的反响，即使没有这些准客户们的购买，深广合尚园在这次征文中，也扩大了知名度。作为主编来说，只有这些软性的文章版面，他才有权利跟报社申请免费刊登。

征文是以潘美辰的歌词开始的：

我想要有个家，一个不需要多大的地方……

你想在深海市拥有一个家吗？如果你想，这里将是你最好的选择，一个不需要花费很多钱，却能跟心爱的人居住在一起的温暖小窝。

来吧，拿起你手中的笔

描绘出你心中美好家园的蓝图

……

深广合尚园欢迎你的参与，来稿请发邮箱……

此次征文特等奖的获得者，还能获得大赛赞助商深广合尚园提供的 1 套 18 平方米的单身公寓，一等奖、二等奖和三等奖会获得深广合尚园开发商提供的 5000 元到 2000 元不等的奖金，获奖作者会被优先录用进商报社工作。

房子、奖金对苏明萱都没有吸引力，她最大的意愿是去商报社工作。

准备了两天，苏明萱的一篇《情在深海市，爱在尚园》的文章出稿了。她不知道自己一贯的散文风格是否能够获奖，也只是抱着试试看的心态发到了征文邮箱。

半个月后，本以为获奖无望的苏明萱，接到了报社征文组的电话。在电话中被告知她的文章获得了此次征文的一等奖。欣喜的同时，苏明萱还在想是不是参与征文的人太少了，或者水准太差了，才能让她轻易获奖。至今苏明萱还觉得获奖就是一个偶然，以她当年的水平，文章还是很稚嫩的，但也许就是稚嫩，才是最真情实感的流露。

随后获奖征文陆续在报纸上刊登。看到特等奖的文章，苏明萱才觉得自己的文章并不差。后来长时间潜心地产，她也知道了所谓的潜规则，特等奖就是个噱头，基本是内定或者由开发商内部人拿走，根本不会留给外人。在后来的十几年房地产从业中，苏明萱更是亲身见识和参与过各种大型策划活动，无论是赠送名车、房子以及奢侈品、现金大奖，二等奖以上的基本没有现场客户的戏。所以她当时能够获一等奖，报社还是凭着良心给的。

10 天后，颁奖典礼在深广合尚园的销售现场举办。此刻的楼盘销售中心，苏明萱明显觉得人气比第一次来时增多了，这场活动算是达到了预期的效果，在持续火热的前后期软文广告宣传轰炸下，全深海市的市民都知道了这个楼盘，3 个月后深广合尚园全部售罄。

自深广合尚园后，2001 年后的深海市房地产市场，很难再出现 20 平方米以下的户型，可以说它至今还是深海市的绝版经典。2018 年，此楼盘的二手房单价涨到 4 万元，涨了整整 16 倍。

在深广合尚园征文颁奖大会上，苏明萱接过深海市商报社地产版主编汪平的获奖证书和装着信封的奖金。

"苏明萱，恭喜你获得了本次征文大赛的一等奖。"汪平微笑着对苏明萱说。短短几句话，她听出了久违的苏南口音，于是回了一句苏南话。

"谢谢你，汪主编。"

"小姑娘还跟我是同乡，哪个大学毕业的？"听着亲切的苏南话，汪平多问了一句。

"苏南大学中文系，今年刚毕业，现在广告公司做汽车、楼盘的策划文案工作。"苏明萱如实回答。看着文静秀丽、书香气十足的这个女孩，汪平以他多年招人的经验，觉得此人为可塑之才。

"我们商报社要招两个记者扩大地产版面业务，如果你想来，明天把简历发给我。"汪平说完，继续给其他获奖的人颁发证书和奖金。

苏明萱期望很久的报社工作，来得竟然这么容易。

随后她给汪力宏发了一条短信说："我要去商报社工作了。"

想着当年刚毕业的情景，已经修炼得处事不惊的苏明萱至今觉得，人在时光面前真的可以改变很多。如果不是后来的变故，她或许想着未来的日子就是跟汪力宏结婚生子，然后在商报社工作到终老。

"恭喜你，明萱，晚上我提前下班一起庆祝一下。"苏明萱的短信，让汪力宏也很开心，今天也许是苏明萱来深海市最开心的一天。汪力宏知道苏明萱一直是父母眼中的乖乖女，因为他才第一次逃离得这么远。来深海市半年，苏明萱在广告公司工作得并不是很开心，所以换个地方也好。

2001年1月，苏明萱入职深海市商报社，成了房地产版的一名记者。在入职的时候，汪主编很明确地跟她说，如果光靠报纸版面的稿费，工资不会很高，她在跟盘采访写稿的时候，还要发掘广告客户，签到广告单，才有更丰厚的收入。

汪平给苏明萱算过一笔账，报社基本工资只有3000元，每月完成派稿任务后会有1000—1500元稿费，加在一起每月可以拿到4000—4500元。但是如果签到广告业务，收入就会高很多。商报社广告提成是总额的4%—8%，如果一年内签约100万元广告业务，那么就可以得到4万—8万元的提成。汪平还说做得好的老员工每年都能够轻松签到300万—500万元的广告业务，此刻苏明萱终于明白同事们住着好房、开着好车的收入是这样挣来的。

深海市作为改革开放的前沿城市，报社风格也不一样，地产部没有把记者跟广告人员分开，每个记者的身份都是双重的，白天出去是业务员谈广告业务，晚上回家写稿变回记者。在当时的广告利润远高于文字价值的时代，记者们的主业已经不是在文字上钻研，而是挖空心思地想着怎么拉到更多的广告业务。老记者们甚至都怕写文章，他们会从广告提成中拿出一点给新同事，让他们帮忙写，这样在晚上，他们可以抽出更多时间陪开发商老板或营销部负责人应酬联络感情。

半年后，苏明萱熟练掌握了地产版的全部工作流程，汪平也分了几个没人跟的项目给她。位于市区的楼盘资源已经被同事分了，苏明萱想签到广告只能找一些偏远的没人跟的郊外楼盘。郊外楼盘没有车的话，要转几班公交车才能到达。有些楼盘更偏僻，下车后还要步行走几公里。所以一天下来，也许只能跑一个楼盘。然而正是那段坐公交车跑盘的日子，给苏明萱积累了丰富的一手资料和经验，2000 年后开发的楼盘名字位置，她至今还都能随口说来。

11. 我的命运，是不平凡

2001 年 3 月，深海市火车站，陆小曼从春季还是很寒冷的大连一路转火车，来到了已经进入夏季火热季节的深海市，她此行是来深海市电视台实习。

陆小曼就读于大连的一所广播影视学院播音主持专业，她从小能歌善舞，5 岁时被发掘有文艺天赋，于是尽管家里经济不好，但母亲还是咬牙把她送去少年宫学跳舞。高中毕业，陆小曼原想考表演系，但因为声音素质比较好，面试的时候阴差阳错地被学院的播音主持专业录取。

陆小曼从没想过靠这个专业将来干什么？她觉得能考上大学就是最好的结果。被录取后，有人告诉她以后的工作就是电视里面风光无限的主持人。想到自己的家人以后能够在电视里看到她，陆小曼不由得一阵兴奋。

陆小曼出生于 1980 年，1997 年 9 月上大一的时候才 17 岁。收到通知书后，父母倍感荣耀，破天荒地打电话给所有的亲朋好友，要为她在酒楼里面订几桌酒席来庆祝一下。在打电话的这些亲戚中，有很多是平时不来往的，席间那些平时走动得比较近的亲戚们很识时务会给她一个红包。饭局结束，陆小曼回到家里，取出红包里面的钱，加在一起竟然有几千元。后来陆小曼才知道父母是因为她学费不够，靠着跟别人学的请客吃饭收礼金的方法，收了这几千元的人情红包，陆小曼工作后为此偿还了几十万元。

　　到达深海市的第一感觉是热。下了火车，陆小曼脱掉厚厚的羽绒服，找到了去往电视台的公交车，大约1个小时后下车，然后就到达了站牌对面的，位于怡芳路的深海市电视台办公地。在门口的保安室登记后，陆小曼找到了大学老师帮她联系的实习部门领导，随即被安排在电视台房产频道实习。

　　在电视台待了一阵后，陆小曼感觉自己的穿衣打扮跟深海市电视台的同事们相比，明显就是一个土妞。在大连的时候，她还自认为很时尚。穿梭在台里主持人当中，陆小曼感觉无论气质谈吐还是外在装扮，这些主持人都是站在中国时尚最前沿的。电视台主持人的服装大多是内地品牌服装商赞助的，但有些名主持人还不屑内地品牌，全部是去香港购买国际一线名牌，如房产频道的主持人春茗。

　　在主持人时尚的外表之下，陆小曼感受最深的就是，工作之外大家的冷漠，尤其是那些正走红的主持人，她们在台上永远是微笑善良的表情，但一下台就会绷着脸，高傲地呼风唤雨指挥人，跑腿的实习生还经常挨骂，这种感觉在陆小曼的心里延续了很久。5年以后，当陆小曼也成了台里数一数二的著名主持人之后，她和善对待所有人，因此在台里工作10多年，她积累了良好的口碑。

　　在实习期间，没有什么具体事，陆小曼就是在房产频道打杂。熬到实习期快结束，台里领导和其他同事都对陆小曼印象很好。无独有偶，那年深海市电视台要增加栏目，所以要在几个实习生中招聘两个新人培养，但是只签3年合约。

　　回到大连做一个正式的长期签约电视台主持人，还是留在深海市当三年临时主持人，陆小曼做出了最正确的选择，选择留在深海市电视台。工作两年后，在跟台长的一次私人晚宴后提前转正。在后期的工作中，陆小曼的能力和智慧也发出了灿烂的光芒，她主持节目能临场发挥又能正确抓住观众心理，后来在接手"房产在线"频道后，更获得了超越以往的收视率，节目播出后吸引了众多的购房者观看，让电视台房产广告签约大增。

　　刚到深海市，陆小曼是住在电视台提供的集体宿舍里面，一间单身公寓三个女孩住，另外两位是来自上海的沈云和长沙的尹秋萍。三人都是来实习的，沈云和尹秋萍还是同学，她们是长沙广播电视大学播音系的。实习期间，三人感情很好，周末还经常相约出去吃饭逛街，可临近实习结束的时候，她们两人在宿舍的时间和次数明显减少，周末应酬也多起来。

一次，因为节目录播比较晚，陆小曼与台里其他工作人员随同"房产在线"著名节目主播人春茗去吃夜宵，夜宵中几个人说我们频道要在三个实习生中挑选一个人留下。

"陆小曼，其实你各方面条件都不错，又刻苦勤奋，按理说应该留你，但你宿舍的另外两个都说有关系背景，所以如果你真想留下来也要找找关系。"其间春茗打趣地说着，陆小曼这下明白沈云和尹秋萍最近为什么在外面那么勤了，深更半夜回来还常带一身酒气。

在陆小曼的几杯敬酒以及软磨硬泡下，春茗总算给她指了一条路。

"县官不如现管，总监是要人干活，你直接盯着部门总监。"春茗凑近陆小曼的耳朵，说出了这句指路的话。

陆小曼回去想了好久，送礼她没有钱，最后是厚着脸皮去了总监办公室，在总监面前，声泪俱下地说她很想留在深海市。总监觉得陆小曼本身素质不错，于是轻轻地拉住她的小手，做了个顺水人情，他说可以推荐，但录用权在台长那里。约好时间，陆小曼在一个酒店见到台长，然后陪他唱了一夜 KTV，最终如愿以偿地留在深海市电视台做了一名签约主持人。

2001 年 7 月，21 岁的陆小曼以正式员工身份进入深海市电视台，开始是继续辅助春茗做"房产在线"栏目，等于是她的助理或替补，即使这样她也很开心。跟春茗熟悉后，她不再像之前那样冷漠对她，相反还经常带着她出去应酬。开始陆小曼确实有点不适应，在应酬的酒桌上，她们几个女孩像交际花一样穿梭在一堆老板之间，慢慢地，她就适应了，因为每次参加完饭局她们都能获得老板们赠送的名贵礼物或者现金红包。这些物品加现金的总金额远远高于工资收入。每次饭局完毕，春茗还特地叮嘱她要保密，还说这些是台里的广告大客户，台长交代过不能得罪，然而那么多次饭局，陆小曼一次也没见过台长出席，不过她也不想探究春茗的话到底是真还是假？

回头想想当年青春的幼稚，有礼物收，在饭局中，她们就是陪着喝醉也开心。

在春茗带她参加的这些饭局中，陆小曼认识了她来深海市后的第一个男人——王有伟。开始她对他的印象就是出手大方，陪吃一顿饭随手就给她们每人发 1 万—2 万元红包。陆小曼还没有上过节目，算不上名人。

"陆小姐，你就住这里？真是委屈了。"一次饭局结束，王有伟送陆小曼回去，走到那几栋破旧的宿舍楼后，忍不住发出感慨。

"我刚来深海市不久，暂时先住这里，等以后挣钱买房后再搬走。"陆小曼年轻，此刻对住房没有任何奢求，她觉得此刻能在深海市有一间单身公寓安身就不错了，比大学时期几个人挤一间宿舍强多了。

"如果你愿意，我那有一套空着的 150 平方米的 3 居室给你住。"夜光下，王有伟说出了藏在心里已久的想法。

"谢谢王总的好意，我还是觉得住在这里有安全感。"陆小曼一口拒绝，她明白天上没有掉下的免费馅饼，王有伟的这番好意让她不敢接受。

王有伟出生于 20 世纪 60 年代，只有中学文化，他是佛山一个名叫"伟鹏"品牌瓷砖的老板。20 世纪 90 年代后随着中国房地产的迅猛发展，这个瓷砖品牌在国内建材市场上占据很高的份额，2003 年后销售额更是被不断拉高，2010 年伟鹏公司成功在 A 股上市。而此时的王有伟已有几亿身价，钱财在陆小曼心里是次要，她最不能接受的是男人没文化。

虽然陆小曼拒绝了王有伟的要求，但是他邀请饭局，她依旧会参加。22 岁青春貌美的电视台主持人陆小曼坐在大腹便便的 40 多岁王有伟身边，她能看得出他身边那些朋友们艳羡的眼神，作为陪同饭局的补偿，王有伟送她的礼物越来越贵重，陆小曼习惯性地接受了。

"小曼，你要是跟了我，我保证每年给你投 500 万元广告，单独做一个节目，而且指名让你做主持人。"在被拒绝的 3 个月后，王有伟再也不含蓄，此次这个条件让陆小曼没有再当场拒绝。

"太突然了，你让我回去想想。"陆小曼找了一个借口提前离开。

陆小曼越想越心动，从实习开始到正式签约在台里工作快 1 年了，台里还没有让她上新节目的打算。500 万元广告费不仅可以让她单独做节目，而且还能获得台里额外的 25 万元广告提成，这算是一举两得的好事。此刻深海市房价最贵的才 1 万元，普通住宅单价仅 4000—5000 元，如果拿到这个提成，她就能跟其他主持人一样买一套属于自己的房子，也不用再蜗居在单身宿舍了。

认真想了 3 天，陆小曼约王有伟见面，同意了他的要求。在台长的见证之下，王有伟跟电视台签下了 500 万元"伟鹏"瓷砖广告合同。1 周后，陆小曼以见习主持人的身份替换春茗，春茗升职并接手新开的财经频道，至此春茗主持的"房产在线"正式交给陆小曼。

录制节目结束后的那天晚上，在王有伟制造的烛光晚餐和鲜花陪伴下，陆小曼带着行李箱住进了王有伟空置的那套房子里。第一个月，王有伟经常过来，逐渐地他来的次数是越来越少，从一周一次逐渐变为一月一次，最后是几个月也见不着面。

陆小曼开始对王有伟还有一点感情和期望，后来逐渐看清了事实，明白她跟王有伟之间仅是一场交易而已，不要期望爱情和家庭。值得欣慰的是经过几个月的节目播放，陆小曼主持的"房产在线"收视率相比春茗时代一度飙升。观众其实也有审美疲劳，也许是换了一个新的青春靓丽的主持人，加上陆小曼和蔼可亲的主持形象更适合购房者的口味，至此陆小曼在深海市电视台站稳了脚跟。

2002 年年初，陆小曼跟王有伟的关系正式结束，陆小曼居住的那套房子算作分手礼物，当年的广告费也没了。此刻陆小曼想通了，对她来说，已经得到了想要的东西，王有伟获得了满足感，两人关系现在一笔勾销。

离开王有伟，陆小曼突然发现自己开始怀疑人生了，虽然说初恋是真情的，但到头换来的是男友背叛，还花光了她在大学期间打工挣的所有积蓄，骗光她的那个家伙到今天仍旧是一个三流的演员。偶尔在横店出品的垃圾影视剧上看到他，陆小曼不由得一阵心寒，她庆幸当年他抛弃了她，让她决然南下，而不是跟着他去北京混。如果去了北京，今天的她是否跟他一样落魄潦倒呢？

王有伟虽然不再投广告了，但名主持人陆小曼认识了更多类似的老板。

陆小曼不再傻了，此刻她也有了一定的知名度，一般场合她就借着主持人名义签个广告，至于应酬能推都推了。时间长了，哪里都有透风的墙，她不希望当年的事情被人翻出来作为话柄笑谈。

12. 快刀斩乱麻，成功逆袭

2001年2月，苏明萱离开图丁广告，黄燕青替她高兴。此刻她在广告公司站稳脚跟，每月会按时给父母寄钱。二妹黄燕如高中毕业后虽然没有考上大学，但能帮父母做点农活，也减轻了她的负担。但这样一帆风顺的日子很快被打破。

首先是父母看着她每月寄回来的钱，便认为深海市是赚钱的天堂，再三让黄燕青把妹妹带到深海市打工。黄燕青心里有苦说不出，孩子的事情她一直隐瞒着，此刻只有和盘托出。她以为会得到父母的怜爱和关心，没想到电话那头的父母只看到了林先生的身份和金钱地位，而忘记那个是可以做她女儿父亲，跟他们同龄的男人，黄燕青一阵失望，也暗想绝不让妹妹走自己这条路。

其次就是跟黄先生的事情东窗事发。因为女儿黄婷婷，黄燕青还想跟林先生多生活几年，然而当他的太太找上门闹事后，她第一次产生了离开他的想法。

"请问你找谁？" 2001年2月的一个晚上，敲门声响起，黄燕青打开门，看到门口站着一个40多岁衣着华贵的女人。她和保姆都不认识这个女人。

"你是黄燕青？我是林育民的太太。"林太太自报身份后推门进来，黄燕青意识到是谁的时候，一脸尴尬。

　　林太太原来根本不管老公在外面拈花惹草，直到得知这次跟外面的情人生了孩子，而且3岁了，她这才感觉到危机，这危机不仅来自婚姻，更重要的是财产方面。于是林太太在深海市雇了一个私家侦探，很快得知一切，于是找到了黄燕青母女的住所。

　　"林先生不在这里。"反应过来的黄燕青立刻告知林太太。

　　"我不找他，专门来找你的。"林太没有理会黄燕青，直接坐到沙发上，保姆见来者不善，赶紧带着孩子躲进了房间。

　　林太坐下后先把黄燕青狠狠羞辱了一番，那种高高在上的感觉让她至今也忘不了。出于懂法的心态，林太没有像她身边其他朋友一样雇人殴打她们眼里的小三。

　　林太走时郑重警告黄燕青带着女儿离开，林先生的工厂现在生意很差，资金来源都是靠林太娘家支撑。林太还让黄燕青死了林先生会离婚娶她的心，那是不可能的，因为林先生离开她后将一无所有。

　　林太走后，黄燕青打林先生的电话，一直没有打通，于是她给苏明萱打电话，说心情不好想聊聊。她们相约到附近的一家咖啡厅，在咖啡厅里，黄燕青哭着向苏明萱讲了她来深海市几年的经历，她说完后，心想也许苏明萱会看不起她。然而苏明萱在听完后，除了震惊之外，更多流露出来的是对她的同情。苏明萱知道有些东西原本也并不是她们想做的，只是被生活逼迫而已，比如黄燕青就是家庭贫困下的无奈之举。苏明萱想不到看似潇洒开朗的黄燕青背后竟然有这样辛酸的故事，她也想象不到年仅21岁的她已经有一个3岁的女儿。

　　"明萱，我要离开林先生，不然一辈子都是在阴影中生活。"抹掉眼泪，黄燕青说出了决定。

　　离开林先生，苏明萱立刻表示赞同，她觉得跟林先生越早分手，黄燕青就能越早独立，寻找新的幸福人生。

　　在林太太找上门后的第二十天，黄燕青终于见到了林先生。期间她一直试着给他的香港手机打电话，但始终处于忙线中，大陆电话直接关机了。而且从那月开始，林先生之前准时打过来的1.2万元生活费和2000元保姆工资都停了。

那天半夜，林先生如同鬼魅一样用钥匙开门进来，见面他没有提林太过来的事情，这让黄燕青彻底寒心。

"燕青，这是送给你的礼物。"看到黄燕青，林先生边说边把手里的一个礼盒放在桌上。黄燕青看到他很平静，已经没有之前见到他后就表现出的开心。

林先生早已经知道他太太来过的事，所以这次来见黄燕青，他专门买了一块手表，想哄下黄燕青，但没有想到她看到这块名贵手表后没有任何表情。

"林生，我跟了你3年，你答应生下孩子后跟我结婚，但你太太说是不可能离婚的。我想既然没有未来，我们不如现在分手吧。我不想带着女儿过着担惊受怕的生活，下一次你太太再来可能就不是简单地羞辱我了。"黄燕青冷静地对林先生说。

"燕青，我最近经济有点困难，要求助她，但是你相信，我肯定会离婚娶你的，婷婷还这么小，你怎么养活她？"听到黄燕青说要离开他，林先生心里一百个不情愿，毕竟婷婷是他唯一的孩子，即使对黄燕青没有感情，但那毕竟是他的亲骨肉。

"我就是考虑婷婷小，才早点分手，孩子大了，知道这个情况对她更不好。你放心，没有你，我照样能养活女儿。"黄燕青倔强的音调让林先生发现这个打工妹已经长大了，再也不是他在工厂刚认识的那个孱弱瘦小的人了。

林先生想不到打工妹黄燕青，竟然主动提出要跟他分手。自尊心受打击后，林先生脸色一阵难看，但最终看到的是那张倔强的冷漠的脸庞，他知道怎么都挽不回了，他也知道林太太上门摊牌对她打击很大，所以同意暂时分开，林先生觉得黄燕青一个人肯定养不好孩子，一定还会回头找他要生活费。

"你有什么条件，我尽量满足。"林先生问。

"我们住的这套房子如果可以，你留给我们住，房子给了我，孩子的生活费你可以少给一点。"黄燕青说出了条件。

"房子没问题，但月供以后你自己交，婷婷的生活费我只能给2000。"于是林先生把给黄燕青母女居住的这套90平方米的祥雅居过户给黄燕青。祥雅居地处福滨区口岸地带，当时总价50万元，林先生交了4成首付，月供2000元。

林先生给的2000元可以抵掉房子月供，但保姆工资黄燕青发不了了，于是她只能辞掉保姆，让黄燕如来深海市帮她带孩子。

直到现在，黄燕青还庆幸当年和林先生快速分手。3年后的2004年，林先生的包装厂生意因为受到国际化市场冲击，销售额直线下降。再加上林先生好赌，最后把工厂都抵押，在澳门赌输破产。而他和林太太两人的共同资产，早在林太太跟他离婚前就被转移了。

林先生离婚后，他还曾经满怀希望想跟黄燕青结婚。黄燕青觉得自己跟林先生的关系是在经济压迫下的无奈行为，根本没有爱情，她跟他之间的唯一联系就是他是女儿的生父。而且随着黄燕青的努力，此刻她已经在职业广告人的路上走向了成熟，见识了更多的世面，根本不可能回头跟他结婚。

2003年，黄燕青在朱文茜工作的尚湖花都买了一套150万元的新房子，尚湖花都的房款就是黄燕青卖掉祥雅居和存款购买的，祥雅居卖了80万元，还掉20多万元贷款，拿到50多万元余款做首付。

2008年，已经10岁的黄婷婷老追问父亲的情况，黄燕青联系上之前的工厂老板找到了林先生。自从卖了房子搬走后，她也5年没有再见过林先生。

这次见到的林先生，跟黄燕青以往的感触完全不一样。林先生此刻才50多岁，但状态却如同一个60多岁的老头，举止也不似当年那般气盛，他在黄燕青的面前甚至有点畏畏缩缩。林先生告诉黄燕青他已经不赌了，现在帮一个朋友管理仓库，收入正好够他生活，就是没钱帮黄燕青养孩子。看到林先生今天的惨状，黄燕青问他有没有账户，收到账户信息后，她给他转了20万元，然后说女儿要见他，让他就算是看在女儿的面子上，也要好好收拾下。

见到女儿的那天，林先生果然收拾得不错，他拿着黄燕青给的钱去商场买了一套名牌西服，剃了胡子，染了黑发，看起来年轻好多。尽管好久没有见面，但毕竟有血缘关系，黄婷婷见到林先生后，立刻很亲密地黏上去。

黄燕青远远地看着这对父女，她不知道未来怎么办？

13. 突然而至的爱

到福成地产，朱文茜依旧负责时尚天地的销售工作。跟在百联达地产相比，此刻位置正好倒过来。在百联达她是乙方公司销售经理，在福成她是甲方公司营销总监。

时尚天地位于福滨口岸，二期迷你居预售时间定在五一，此刻已是3月底，但样板房设计图还未定稿，如果月底不能施工，就会影响开盘。

早前跟设计公司对接的是孟海涛，朱文茜接手后第一件事就是要求设计公司负责人过来开会。时尚天地签约的装修设计公司叫鹏大装饰，项目负责人是设计总监赵磊，朱文茜让孟海涛约他，赵磊答应了几次，最终派来的仍旧是设计师周远。

几次催促未果，朱文茜等不到下周一的例会，也未通知对方公司，周五下午亲自登门去了鹏大装饰。鹏大装饰办公地点位于新闻路闻景大厦12楼，跟福成地产仅两公里距离。

"请问你找谁？"按照地址，朱文茜找到了鹏大装饰，前台立刻问她。

"我找赵磊，你跟他说我是福成地产的朱文茜。"前台一听是甲方公司的人，不敢得罪，立刻拿起电话拨给赵磊。

"赵总，福成地产有位朱小姐找你？"

"朱小姐是谁？……哦，你先带她到会议室，我马上到。"赵磊听到这个陌生的名字犹豫了一下，便马上反应过来是谁了。

"朱总，请稍坐，赵总马上到。"前台放下电话，立刻把朱文茜带到会议室，然后倒上一杯茶。

接到前台电话后，赵磊听说到访的是姓朱的，立刻猜测到是朱文茜，于是赶紧放下手中的活儿，立刻去会议室。一向清高自傲的赵磊已听下属周远汇报过新来总监朱小姐的雷厉风行，他几次找借口没去拜访，今天她亲自上门，肯定没好事。

"周远，带上时尚天地样板房所有图纸，然后来会议室找我，朱文茜来了。"赵磊走出办公室前，还不忘打电话叫上在外面卡座上工作的周远。

"赵总，图纸还没做好。"周远听到时尚天地，立刻想到还没完成的设计图纸。

"你人先来吧。"扔下这句话，赵磊就向会议室走去。

"朱总，你好。"从会议室门口推门进去，赵磊眼里首先看到是一个年轻漂亮的时尚美女，她正端着茶杯喝茶。在赵磊的想象中，福成地产的女总监肯定是一位年纪大、长相一般的女人，眼前的这个女人太年轻、太漂亮，以至于他一时不敢相信。这是赵磊第一次见朱文茜，如果不是她表明职位，他绝对以为她就是一个大学刚毕业的邻家女孩。

"我是朱文茜，你是赵磊？"朱文茜看着这个披着一头长发的男人，猜到他应该就是设计总监赵磊。当赵磊正在猜测朱文茜的时候，周远也推门进来。

"赵总，周远，今天是周五，下周一例会后就要开始样板房施工，所以我今天就想看下5套样板房的效果图和施工图。"介绍完后，朱文茜直接切入项目，一开口，这个女人的形象完全变了，从一个看似面容温和、涉世未深的小姑娘即刻转变为职场女强人。

"周远，福成地产是你对接的，图纸的事情你跟朱总解释下。"看到朱文茜严厉的表情，赵磊选择把皮球踢给周远。

"朱总，实在不好意思，图纸还没做完，你放心，周一例会我一定带去。"面对朱文茜，周远胆怯地说完。

"赵总，我希望你对我们公司的项目要重视，小户型一样也是房子，做得好一样有口碑，做不好也会影响鹏大装饰在深海市的声誉。"朱文茜没有看周远，而是把矛头对准赵磊。

"朱总，最近手头项目有点多，都赶在五一开盘，所以请你见谅，我们现在周末都在加班赶工。我这里还有点急事处理，你跟周远先聊，我等会儿就过来。"赵磊的手机一直在响，他摁掉几次，中途他又摁掉几次，最后拿着电话出门接了。

朱文茜没有想到第一次见赵磊，他就是这样打发她，她很想发火，但最后忍住了。

"朱总，我今晚加班，保证明天做完先交给你过目，你先回去可以吗？"赵磊走后，周远小心翼翼地对朱文茜继续解释。

"不行，今晚我就要看到图纸，你现在去做，我陪你们一起加班。"在朱文茜的一再要求下，周远赶快回到座位，导出时尚天地的文件包。

"朱总，你怎么还没走？"晚上9点，赵磊下班，路过会议室，他竟然发现朱文茜还在里面坐着，他真没有想到这个女孩如此执着，本以为下午周远就把她打发走了。

看到朱文茜的身影，赵磊有点不好意思，他回头走到周远的办公桌旁问他：

"周远，今晚确定加班能做完？"

"赵总，最快也要明天上午，我今晚通宵赶。"周远看到总监过来，实话实说。

"朱总还没走，你为何不报告我？你抓紧做，看需要谁协助，赶快说一声。"赵磊训完周远，然后去会议室找朱文茜。

"不好意思，朱总，我真不知道你在这里等。我刚去周远那儿，他今晚加班，最快明天上午能完成，我跟你保证，明天下午2点前我亲自把图纸送到你家。你赶快回家休息吧。"这次，赵磊进办公室后态度有所转变，他是真的有点歉疚。

"赵总，我就最后相信你一次，明天上午10点，我准时在这里等。"朱文茜觉得即使再盯下去，今晚也拿不到图纸，不如回家休息。之所以选择在这里待半天，就是想给他们一个重视的警告。

　　"朱总，这么晚了，你还没吃饭吧？不介意的话一起吃饭。"两人往电梯方向走的时候，已经是晚上 10 点，他觉得自己无论是作为男人还是合作客户都应该请她吃饭。

　　"好，我也正好想跟你聊聊对我们项目的看法。"下楼后，朱文茜一路跟赵磊打车来到一个小区楼下，下车后，朱文茜才发现怎么这么熟悉呢？原来是到了她家楼下。

　　"赵总，你知道我家地址？把我带这里吃饭？"朱文茜好奇地问，她根本没有告诉过福成地产以及合作公司任何人她的居住地址。

　　"我不知道，主要太晚了，很多饭店关门，只有把你带到我家附近吃砂锅粥和烧烤。"赵磊回答。

　　"你家？你住这里？阳光雅居？"朱文茜问。

　　"是。"赵磊回答。

　　"不会这么巧？我也住这里。"朱文茜自言自语，也算是告诉赵磊，他们竟然住在同一个小区。

　　朱文茜居住的阳光雅居房子是她前两年用存了两年多的工资做首付买的。这套房子是一套 80 多平方米两室。而赵磊则是每月花 2500 元租的，跟她同一栋同户型单位。就工资来说，赵磊的收入并不低于朱文茜，但是在男人头脑里面很少有买房的观念，他总觉得哪一天就会离开深海市，还是租房子方便。

　　迄今为止，不仅深海市，就是北上广深的其他城市，半夜粥店、夜宵烧烤加啤酒都是绝配。或许是喝了几瓶啤酒的缘故，那天晚上两人放下对公的身份，聊了很多其他话题，在聊天中，他们才发现彼此有很多相投的爱好。那晚朱文茜也改变了对赵磊之前的印象。凌晨 3 点，烧烤摊收档，他们被老板赶走，然后互相扶着，醉醺醺地走向同一个小区同一栋楼的不同楼层。

　　后来赵磊离开，每次路过那个烧烤摊时，朱文茜都会想起他们过去的回忆，心里不由得一阵悲伤，那套她与赵磊楼上楼下的房子也在他死后第二年搬到尚湖花都后被卖掉。

　　周六上午 12 点，赵磊给朱文茜打电话，让她不要去他们公司了，他已经去公司拿到图纸，现在给她送到家里。30分钟后，赵磊敲门，然后带来了时尚天地二期迷你居样板房的全部图纸。

进到房地产开发公司上班，朱文茜觉得更适合自己，在这里可以学习到房地产各行各业知识。在一个楼盘面市过程中，要跟房地产开发的各行各业打交道，如建筑设计公司、工程公司、代理销售公司、广告公司、媒体单位以及其他宣传推广的服务公司，可以说开发公司是串联起房地产各行业的一个领头羊。

时尚天地二期开盘依旧是火爆，客户群中有30%以上的香港投资客户。自20世纪八九十年代的香港人在大陆投资潮退去后，2004年后又兴起了一批香港人购买深海市小户型的投资热潮，但是这批人的经济实力跟上批人群相比差距很大。上批投资客户是资金实力雄厚的人群，大多一次性付款，而这批多是低收入年轻人群因为买不起香港的房子被挤压到深海市来的。这些地处口岸的低价小户型楼盘，香港人只需要付1—2成首付，就可以获得银行8—9成贷款。

自那晚夜宵后，朱文茜和赵磊除了工作之外，也有了更多的私人接触，直至相爱。赵磊是来自四川农村的一个单亲家庭长大的孩子，父母在他12岁的时候离婚，从小他就是在缺失爱的家庭中长大，因此成年后性格敏感，甚至还有点孤僻。

赵磊出生于1971年，他比朱文茜大两岁，可无论外表还是内在，朱文茜看起来反而更成熟。在那晚吃着烤串喝着啤酒的时候，赵磊说小时候他经常被一个人留在家里，于是习惯了孤独。孤独的时候他就拿着妈妈回来看他时送给他的画笔画画。得知他喜欢画画，父亲拿着离婚后母亲在深海市打工寄来的钱供他学画画，最终他顺利考上了四川的一所美院。

大学毕业，赵磊追随母亲的脚步来到深海市，此刻他发现母亲已经在一海之隔的香港再婚，而且还给他生了一个同母异父的妹妹。在深海市工作了几年，赵磊明白了母亲早年南下打工的不易，她离开好吃懒做等她寄钱养家的父亲是最正确的选择。

当朱文茜的事业如火如荼、收入也不断增高的时候，作为男朋友的赵磊却停留在原地甚至还倒退了。2002年国庆后，他辞去了鹏大装饰设计总监的职位，前往西藏游历。在朱文茜看来，这是不务正业的表现，朱文茜也喜欢旅行，但觉得旅行要在合理的时间。

赵磊第三次从西藏回来后，跟朱文茜求婚，此刻她已经 31 岁，身边的朋友基本都结婚了，她虽然觉得跟赵磊渐行渐远，但还是同意了。

14. 青涩而又慌乱的青春

　　宝成区虽然隶属深海市，但此区域开发商们本土化观念比较重，楼盘宣传也只在他们所在区域的宝成日报投放广告，当然早期开发的楼盘确实也都是本区域人群购买。当汪平把宝成区以及郊外其他区这几个没人跟的楼盘项目分给苏明萱时，她一度不知道怎样去入手，还好汪平让同事杨涛带她跑第一次。

　　在分给苏明萱的几个项目中，有一家公司是位于宝成区的裕鹏华地产。裕鹏华地产办公地址位于宝成区翻身村22街区，苏明萱了解到老板姓李，她在深海市黄页上找到登记公司座机电话，然后打过去自报身份，说要约见李老板采访。电话打过去每次都是前台转给秘书，秘书惯例都说老板没空，有空再联系她。接到苏明萱采访预约的第六次电话，秘书终于汇报给老板李海。李海那时候还不叫这个名字，他叫李宝强。李海这个名字是他在2015年后改的。李海怕得罪市区大报引起麻烦，于是就答应了采访预约。

　　深海市报社洽谈广告，第一步就是以采访的名义约到老板或者公司负责营销的人，然后再定期地通过电话联系，最后等楼盘即将销售需要推广时，正式谈广告合作。裕鹏华地产当时不是低调，而是还没有重视公司品牌宣传，因此在网络和报纸很难查到他们公司的更多资料，所以苏明萱只准备了一个简单的采访提纲，她要写一篇关于李宝强的人物报道。

　　2001 年 4 月，这是苏明萱进入报社的第三个月，她坐着杨涛新买的马自达福美来轿车，一起去见裕鹏华地产。杨涛的这辆福美来轿车价格 20 万元，20 万元在今天可能很少，但是在当时可以贷款购买 1 套福滨区 100 平方米、总价 50 万元的二手房，也可以一次性付款购买 1 套 50 平方米小户型。坐上杨涛的新车，苏明萱一路脑海里想，要是靠工资，她何时才能买一辆车呢？

　　2010 年，时隔 9 年，在天源地产代理的一个楼盘停车场，苏明萱偶遇多年不见的杨涛，两人车停得很近。苏明萱熄火，从保时捷车上下来，一眼看到了这辆当年载过她的白色福美来轿车，车已经破旧，但她看着仍旧亲切。

　　杨涛心态很好，在商报社最辉煌的时候，他也赚了一些钱，但因为不懂理财，首先炒股亏了不少，后来又把深海市的房子卖了 1 套，买了附近莞城以及惠城的房子，这些城市的房价在 2015 年之前涨幅很低。后来杨涛儿子出国读书，急需用钱，他亏钱想卖都没有卖掉，直到 2017 年这些地段被深海市疯涨带动升高时，他才把苦守 10 多年的临深物业清掉。卖完那一刻，杨涛深深松了一口气。

　　到达裕鹏华地产办公楼后，秘书带他们到达李海的办公室，刚见到老板那一刻，苏明萱显然还有点紧张，这是她第一次近距离接触身价几亿的老板。在李老板的办公室，整个采访时间不到 15 分钟，大家发现无话可说。无论苏明萱和杨涛问什么，李老板都说不清楚，要问杨总。后来他干脆叫来秘书，让秘书把杨涛和苏明萱带到杨总办公室。

　　"李总你真博学，办公室里面竟然有这么多书。"苏明萱起身离开的时候，看到李老板办公桌后面三面大柜子都是书，书的种类也是繁多，但豪华的办公桌上却是光溜溜，连电脑都没有，她以为老板爱看书，于是随口说了一句。

　　苏明萱的这句话后来成为报社的笑柄，因为她不知道李老板的真实出身。李海是村里杀猪的屠夫出身，后来机缘巧合当上村长。李海当上村长，村里迎来了 20 世纪 90 年代初的大拆迁、大开发好时光，于是他带领着村民不停卖地致富，在他担任村长 3 年的时间里，村里土地也被他基本卖光了。

3年后，李海辞去了村长职务，转而成立裕鹏华地产，成了开发商老板。

听到苏明萱的话，李老板很诚实地说："那些书就是摆设，我都不认识它们。"

李海接着又说："公司的事情其实都是杨总负责，我只管给他拿地和找钱。"李海的话道出了开发公司的实质，老板只要拿到地和弄到钱就行，至于懂不懂，不重要。

跟李海的第一次采访就这样结束，随后秘书把他们带到主管工程和营销的总经理杨文轩的办公室，跟杨总谈后，作为任务总结，苏明萱还是绞尽脑汁完成并美化了那篇采访稿，那是李海第一次上了深海市报纸的人物专访。后来跟李海多次接触，苏明萱发现他这个人虽然没有文化，但为人还是不错的。

自人物专访见报后，李海被同行称赞，觉得很自豪，因此对商报社和苏明萱的印象也好起来。后来苏明萱成立天源地产，裕鹏华地产此刻已经发展壮大，但李海还是让杨文轩关照下天源地产。

苏明萱的母亲苏晓第一次来深海市是2001年的春节期间，她没有通知苏明萱，悄悄坐上苏南开往广州的火车，然后从广州再转火车来到深海市。到达广州站她才给苏明萱打了一个电话，告知她两小时后接站。

接到母亲电话，苏明萱有点震惊，她不敢相信母亲此刻已经到广州，于是赶快联系汪力宏，一起去火车站接她母亲。两人坐上通往火车站的公交车后发现，车上空荡荡只有稀疏的几个人，车窗外的大街上也没有人，深海市属于移民城市，一到春节，打工的人全部回乡，人散了后的深海市就像一座空城。

公交车一路通顺，平时1小时的车程，今天40分钟就到了火车站。在车站出口，苏明萱见到了半年多没见的母亲，她上前拥抱住母亲，激动地流下眼泪。相比之前，母亲有点消瘦，坐长途火车也显得格外疲惫，母女抱了很久才松开，苏晓这才发现女儿旁边还有一个人。

"妈，我忘了介绍，这是我朋友汪力宏。"苏晓的目光转向汪力宏，聪明的她立刻明白了女儿南下深海市的原因。

"阿姨，你好，一路辛苦了，我们现在打车回去。"汪力宏跟苏晓问好后，也接过她手里的行李，然后在前面带路。

坐上出租车一路飞驰，回到出租屋。苏晓看着这简陋的房子，房间里除了一张沙发和床之外，基本没有其他物品。面对着这空荡荡的破旧房子，她脸上流露出来的是不满和心疼，从小到大，女儿从来没有一个人在外面生活过，现在竟然能够在这样的环境下居住。

汪力宏在见到苏晓第一眼的时候，就感觉她不是一个简单普通的女人。苏明萱遗传了母亲的优良基因，从苏明萱的口中，他得知苏晓年轻时候是个大美女，如今虽年过40岁，但仍旧成熟美丽，一头长卷发代表着时尚，得体的休闲套装衬托出她挺拔的身材，岁月在她脸上没有留下痕迹，如果不是苏明萱叫妈妈，汪力宏还以为她就是一个30多岁的时尚女人。

第一次见面，汪力宏也有那种女婿见丈母娘的胆怯心理，他看得出，她对他并不满意。回到苏明萱的住处，苏晓开始问话。首先是调查了一遍汪力宏的家庭情况，其实这些苏明萱刚才在路上已经跟她讲过，只不过她想再落实一下。

晚上，汪力宏带她们到一家北方菜馆吃饭，结果吃惯了精细化苏南菜肴的苏晓，把北方菜的粗犷批评一通后就不再动筷子了。

"明萱，汪力宏，你们两个人怎么打算？是真心相爱吗？"晚饭后苏晓跟他们切入了正题。

"阿姨，我很爱明萱，我向您保证一辈子都会对她好。"汪力宏立刻回答。

"小汪，你说你喜欢明萱，我相信，看得出来她也爱你，不然她不会丢下苏南那么好的工作跟你来深海市。接下来你们有何打算？"苏晓继续发问。

"阿姨，我们刚来深海市不久，现在就是好好工作，站稳脚跟，然后结婚。"听到这个回答，苏晓明显不满意。

"既然考虑在一起，除工作之外，是否也该考虑一些实际问题。比如你父母有没有打算在深海市或者武汉给你们买房子？"刚说完这句话，苏明萱就在旁边碰了一下母亲的胳膊，示意她不要说下去。

"妈，我们会自己赚钱买房。"苏明萱和汪力宏差不多同时说出这句话。

在苏晓没有提出房子这个话题之前，汪力宏也想过此事，但他不想依靠父母，他觉得以现在的收入再工作一年就可以买房。因此，当苏晓问到这个话题，他委婉说出自己的想法。

"阿姨，明年春节我想带明萱回武汉去见下父母，然后我们再去苏南市拜见您和明萱的父亲。"听汪力宏这样说，苏晓不再问什么。

晚上 10 点，苏晓困了，她让汪力宏回去，她们母女要单独聊聊。汪力宏识相地离开了，回到了和同学合租的房子里，心里却一直想着苏明萱，很久都没有睡着。

对从小当娇子一样培养的女儿，苏晓算是付出了代价，年轻时候因为对自己婚姻的不满意，她把全部希望寄托在女儿身上。无论在大学还是中学，苏晓都属于校花类型的，然而在那个年代，历史却给她开了玩笑，从上山下乡到考大学，毕业后经人介绍与苏明萱的父亲结婚，而自己深爱的那个人已经杳无音信。多年以后，苏晓偶然在新闻中看到他，此刻的他已身居官场要职。跟丈夫生活 10 多年后，苏晓明白一个道理，爱情已经远去，生活还要向前，她要对家庭负责。正是因为对自己人生的遗憾，她才希望女儿的未来不留遗憾。

苏晓在深海市只待了一周，在这段时间，苏明萱带着她去看海、爬山。母女在一起让她感觉回到苏南的家里，也没有工作的烦扰，苏明萱觉得那几天太幸福了。

"以后我会陪你回去的。"送走苏明萱母亲的那天晚上，汪力宏搂着情绪有点失落的苏明萱安慰她，他根本不知道苏明萱失落的原因。

苏晓走之前悄悄地塞了一张卡给女儿备用，密码是她身份证号的后 6 位。同时希望她再考虑下跟汪力宏的关系，她觉得这个男人很难带给她幸福。

苏晓的话在 3 年后应验了。

6 个月后，苏明萱已经熟悉商报社地产部的工作流程，也签到几个楼盘的广告业务，虽然金额都比较少。值得欣慰的是，她的房地产文章写得越来越好，大有青出于蓝而胜于蓝的趋势，汪平不止一次在周例会上表扬她，说其他人只顾拉广告，文章写得一塌糊涂，也不怕客户投诉。

15. 受地产商青睐，敲开深海市大门

会后，汪平把苏明萱叫去他办公室，原来同事蓝宇要离职回天津，他手上有几个房地产客户，汪平挑选了两家蓝宇公关好久，即将要签广告的公司交给苏明萱，希望她把握好机会，尽快把广告签回来。汪平给苏明萱的这两个客户中，其中之一就是她参加过征文的深广合地产。

蓝宇走之前，苏明萱请他吃了顿饭，感谢他把客户留给自己，也想打听下这两家公司的细节。其间她问蓝宇在报社做得这么好，为何要离开？蓝宇一脸无奈地说再不回去女朋友就要飞了，两人从大学到毕业已经恋爱5年多，女友这次下了最后通牒，再不回天津结婚，就直接分手。

10年后，在北京的一次房地产论坛上，苏明萱再遇蓝宇，他已经在北京一家美国上市的房地产网站上班，从事的是房地产网络广告销售业务，此刻的蓝宇已经做到华北区域总经理位置。此次地产峰会也是由他们网站主办的。看到10年未见的老同事，两人都一阵激动，蓝宇想不到当年貌似文弱的女孩竟然不仅在深海市创办了代理公司，而且做得风生水起。

"我离婚了，现在一身轻松。"问到他的家庭，蓝宇最后轻轻一声哀叹回答。

回到天津结婚随后生子的一年多时间内，蓝宇去了托很多关系找的事业单位，工资1000多元，跟深海市差距10倍以上，而且身边人群的眼光

72

视野谈吐狭隘，这都让他无法适应。同时因为家庭生活琐事夫妻俩还经常吵架，2003年，他们办理了离婚手续。

离婚后，蓝宇决定离开天津，其间他也想继续回深海市，但因为非典，再加上他离开两年，深海市发生了变化，也回不去商报社了，于是便放弃。2004年后，网络媒体兴起，蓝宇再次抓住机会，凭自己在报纸媒体过硬的功底以及对整个中国房地产市场的了解，他顺利地被这家专业从事房地产广告销售的网站聘用，他用了6年的时间从区域总监做到华北区域总经理。

从蓝宇口中得知，深广合地的一个楼盘在明年3月发售，现在已经是2001年年底，要赶快联系签约。苏明萱通过蓝宇打招呼联系上营销部经理朱远东，约好时间近期去他们公司拜访。

深广合地产原来是做工程施工的，公司员工也大多是跟着老板一路走来的，老板名叫吴广龙，40多岁，脑子灵活，是一个商人。深广合地产的办公地址位于深海市东湖区的一栋10层高的写字楼里面。自从1999年搬到这里办公后，深广合地产一帆风顺，公司发展壮大，财富翻了几倍。直到2007年，吴老板因为深广合地产的发展形象需要，在吴欣欣的说服下才同意搬迁到福滨中心区现代化的写字楼里。

苏明萱首先来到朱经理的办公室，在双方寒暄几句后，她就直奔主题。

"朱经理，深广合地产明年有项目要销售，肯定需要广告推广，如果现在就能预订，我们报社将会给你们最大的折扣。"苏明萱说完，从文件夹里拿出一张2001年底商报社签约2002广告费有特大优惠折扣的公文复印件递给朱经理，那张纸上不仅有广告85折优惠，还写着根据合同金额有赠送半版以及整版广告的优惠。

"苏记者，现在时间还早，老板不一定会同意。"听完苏明萱的话，朱经理虽有犹豫，但仍不敢做主，于是搬出老板。

"朱经理，我第一次来深广合地产，也想认识下老板，你能帮我引荐吗？"朱经理的犹豫，苏明萱理解，于是她提出要见老板。

"你等下，我去看下，老板不一定在。"朱经理说完出门去了。

2005年前，苏明萱接触了很多中小房地产开发企业，那时因为楼盘销售总额都比较少，所以在营销推广费上，老板为了节省费用，都是亲力亲为和报社记者谈广告价格，尤其是报媒，动则是几十万元一版，深广合地产也不例外。

"苏记者，你运气好，老板正好空闲，我们过去喝茶。"朱经理很快回来，带苏明萱往里直走。

"老板，这位就是深海市商报社的记者苏明萱。"在吴广龙办公室外面，朱经理敲了几下，听到让他进来的声音后，他推开门对吴广龙介绍了苏明萱。

这是苏明萱第一次见到吴广龙。他45岁左右，清瘦的身材，戴一副黑色边框眼镜，吴广龙外表看起来彬彬有礼，很斯文，没有苏明萱想象的包工头老板起家的暴发户形象。跟其他老板的办公室相比，吴广龙的办公室很大，但是家具摆件少，书柜上也是零星的几本书，所以显得有点空旷。

"吴总，你好，我是商报社记者苏明萱，蓝宇因为有事离职，以后你们公司的项目就由我对接，以后还请吴老板多多关照。"苏明萱也做了自我介绍，然后递上了自己的名片。

"苏记者，欢迎，请这边坐。"苏明萱介绍完，吴广龙很亲切地招呼她，这位身价过亿的老板第一次见面就让苏明萱有了好感。吴广龙接过苏明萱的名片看了一眼放到桌子上，然后转手拿了一张自己的名片递给她。

"谢谢，吴老板。"苏明萱说完后就坐在吴广龙手指的座位上，朱经理坐在苏明萱隔壁位上，吴广龙自己则坐在了苏明萱的对面、茶几上泡茶的主沙发位上。

在观摩吴广龙泡茶的期间，苏明萱也详细跟吴老板介绍了年底预签广告的优惠活动，投放前不需要付款，现在预签的折扣比2002年2月1日后额外优惠10%，以前只能打95折，现在打85折。如果按投放100万元计算，可以再优惠10万元，这种优惠幅度，报社也就是每年年底一次，错过了今年，只有等明年了，而且报社明年的广告价还要上涨，现在签约就是锁定价格。

在网络媒体和电视广播媒体还没有盛起时，报纸媒体就是房地产广告中绝对的老大，因为买房人中有60%—70%是通过报纸广告获得楼盘信息的。

　　吴广龙坐下后，首先从消毒柜里拿出毛巾擦了一下手，然后他把矿泉水倒进水壶里煮水，再次打开茶几上的茶叶罐，拿出一小包真空包装的铁观音茶叶，撕开外面的锡纸，把茶叶倒进紫砂壶里，水烧开后，他先轻轻地在紫砂壶的外围浇上一遍温水，苏明萱后来知道这个步骤为"温壶"。

　　温壶后，打开壶盖，把开水倒进壶里，然后盖上紫砂壶盖子，迅速倒出第一遍茶，这一遍为"洗茶"。最后再次打开壶盖倒水。接着很快从紫砂壶里把茶倒在一个白色透明的玻璃公道杯里，再从公道杯里面分别倒进消过毒的小茶杯里，拿夹子夹住，先送到对面苏明萱和朱经理面前，最后是自己。

　　吴广龙泡茶的动作颇为娴熟，全程几分钟很连贯的一套动作让苏明萱看得有点惊奇，她没有想到老板会这么谦和，亲自给他们泡茶。

　　"谢谢吴总亲自给我们泡茶。"苏明萱看到吴广龙递过来的杯子后立刻道谢，然后也端起杯子学广东人先放到鼻子下面闻一下再喝，茶到鼻下，一阵清香扑面而来，这种上好的铁观音入口更是清甜清雅。这是苏明萱第一次喝铁观音这种茶叶，茶叶香气逼人，她更没有想到整个泡茶的过程就像一种艺术表演。苏明萱在苏南也经常喝龙井，但茶叶一直是浸泡在水里，远没有这个过程养眼舒服。

　　自从跟吴广龙第一次喝茶之后，苏明萱也爱上了广东人喝工夫茶的习惯。与茶相比，她更喜欢泡的过程。如果在北方以酒为文化，那么在南方尤其是广东、福建等地就真的是以茶为文化，后来在不少场合，苏明萱也跟很多其他房地产老板们喝过几十万到几百万元一斤的茶叶，这让她惊叹，感觉好茶比黄金还珍贵。

　　那天在吴广龙的办公室里面，苏明萱竟然破天荒地跟他聊了很多，甚至也聊到了她刚来深海市不久，很多地方不熟悉，有做得不好的地方，希望吴老板别介意。吴广龙那天兴致也很高，看着眼前的这个单纯小姑娘，他想起了自己在英国留学的女儿吴欣欣，也想起了自己在 20 多年前跟她们一样的年龄，随同乡来到深海市打工的经历。

　　吴广龙一直感慨自己少年家庭贫困，读书少，所以他特别喜欢和欣赏有知识有文化的人，因此在女儿的培养上他花了不少心血，算是以弥补自己文化方面的不足。

在那次愉快的见面一周之后，朱经理通知苏明萱拿合约过来。朱经理同时告诉她老板很欣赏她，希望她有空多来公司走动喝茶。

2002 年 1 月底，苏明萱顺利签下深广合地产 88 万元广告合约，正式投放到报纸后，这将是她工作一年多以来的最大金额合约。那晚上苏明萱兴奋地给远在苏南的母亲打电话，苏晓很开心，并且提前祝她生日快乐。如果不是母亲提醒，她都忘记了后天的 2 月 1 日是她 24 岁生日。

2002 年深广合地产开发的深广合时代新居在五一正式开盘，楼盘前期在商报社投放的 88 万元广告市场效果很好，到访量以及成交调查数据中有 60% 是来自商报社的广告和文章报道，有很多客户是看了苏明萱对该楼盘的软文报道后拿着报纸前来的。在报纸文章中，苏明萱对此项目的升值潜力作了详细分析，很多购房者认同她的观点，钱存在银行利息低，拿出来买房不仅可以存钱，而且还可以获得更高的增值。

88 万元广告投完，销售额继续上升。苏明萱亲自登门感谢吴老板，在她登门拜访致谢后，吴广龙了解到投放商报后效果好，一高兴又追加 50 万元。但吴广龙希望苏明萱在年底给深广合地产写一篇宣传深广合地产品牌文化的文章，深广合地产从成立至今已经开发 10 多个楼盘，但是在市场上的知名度并不是很高，吴广龙觉得后期要想做大、做强，品牌要先树立起来，苏明萱立刻答应。吴广龙的这种远见思想为后期深广合地产跻身于深海市民营开发企业 5 强和中国民营开发 10 强企业打下了基础，至今苏明萱都觉得他一个只有小学文化的老板在当时有这样的创举真是了不起。

对于苏明萱来说，2002 年深广合时代新居一个楼盘项目，就投放 140 多万元的广告费，加上其他几个项目，她在 2002 年顺利完成 300 万元广告业务。除月工资之外，她也是第一次拿到税后 20 多万元的提成。母亲得知后有点惊讶，甚至不敢相信，她 20 多年的教龄在苏南的工资仅仅 3000 多元，加年终奖一年也就 5 万元。

获知深海市真实的薪水后，苏晓再也没有说过让苏明萱离开深海市回苏南的话。

16. 君子之仇

汪力宏在兄弟集团看到苏明萱，忽然间涌上一种被嘲讽的感觉，原来她早就知道他来洛杉矶的目的，深广合地产资金短缺的事想必她也早已知道。

汪力宏不知道吴欣欣是否知道苏明萱和这块地主人的关系？汪力宏眼里的苏明萱一直是阳光灿烂的，他相信这一切都是机缘巧合。

1997 年，胡婉真带着儿子宋大成、宋大伟兄弟来到美国洛杉矶创立兄弟集团，公司原始开发资金是她从香港地下钱庄转来的 5 亿元人民币。兄弟集团主营业务延续之前的房地产开发，经过 8 年发展，兄弟集团在 2005 年后稳居美国西海岸最具实力的华裔地产开发商之列。

兄弟集团成立后赶上美国房地产发展的一轮高潮，因此在短短几年内，公司迅速壮大，2006 年，兄弟集团资产净值高达 20 亿美元。但随即在 2008 年的金融危机中损失惨重，资产缩水，跌到 50%。危机过后，胡婉真开始收缩公司的拿地速度和开发范围。

2015 年后，兄弟集团开发速度利润不断下降，因此胡婉真决定卖掉公司储备的剩余地块，然后离开房地产这个行业。到 2017 年，兄弟集团就剩下这块与深广合地产签约的洛杉矶市中心商业用地没有处理完，这块地积压的资金也是最多的。

按照 2015 年 12 月兄弟集团和深广合地产签署的买卖协议，深广合地产必须按约定时间付款，地块总额 30 亿美元，分 4 笔付完，前 3 笔款金额分别是 3 亿、5 亿、12 亿美元，最后 1 笔 10 亿美元要在 2017 年 2 月 1 日前付清。

深广合地产按期支付前两笔共 8 亿美元，但第三笔 12 亿美元在支付前却遇到了困难。原本是要在 2016 年 10 月 1 日前支付，现在已逾期两个月。按照协议，兄弟集团可以随时毁约，没收已经支付的定金，而且有权利把此地块转卖给其他公司。但美国地产在 2015—2016 年短暂的高潮后，再次衰退。洛杉矶市中心这些大型高端公寓开发的资金需求也大，一般公司是很难接手。所以现在即使转卖也是无人问津，卖给其他中国买家，由于外汇管制，钱一时也出不来。

自 2016 年开始，中国政府严格开始外汇管制，这些大笔用于购买海外土地的资金更是受到监控出不来。因此即使逾期，兄弟集团暂时也没有找其他买家，他们还是等待深广合地产尽快付款。

"胡总，你好，我们这次来洛杉矶的目的和诚心，相信您也看到了。公司目前确实遇到资金短缺问题，但这都是暂时的，我们还是很诚心要这块地，现在提出两个和解办法，供大家一起商谈下。"洽谈会议开始后，汪力宏直接进入主题。

"汪总，关于你们提出的和解方法，第一个我们否决。鉴于目前全球的房地产形势，兄弟集团已经打算转行做高科技产业，所以你提出的合作开发，我们不会考虑。"胡婉真的回答让汪力宏的第一个希望破灭。

"那么在延期付款方面，胡总能不能给我们放宽时间？"汪力宏试探性地说出了第二个和解方案。如果兄弟集团拒绝第二个方案的话，那意味着深广合地产已经支付的 8 亿美元全部打水漂。

"汪总，我跟深海市的感情很深，看到你们是来自深海市的企业，因此我给你们往后再延期 3 个月时间付款，如果那时资金还没有到位，只能按合约执行。"汪力宏的理想时间是 6 个月，所以谈判没有解决实际问题。

"宋总，我想问下苏总跟你们家什么关系？"会议结束，胡婉真和苏明萱离开后，汪力宏问宋大成，因为他感觉苏明萱和胡婉真的关系很亲密，并不像普通的上下级。

"苏总是我弟媳妇，我妈很喜欢她。"宋大成说出苏明萱的真实身份后，汪力宏开始怀疑这块地的买卖没那么简单。

回到酒店，汪力宏立刻打电话给吴欣欣，告诉她今天的谈判结果以及胡婉真的态度，而且他还说出了另外一件事。

"欣欣，这块地你是从哪里获得信息的？"汪力宏问她。

"这块地是刘涛的一个朋友介绍的，他说华人圈有家公司要转行卖地。"吴欣欣回答。

"那你了解卖地的这家公司吗？"汪力宏继续问。

"后面具体事务是刘涛对接的，我只知道它是一家资金实力雄厚的华人地产公司，怎么啦？"吴欣欣反问。

"欣欣，你跟苏明萱一直有联系吗？"汪力宏小心翼翼说出这个名字。自结婚后，这个名字已经成为他心里的秘密。

"我跟她没什么联系，她们公司也从来不参与我们公司的招标，就是在尚湖花都偶尔碰到过几次。"吴欣欣跟苏明萱其实很早就在父亲的办公室认识，但是后来苏明萱去美国后，她们碰面的机会更少。

"我今天跟兄弟集团商谈，见到了苏明萱。"

"苏明萱？"吴欣欣惊讶地叫起来。

"你可能想不到，兄弟集团的老板胡婉真竟然是苏明萱的婆婆。"汪力宏说完，电话那头是目瞪口呆的吴欣欣。

"怎么可能，世上会有这么巧的事？"吴欣欣还是不太相信。

"我刚看到她，反应跟你现在是一样的。"

"力宏，我觉得这可能是好事，苏明萱跟我们都是深海市同乡，她能帮我们说说话。"吴欣欣脑子里面一闪，突然出现一个主意，她觉得现在只有苏明萱能帮深广合地产。

"怎么帮呢？"汪力宏心里一愣，他跟苏明萱的事，吴欣欣至今都不知道。

"你去找她，请她跟婆婆求情，要么退定金给我们，要么延迟半年付款。"吴欣欣说出心里想法。

"欣欣，我估计不行……"

"不用你出面了，你在那儿等我，我明天就飞过去。"听着汪力宏欲言又止，吴欣欣觉得还是自己出面比较好，而且她还想到了一个人，那就是父亲吴广龙。吴欣欣相信父亲给苏明萱打电话，她会帮这个忙。

"你真要过来？要不我先试试？"汪力宏真不想此刻吴欣欣过来，否则事过多年，他跟苏明萱之间隐藏多年的秘密就会被揭开。

"我跟父亲说下，要是身体许可，我带他一起去洛杉矶。"吴欣欣请出吴广龙，汪力宏不好再说什么。

"好，那你们订好机票告诉我。"

"好，你要注意身体，按时吃饭，不要让胃病再犯了。"在放下电话前，吴欣欣还特地叮嘱几句，这让汪力宏心里顿时产生一丝温暖。

汪力宏离开后，苏明萱回到办公室，接到了另外一个不速之客的电话。

"苏总，你答应我的佣金何时兑现？汪总来了，他可以代表深广合地产处理所有事务，我父亲身体不好，最近我要回中国。"电话是刘涛打来的。

"刘总，你放心，答应你的肯定会给，但是深广合地产才付1/3款，胡总不同意支付佣金，所以请你再等等。"苏明萱太明白刘涛此刻的心理，他知道深广合地产资金紧张，所以准备甩掉这个烂摊子，拿钱走人，另外他还怕汪力宏知道他拿佣金的事。

在美国，中介拿佣金是受法律保护的，刘涛害怕的原因是他是深广合地产的人，签合约他是找了一个同学出面。

"苏总，你们能不能再支付1000万美元给我，我真的急需用钱。"刘涛恳求苏明萱。

"我尽量跟胡总申请，有消息给你打电话。"苏明萱说完挂了电话。

刘涛跟在兄弟集团洽谈这块地时，跟苏明萱和宋大成都不认识，他刚从中国移民美国不久。刘涛在美国居住一段时间后，发现要想在美国生活得好，一样需要足够的金钱。得知深广合地产这块地要卖，老板吴欣欣又特别想买，于是他就动了心思。

刘涛先是找到一个同学做中间人，然后他跟吴欣欣说美国同学得知一个很好的项目要卖，他可以当中间人帮助洽谈，谈成后深广合地产只需要给他 2000 万元人民币介绍费。吴欣欣听后立刻同意，说只要项目好能谈成，介绍费没有问题。

刘涛跟吴欣欣要完佣金，又让中间人同学找宋大成。宋大成和苏明萱一起接待了这个同学，从几句话中他们就判断出此人只是一个傀儡，于是让他带话。

让苏明萱没有想到的是过来跟她洽谈的竟然是深广合地产的老总，她觉得这是一个报复汪力宏和深广合地产的绝好机会，既然他们那么迫切需要开拓海外市场，那么现在就把这个烫手山芋给他们。

兄弟集团卖给深广合地产的这个旧改地块位置很好，位于洛杉矶市中心，是很多开发企业梦寐以求的，胡婉真也是早期刚到美国花高价购买的。

买完后，胡婉真才意识到开发这块地面临的重大难度和风险，首先是要拆掉现有的 30 层高楼再重新申报，其间还要面临无限期的等待时间。欧美的拆迁远没有中国简单，不仅要有合法手续，而且还要征得周边 60% 以上居民同意，这也是胡婉真一直留着收租不开发的主要原因。

十几年过去，这个地块增值了 10 倍，现在开发新楼销售后获利还没有直接卖掉土地高。

跟吴欣欣通过电话后，汪力宏又失眠了，失眠中，伴随而来的是胃部的一阵阵隐痛。吃了随身带的药，汪力宏在后半夜终于睡着，睡梦中他竟然梦到十几年前刚来深海市时的场景，尤其是跟苏明萱在一起的那段往事。

17. 好邻居、好姐妹

在商报社工作期间，苏明萱认识了几个新朋友，其中有福成地产营销部总监朱文茜、电视台"房产在线"节目主持人陆小曼。跟朱文茜相识是因为合作关系，跟陆小曼相识是缘于朱文茜邀约的一次饭局。那天参与饭局的还有黄燕青，相识后，几个人不仅成了好朋友，还共同买了朱文茜主管的时尚天地，成了好邻居。自时尚天地开始，朱文茜也成了她们在房地产投资市场上的导师，几个人跟着朱文茜一路投到2015年，购买的物业平均升值10倍。

2001年国庆，时尚天地开盘大卖，无论在户型设计还是宣传力度上，它都是市场上少见的优质白领楼盘，因此获得了很多深海市年轻白领们的喜爱。时尚天地在设计上最大化利用空间，35平方米的一室实际使用面积达到50平方米，60平方米的两室面积更是可以做出80平方米的3室。500套单位，开盘当日就卖掉60%，这个销售成果在今天来说很平常，但在2001年真是个奇迹。

10月底，时尚天地销售接近尾声，陆小曼作为深海市电视台新上任的"房产在线"节目主持人兼记者约朱文茜在楼盘做采访，那是她们第一次相见，却有种惺惺相惜、一见如故的感觉。也或许是因为大家同为孤身来深海市奋斗的女人吧。

82

"小曼，我们公司给大家准备了晚餐，等会儿结束福滨酒楼见。"采访完毕，朱文茜安排手下的工作人员给他们几个人递上准备好的红包，同时告诉她晚饭地点。

"谢谢朱总，我们收拾下器材，等会儿见。"陆小曼也想跟朱文茜在私下里聊聊，于是一口答应了。

晚上饭局，朱文茜除邀请陆小曼和电视台的其他工作人员，她还约了商报社记者苏明萱。朱文茜平时很忙，苏明萱约了她几次采访，于是她就安排在了同一天，她想乘着饭局大家细聊下也算采访。黄燕青正好跟楼盘的广告，她得知朱文茜和苏明萱在一起，于是就赶过来蹭饭局。

"你们几位有没有买房子？要不要考虑我们的，还有预留单位，你们买的话，我找老板给你们专门打折。"席间朱文茜介绍苏明萱和陆小曼、黄燕青互相认识后，突然问她们。以她的经验，这几个人应该都是租房，还没有意识到投资房产的重要性。

"想啊，但是我们刚工作不久，口袋里的钱怕还不够！"黄燕青没有吭声，陆小曼和苏明萱几乎异口同声地说出。

"我们这个房子是真正意义的低首付，首付才3万—6万元，错过这个村可就没这个店了。"朱文茜说出房子的低首付后，两人心里同时涌出要买的想法。

"这么低，姐，我要一套。"陆小曼率先说出。

"明萱，你呢？"朱文茜转头问她。

"我要回去考虑下回复你。"苏明萱虽然想买，但还是想回去和汪力宏商量下。

"那就这样，我明天找老板，给你们特批几套低价优质单位。"

回去路上，陆小曼心里算下，她虽然工作不久，但几个月的工资和她参加活动的红包加在一起已经有20万元，月供的话也不愁，工资1万多元，衣服有赞助商和电视台服装费报销，年底还有王有伟赞助的500万元广告费中的25万元提成，所以买这个房子对她来说是轻而易举。

随后，陆小曼订了时尚天地A栋高层中最好的68平方米3室，折后单价仅5500元每平方米。朱文茜向孟成彪汇报说电视台主持人购买福成地产的楼盘其实也是宣传的一个好机会，于是他同意打折到单价 4888 元每平方米，前提请陆小曼在做节目时顺带说下她也入住此楼盘。主持人实际购买远比广告效果还好，最终，陆小曼花 29 万元总价买下这套房子。

苏明萱心情有点复杂，想起苏南温暖的家，她也希望在深海市能拥有一套属于自己的房子，而不是没有安全感地租房。工作一年多，她所有存款共 5 万元，母亲给她的卡里有 8 万元，但她不想动那笔钱。陆小曼买了，苏明萱真是羡慕她，还心生感慨电视台的收入比报社高多了。

朱文茜在时尚天地给自己留了一套 20 楼 3 室，这是她到深海市后第二次购置物业。饭局后，苏明萱、朱文茜、陆小曼和黄燕青 4 个人因为年龄爱好都相近，长久下来，友谊就这样开始了，其间她们经历了从青春到成熟的蜕变，一生中的黄金时期都是一起度过的。

苏明萱最终下定决心购买，当她把决定告诉汪力宏时，他远没有她期望的高兴。作为男人来说，汪力宏心里其实是有点惭愧，本来这件事应该是他来解决的，但此刻他却没有能力给心爱的女人安身之所。

"我有几万元的存款，你拿去凑下首付款。"觉察出自己的异样后，汪力宏马上回过神来。

"首付款我这里有，我妈走的时候给我留了 8 万元。"苏明萱拒绝了，她觉得跟汪力宏的关系还没到谈婚论嫁的地步，所以她不会用他的钱，就是现在租房子，她也是自己交租。

"明萱，你是跟汪力宏一起买？"接到苏明萱也要买房的电话，朱文茜有点惊诧，关心地问。

"不是，我一个人买，我妈给我留了钱。"

"世上只有妈妈好，早知道你有这笔钱，开盘我就让你订了，那时候楼层低的还便宜。"朱文茜笑着打趣苏明萱。

朱文茜建议苏明萱买跟陆小曼一样的户型，老板昨天开心给陆小曼低折扣，她可以再要一套。于是，苏明萱顺利买下了跟陆小曼同一栋同样价格的 2708 房，跟陆小曼成了楼上楼下的邻居。12 月底，苏明萱、陆小曼和朱文茜 3 个人拿到入户钥匙的那一刻，兴奋得狂欢了一夜。朱文茜打算简单装修后出租，苏明萱和陆小曼装修后准备自住。

在三人庆祝的那个晚上，汪力宏心情一阵沮丧，他觉得是他把苏明萱带到深海市这个陌生城市，但自己显然没有让她过上好的生活，按照目前发展状况，他发现自己还不如苏明萱。所以在她们拿到钥匙庆祝时，他借口公司加班没有去参加，他真的来到了办公室，却没有一点心思工作。汪力宏反思，从一年多以前刚来的意气风发，到如今被现实打磨得快没有斗志了。尽管他此时工资稳定，老板许诺到年底，还会给他升职加薪，但这难道就是他真正想要的未来吗？

2002 年春天，经过 3 个多月的装修和采购家具，苏明萱和陆小曼的新居装修好了。汪力宏偷偷地给她买了一套沙发和一张床，苏明萱没有拒绝，因为她想着的是这房子未来他们要一起居住的。7 月的一个周末，苏明萱正式告别租住了两年的出租屋，搬进时尚天地的新房。而陆小曼直到卖掉这套房子也没有住过。

三人搬进新房后的喜悦很快被繁重的工作代替了，有了房子后感觉完全不一样，她们觉得自己属于这个城市，再也不是漂泊的外乡人。

2003 年年初，汪力宏被泰呈广告的老板提升为创意总监兼武汉公司副总经理，月薪 1 万元，年底还有武汉公司项目总额 5% 的绩效奖金。刚听到这个结果，汪力宏既欣喜也有点担忧，欣喜的是升职，有更多机会施展才华，担忧的是跟苏明萱要分隔两地，而且未来只能在广告行业发展。听到这个消息，苏明萱原本想劝他跳槽的话没有说出来，她觉得汪力宏在广告公司工作有点屈才，他应该有更好的发展空间。

决定去武汉后，汪力宏想给苏明萱一个安稳的空间，他通过中介买了一套与时尚天地一路之隔的阳光雅居二手房。阳光雅居是福滨中心区品质最好、绿化率最高的楼盘之一，夜晚从客厅看去，落地窗外，连接深海市与香港的落马洲大桥就像一条火龙耀眼地呈现在眼前，真的很美。汪力宏想以后每天晚上下班后，能和心爱的人坐在家里欣赏眼前的美景，那将是一件多么惬意的事。

房主这套房子是亏钱卖的，她购买总价为 70 万元，现在是 62 万元卖给汪力宏。办完阳光雅居这套二手房的买卖手续，已经是 2003 年 5 月。这套房子后来并没有等到新主人给它翻新，汪力宏在 2007 年搬进新居后将它卖掉了。

苏明萱有时候会想，要是当年她没有认识吴老板，汪力宏也没有去深广合地产，那他们会是什么样呢？

然世事皆无回头路。离开汪力宏后，偶尔听到李宗盛和林忆莲隔空对唱的那首《当爱已成往事》，苏明萱忍不住掉下几滴泪。

往事不要提，

人生已多风雨，

纵然记忆抹不去，

爱与恨都还在心里……

如歌词里所写的，有些爱注定只能成为往事。

18. 巾帼不让须眉

2002 年底，福成地产开发完时尚天地、福涛雅苑后，朱文茜又投入一个新项目的前期工作中，这个新项目暂定名为——尚湖花都。尚湖花都地处福滨区最高端的尚湖区域，此项目有望成为 2003 年深海市房地产市场上最高端的豪宅。

尚湖花都是福成地产和耀华地产合作开发的，耀华地产的老板沈复是孟成彪的好友。此地块是耀华地产在 1999 年低价拿的，2000 年后，曾经辉煌无比的耀华地产开始走向衰败。沈复作为一个民营企业老板，喜欢赌博。2002 年，他在澳门又输掉了几个亿，同时，公司账户上也没有流动资金了。耀华地产购买的几块地虽然还在，但都已经拿给银行做抵押了。财务咨询了各大银行，因为之前的贷款没有还清，银行现在不能重复给他们贷款。

11 月，位于尚湖区域的这块地离政府给出的最后开发限期越来越近，但耀华地产前期开发资金还没有着落。思前想去，沈复决定卖掉这块地，放出风声后，很多同行来谈，但是大家知道他缺钱，出价都很低，有些甚至比他几年前拿的价格还低，如果以这个价格卖掉，耀华地产等于亏 5 年银行利息，所以沈复最后决定不卖了，向同行高利息借款来开发这个项目。这个项目地段好，肯定不愁卖，到时候很快回款还掉利息。

2002 年的几个亿跟十几年后完全不一样，比 20 亿都有价值。因为这十几年，深海市的地价和房价，普遍上涨了 10—30 倍。在慎重考虑后，沈复找到了几个当年跟他一起创业的好朋友商量，看看能否周转点资金给他，但身边朋友中只有孟成彪的项目卖得不错，有闲钱。

"孟老弟，好久不见，一起喝个茶。"沈复想好打电话给孟成彪。

"老哥召唤，肯定有空，你定时间。"孟成彪是何等聪明，即使他不知道沈复最近在澳门输了几个亿，但也知道年底找他绝对不是简单意义上的喝茶。两人约定好第二天见面，

"老弟，你最近几年发展得不错，能否帮哥哥一把，拆借一点。"果然在席间，沈复寒暄几句后直接切入主题。

"沈老哥，大家都知道你财大气粗，还跟我开口？"孟成彪明明知道沈复的近况还装糊涂。

"老弟，一言难尽，哥哥一时糊涂。如果你帮老哥渡过这次难关，我一生都记着你。"沈复摇摇头很无奈地说。

"老哥，需要多少？如果金额不高没问题，太高的话兄弟也无能为力。"孟成彪问。

"3 亿，1 年时间，年利率 12%，如何？"沈复说完，看着孟成彪，期待他的回答。

"老哥，我现在不能答复你多少，等我跟财务核实后有多少闲余资金，再给你回复。"孟成彪打了一个伏笔，这才有了后来的联合开发尚湖花都。

"朱总，你了解过深海市 2003 年大概有多少楼盘推出市场销售？你觉得明年的深海市房地产市场价格走势如何？"回到公司，孟成彪立刻把朱文茜和财务部总监黄文叫到办公室，孟成彪首先问朱文茜。

"老板，我前几天刚看过代理公司发来的关于 2003 年销售数据预测，年后深海市将有 20 多个楼盘推出市场，但这些楼盘大多集中在山海区、宝成区、龙城区，福滨区只有 3 个小户型入市。在价格方面，我觉得明年楼价不会大涨，但肯定不会跌，福滨区相比其他区域房价会稳中略升。"朱文茜觉得福成地产的地块都在福滨区，老板最关心的肯定也是此区域的市场及价格，因而说出了自己的看法。

"你觉得尚湖区域如何？此地要是有新楼盘推出市场，价格上得去吗？"孟成彪继续问。

提到尚湖区域，朱文茜心里一震，难道老板在此还有暗藏的地块吗？她来公司快两年了，并没有听说过。福成地产圈的地都是市场上价位低、中心边缘、面积小的地块，这跟孟成彪胆小谨慎的风格有很大关系。孟成彪总觉得地块小风险也小，不会存在卖不出去的问题，却没有想过好的大面积地块虽然开发资金量大，但是开发利润也是远远高于小户型，而且高档楼盘还能迅速提升公司的品牌知名度。

"老板，这个地段肯定好，自 1999 年尚湖区域的香堤里销售完，此区域至今还没一个新楼盘出现，要是 2003 年有项目，那无论价格还是其他方面，绝对会吸引全深海市的购房者眼光。按照目前尚湖区域二手房价格，新楼盘至少在 1.2 万元以上"。朱文茜忍不住对尚湖地域发出赞叹。

"好，我明白了，朱总，你对房地产市场了解得很透彻，我很庆幸把你招到福成地产。"朱文茜有条理的分析让孟成彪对眼前的她又高看了一眼。

随后，朱文茜又详细地向孟成彪讲述了她了解到的 2003 年房地产市场普通住宅，尤其是小户型的供应量相比 2002 年大有增幅，这样中低端小户型住宅的销售会有压力，相反目前市场上最缺的就是位置好、环境好的大户型居家楼盘。随着深海市房地产市场的发展成熟，高端住宅的供应量将明显短缺，所以中高档楼盘在 2003 年后不仅走势好，还会与中低端楼盘拉开价格差距，所以朱文茜建议他后期地块尽量做居家型的中高端楼盘，脱离小户型开发商行列。

"黄总，如果暂停 1 年开发公司地块，能动用的流动资金有多少？"孟成彪问完朱文茜后，转问财务总监黄文。

"老板，目前公司账上有 6 亿元流动资金可以用。"黄文刚才在老板电话问他要闲散资金数量时，就立刻统计好。

"6 亿元？这么多？"孟成彪没有想过会有这么多流动资金，他以为最多 4 亿元。这些流动资金得益于去年时尚天地和福涛雅苑的销售回款。如果有 6 亿元，他借给沈复 3 亿元，还可以再开发一个新楼盘。

2004 年之前，深海市很多地块的地价真是很便宜，很多占地 1 万平方米左右的小地块，几百万到几千万元就可以买下。小户型楼盘开发的容积率可以做得很高，所以当时小户型的开发利润并不低，单时尚天地一个楼盘，福成地产就获得近 2 亿元利润。

听完朱文茜和黄文的汇报之后，孟成彪终于说出了耀华地产需要借款 3 亿元的事情，听到 12% 年利率，黄文立刻说这么高利息可以借，还说老板可以先不还银行的贷款，一年净赚利息差 1500 万元。但是朱文茜听完，却发现这是一个入驻尚湖区域的大好机会。

"老板，我觉得我们不要借款，直接拿 3 亿元和耀华地产合作开发尚湖区域那块地，合作开发利润远远高于利息 1500 万元，更为重要的是做完这个项目，我们福成地产可以迈上一个新的台阶，跻身于中高端房地产开发商行列。"

"朱总，你这个建议好，我们好好商量一下。"朱文茜刚说完，孟成彪脑中一亮，立刻发出夸赞。朱文茜不仅人漂亮，眼光、智慧也不是一般女人所能及的，如果她是个男人，必能成就一番大事。

"朱总，你先回办公室等我电话，我跟沈总沟通后再找你。"孟成彪觉得朱文茜说的这个机会太好了，他原本准备立刻给沈复打电话谈这件事情，后来想想还是约他明天面谈。给沈复打完电话后，他叫上一直在办公室等候的朱文茜去附近的粤海酒楼吃饭，顺便讨论下午提出和沈复合作的事。

孟成彪和朱文茜商量，就如何让沈复同意合作开发做了几个预案，并估算了成本，投入 3 亿元占整个项目多少股份？双方工作人员如何在具体操控中合作，商量好后他们一起去见沈复谈。

第二天下午，孟成彪带着朱文茜来到福滨区耀华中心顶层 20 楼沈复的办公室。耀华中心是耀华地产开发的第一个商业写字楼项目，此地块是政府补偿耀华地产修建市民中心，拿建筑工程款置换给他们的地块。换这块地的时候，沈复满心不情愿，但有地总比没钱收强。

正是因为这块没人要的商业地块，政府觉得歉意，最后让耀华地产顺利拿下尚湖区域 6 万平方米的豪宅用地，地块容积率仅为 2.0，楼面地价才 2000 元。2018 年二手房卖到单价 16 万元每平方米，可是谁也不知道中国后期的房地产市场会如此疯狂发展，要是知道后市的话，沈复和孟成彪估计一套也不会卖，守住一个项目就可以等来 20 倍的升值。当然这些都是后话，再所谓博学的房地产专家最终也没有读懂过中国楼市。

耀华地产早期也在工业厂房区办公，耀华中心建成后留了一层作为公司总部。2001 年，耀华中心写字楼开盘后，销售状况并不理想。此刻深海市商业地产时代还没有到来，在住宅还没有得到满足的时代之下，投资商业的人也很少，购买写字楼的目的大都是公司自用为主。

耀华中心共 20 层，每层面积 1600 平方米，被分割成为 16 个单位，每个单位面积在 50—200 平方米之间，满足了大小不同公司办公的需要。2001 年 9 月耀华中心开盘销售起价仅为 6500 元每平方米，最高 19 楼 200 平方米的东南向单位是 1 万元封顶，就这样在一年后才卖完 90%，最终整体均价 8000 元每平方米。沈复算了一笔账，因为写字楼的建造成本比住宅高很多，政府抵的工程款，土地价格又偏高没占到便宜，最后减去银行的贷款利息，耀华中心只有 10% 不到的利润，这在开发市场上是很低了。

在卖完耀华中心准备动工开发尚湖区域地块时，沈复又犯糊涂地在澳门一晚豪赌输了几个亿。此时尚湖地块刚刚开工，没有钱后期工程接不上。沈复没想到的是孟成彪猴精，不借款只同意拿钱入股。最终两家公司商定，福成入股 3 亿元，占此项目 35% 股份。按这个比例，福成地产算占了大便宜，按地价涨幅计算，3 亿元最多占 25%—30% 股份，但谁让耀华在这紧急关头缺资金呢？

两家公司在协议中约定工程施工由耀华地产的工程部负责，营销方面管理由福成地产的营销部负责，营销部负责人朱文茜全程监管。对于朱文茜的能力，沈复也早有耳闻，因此爽快地同意了。

朱文茜从孟成彪和沈复合作的这件事上感慨：世界上没有永远的朋友，只有永远的利益。

在代理公司的选择上，最终还是签给百联达地产代理。百联达地产提交的五一期间销售的预期是美好的，他们认为深海市房地产市场已经从 1998 年的衰败逐渐走向了复苏。

经过 3 家公司严密讨论，最终这个项目被命名为尚湖花都，目标销售均价为 1.1 万元每平方米，这虽然比朱文茜的预期低，但仍旧引领了 2013

年深海市高端住宅市场，未来很长一段时间，都没有一个项目超越过尚湖花都，它是深海市的标杆性豪宅住区。

地产人的愿望是美好的，谁也没有想到会遇上非典疫情。深海市作为重灾区，各行各业都未能幸免于难。这次天灾甚至影响到一批房地产职业人群离开，前往北京、上海等地发展。

朱文茜的建议让孟成彪和沈复走上了合作之路，在双方公司确定合作后，朱文茜被孟光彪破格提升为营销部副总经理，工资待遇也加了一级，福成地产没有设营销部总经理职位，朱文茜只需要向老板负责汇报，在公司她的地位就是一人之下，百人之上。

这一年朱文茜刚刚过完 29 岁生日，经过 6 年的努力，她的事业走上了快速发展时期，但爱情方面仍然是空白，她发现与赵磊的距离已经是越来越远。

19. 非典时期的爱情

　　2003 年春节假期，苏明萱和陆小曼开心地踏上了新马泰之旅，这是她们俩第一次出国。汪力宏年后要调往武汉分公司处理那边事情，于是回到了武汉过春节。

　　春节还没过完，电视新闻开始播报发现非典病例，刚开始谁都没有留意这跟自己有什么关系。紧接着非典人数大增，广东省、香港等地出现了恐慌，市民们听说喝醋和板蓝根能够预防非典，于是超市和药店出现了抢购大潮，所有货源都被扫购一空，企业、饭店、学校直接放假，人们都是窝在家里不出门，即便出门也戴着口罩。

　　苏明萱和陆小曼从新加坡飞到中国香港再返回深海市的那天，正好是2 月 14 日情人节，可是大街上没有任何过节的迹象，这是 2000 年后最冷清的一个情人节。此刻大家都待在家里，不敢去任何公共场合，以免被非典病毒感染。

　　在香港海关入境时，苏明萱和陆小曼被拦下来检测体温，如果被检查到发热，就直接被送到医院进一步检查，确诊后立刻被隔离。

　　苏明萱回到家里的第一件事就是给母亲和汪力宏打电话报平安。在境外两人没有开通国际漫游，汪力宏一直担心着苏明萱的安全，听到她平安到达的消息，他终于放下了一颗悬着的心。

苏明萱还很开心地跟汪力宏讲了出国旅行途中见到的美景。分开这么久，此刻他们都很思念对方，可汪力宏还要等招聘的新员工培训好，最快也要在 3 月才能回深海市。2003 年的情人节，没有鲜花和礼物，两人以聊天到深夜结束。

也许是旅行回来太累，苏明萱一觉睡到第二天中午，睁眼醒来，就看到深海市冬日如夏的温暖阳光透进窗帘缝，打开手机，她首先看到朱文茜发来的关心信息。

"现在'非典'时期，你们刚回来尽量少外出。"朱文茜已经从陆小曼的口中得知她们的归来。

"谢谢亲爱的朱姐，你要是今天不忙，咱俩一起吃午餐聊聊？"此刻已经是中午 12 点，于是她直接打电话给朱文茜。

"不忙，最近项目都停了。去哪儿？"朱文茜这个大忙人那天竟然很闲。

"吃你的家乡菜，西湖春天，30 分钟后见。"

她们很快便见面了，那天原本一直很热闹排队吃饭的西湖春天竟然很空，两人挑了一个安静位置坐下，朱文茜点了西湖醋鱼、莼菜虾仁羹以及火腿老鸭煲，她们口味差不多，苏明萱又加了一碗荠菜馄饨和三丝春卷。

"文茜，项目为何停工，尚湖花都能按期开盘吗？"饭间苏明萱问朱文茜。

"别提了，尚湖花都去年底就申请预售证了，3 月底就可以拿到开盘，但是看目前市场情形，即使拿到了也不能开盘，现在根本没人敢出来看房，所以肯定会推迟到下半年了。"朱文茜的话让苏明萱没想到在她们出门的半个月，非典对楼市打击这么大。

"不仅我们，去年开盘没卖掉的尾盘现场也停了。销售员上班也是聊天，有些销售员直接辞职回老家。非典如果不控制好，尚湖花都将会受到严重影响，老板期望的销售额和利润要降低，年底银行要催还贷款、公司要支付工程款和工人工资，所以尚湖花都最迟 8 月肯定要开盘。"朱文茜继续说。

"真没想到会这样……"苏明萱的心情顿时沉重起来。

苏明萱觉得非典严重也不会跟自己有关系，她明天就要回报社上班了。

然而很多事情往往事与愿违，苏明萱没想到自己半个月后出事了。

苏明萱回到报社，此刻报纸都没有广告，但文字还是报道的，于是她结合当前国内房产形势，快速写出了一系列深海市楼市报道，在文章中她说非典时期，也是一个非常好的购房机会，因为在此期间，很多楼盘为了回款都在降价销售。但就整个中国来说，房地产市场尤其是深海市，还会继续发展，深海市房价随着疫情控制，也会继续升高。自3月开始，非典带来新房、二手房量价齐跌，截止到6月，销售量同比下降一半。

6月过后，随着非典疫情被逐步控制，深海市房价以及销售量果然开始回升。受2003年非典影响，深海市所有楼盘价格都是最低。写了那么多文章给购房者看，连苏明萱都觉得很搞笑，其实她自己也没有抓住机会，那时候写也就是给深海市房地产市场鼓劲而已，其实自己也不太相信。

写完这些系列报道，也许是经常熬夜，苏明萱突然发烧感冒了，吃药不仅没有好转反而加重，同事提醒她去医院看看。如果苏明萱不去医院，只在药店买点感冒药，可能就不会发生后来的事情。

到了医院，护士提醒有发热的病人自己说出来接受体温监测。测到苏明萱近40度的时候，护士让她等下，然后去了医生办公室。一会儿出来，她让苏明萱戴上口罩跟她走，接下来就发生了苏明萱被误诊关进了隔离区的事。

被单独安排到隔离病房的那一刻，苏明萱脑子里面一阵空白，随即就是心里紧张恐慌，难道自己真得了非典吗？想到这些，她的眼泪瞬间唰唰流下来，第一夜躺在床上基本无眠，有生以来她第一次感觉到死亡离她那么近。想到即将年迈的父母，再想到汪力宏，她曾经无数次幻想跟他在一起的浪漫婚礼都破灭了吗？苏明萱觉得这种情况无论如何不能告诉父母，他们受不了这样的打击。但是，汪力宏呢？凌晨2点迷迷糊糊醒来后，她忍不住给汪力宏发了条短信。

"力宏，我今天发烧去医院，现在被当成非典病人隔离了。"汪力宏还在加班，看到短信后，立刻打电话给她。

"明萱，别担心，你一定没事的，我明早就坐早班飞机赶回深海市……"汪力宏不断安慰着苏明萱，他知道此刻她的心里难受。在汪力宏的安慰下，苏明萱止住眼泪，忘却了恐惧，再次入睡。第二天早上 8 点，病房的门被全副武装防护的护士打开，例行各种检查，同时留下几颗类似感冒的药让苏明萱先服下。在等待结果的一天中，她没有任何食欲。

晚上，汪力宏再次打来电话。

"明萱，我到了深海市，很快到医院，你等着我。"汪力宏上午处理完分公司的工作后，就直奔武汉机场，买了中午飞回深圳的机票。

"力宏，谢谢……"苏明萱哽咽着说不出话来。

"明萱，我已经到了医院外面，但是发热住院的病人有专人看守，没法进来。我已经委托人给你送来一些生活用品，顺便买了一些你喜欢的零食和书，这样你可打发下时间，我会在医院外面陪着你，直到你出来。"汪力宏电话说完后，又不断发短信给苏明萱。

认识 3 年，苏明萱对汪力宏的感情已经从初识的热切变得清淡，然而今天的事让她觉得深深的爱意再次袭来，她甚至后悔这几年没有跟汪力宏出去旅行过一次，汪力宏是工作狂，她同样如此。夜晚，当天空中最后的灯光都转黑的时候，苏明萱已经不再害怕，她的心里想着一墙之外的温暖。

噩耗很快结束，第五天，苏明萱的体温退了，也不流鼻涕和咳嗽了，检查结果表明，她就是简单的感冒发烧。医生说再观察两天就可以让她回家。

7 天后，苏明萱和汪力宏在隔离病房门口见面的那一刻，她有点不敢认他，又黑又瘦，胡子拉碴的，这让她看得心疼。见面那一刻，两人紧紧相拥，这一次的拥抱跟以往相比是那么不同，它包含的意义太多了。

汪力宏把苏明萱接到了自己新买的房子里，然后亲自下厨为她做了几个小菜，还开了一瓶红酒庆祝她归来，那晚苏明萱留下没有走，这是他们相爱 3 年多以来第一次真正地在一起，在与死神对抗的几天里，苏明萱想明白了，她已经知道结果而不想失去了。

6 月底，非典疫情结束后，整个深海市一片沸腾，商场、超市、酒楼以及娱乐场所等解禁，开门营业，陆续恢复到以往的热闹场面，整个城市的经济足足冰封了半年，尤其是房地产市场。

20. 打响高端地产第一枪

非典期间，深海市楼盘工地基本停工，随着非典疫情得到有效控制，深海市房地产市场也开始火热起来，工地迅速恢复了往日的热火朝天场面，很多楼盘为了赶工更是日夜两班颠倒施工，抢占几个月后的"金九银十"黄金月。停滞了半年的一、二手房市场成交量和价格迅速上升。

成交量迅速上升带来的是国家随即发布楼市调控政策。这次调控主要针对开发商，楼盘要四证齐全后才可以预售，购房者这一块也提高了首付比例，相对于 2005 年以后的调控政策，这次调控力度很小，基本不影响深海市房地产市场的价格走势。

政策出来后，已经拿到预售证的开发商们都很高兴，福成地产是其中之一，尚湖花都确定 9 月 30 日开盘，再不开盘，耀华地产的资金链就要断了。

面对刚恢复市场的不乐观，朱文茜给两位老板建议只推出总套数的 1/5，采取"低开高走"的策略，逐渐拉升价位。首批单位在非典结束推出来必须有价格吸引力，然后再配合媒体大肆宣传，把购房者的眼光重新吸引到楼盘上来。虽然低价入市，但也不能影响公司的盈利，为了保证后期单位的涨价幅度，朱文茜跟百联达地产以及图丁广告召开会议，商定率先推出尚湖花都望湖区中的 3 栋 22 层 200 套单位。

尚湖花都根据中心湖位置远近被规划分为 3 个区，分别为望湖区、临

湖区、湖中区，望湖区几栋距离中心湖远，又靠近小区外围道路，有噪声
影响，所以拿出这批单位低价走是正确的。楼盘户型设计为两梯三户，三
户面积分别为：120 平方米 3 室 2 厅 2 卫、150 平方米 4 室 2 厅 2 卫、200
平方米 5 室 2 厅 2 卫。其中 200 平方米朝向最好，为东南朝向，其次是
150 平方米的西南朝向、120 平方米的东北朝向。

至今朱文茜还记得开盘价格，原本定价是以 8088 元每平方米起价，为
了稳妥起见，降到 7888 元每平方米开盘。苏明萱看了此楼盘整体规划后，
很喜欢，于是她在给尚湖花都写宣传文章的时候，带了很多真情实感。

尚湖花都开盘前整版广告配的文字如下：

在城市的中心，有一片湖区，那里带给你的不仅是繁华过后的静谧，
更是心灵的寄托，身份地位的象征。谁拥有此地，谁才是这个城市真正
的主人。

你，想拥有吗？……

超低起价仅 7088 元 / 平方米，尚湖花都望湖区即将发售，敬请期待！

合作的两家公司老板都是广东人，他们对开盘的日期很讲究，专门翻
看了老黄历，9 月底周日为大吉日，于是就定在 9 月 28 日开盘。

9 月 28 日不仅是耀华地产和福成地产两家公司等待着尚湖花都的开盘
结果，而且是整个深海市的房地产公司老板及营销人员们也在观望非典结
束后的第一个豪宅开盘的结果。非典后深海市高端豪宅市场走向如何？大
家心里都没有底。

朱文茜尽管信心十足，但也担忧万一失策卖不好。开盘前尚湖花都已
经在深海市商报上连续打了 4 个整版广告，软文宣传也没有停过，同时在
电视台也做了电视广告，然而开盘前登记认筹的确实不多。蓄客 3 个月，
实际认筹人数才 300 批，按照概率计算，最多 50% 有效客户。很多到访客
户明确说都很喜欢尚湖花都，但 120—200 平方米的大户型对他们来说总价
太高，资金压力大。张莹莹看了开盘前的认筹人数也担心，开盘日为了营
造现场人气，她把公司其他项目组人员和亲朋好友都叫到了现场充人数。

28 日上午 10 点，尚湖花都准时开盘，到场准客户只有 200 批，加上张莹莹安排的人，大概有 300 批在现场就座。幸好开盘场地不大，这些人基本可以填满座位。截至下午 2 点全部认筹客户选完房，实际总成交 150 套，达到 67% 的销售率，销售总额达 2 亿元。这个结果让两家公司的老板都很满意，朱文茜有点遗憾，没有达到她理想中的 90%。

"老板，今天统计数据发现，120—150 平方米全部售罄，而 200 平方米只卖了一半，我们还没有找到与我们楼盘最匹配的客户群。这样后期临湖区和湖中区的 200—250 平方米大户型单位销售肯定会有压力。"开盘庆功晚宴结束后，朱文茜对孟成彪和沈复说出了自己的担忧。

"辛苦了，朱总。下周我们开会再讨论。"朱文茜的这种敬业精神，让孟成彪和沈复都很满意，觉得把楼盘交给她管理是明智的考虑。

"张总，还要麻烦百联达做个市场报告，分析下如何吸引高端人群购买，老板说下周一要在例会上讨论。"

9 月 29 日，深海市商报发了一篇尚湖花都劲销 90% 的新闻通稿。媒体的通稿，行业内人士都知道，报道数字打 8 折是准确的，有些楼盘甚至打 5 折才最真实。早年网签还没出台，楼盘营销数据跟国土部门网站也没同步，所以真实的成交数据也只有开发商、代理公司知道。实行网签后，销售数据上网随便查，相比之前透明了很多。

"我觉得现在非典期还没有过，需求 200 平方米户型的人基本属于改善型的，他们本身并不缺房子，距离豪宅投资的热潮也还没有到来，所以我觉得应该先消化掉首期开盘的剩余单位，两个月后再推出临湖区。"在国庆后第一周例会上，朱文茜经过深思熟虑说出自己的观点。

"我同意朱总的看法。"张莹莹立刻发出赞同的建议。

"为了快速消化，第二次开盘我们可以拿临湖区位置朝向相对差的低楼层单位和望湖区的另外 2 栋推出市场，让大家看到价格对比。临湖区低层单位我跟张总商量过，定在 1.2 万元每平方米比较合理，而望湖区高层才 9000 元每平方米，对比之下望湖区剩余单位肯定很快售罄。"朱文茜继续说着价格策略。

"就按这个思路走。"孟成彪表示同意。

会议结束后第三天，临湖区样板房就展示给客户观赏，以此促进客户抓紧购买第一批剩余单位。果然在这样的策略之下，加上销售员口传的临湖区价格对比，首次开盘剩余的几十套单位很快售罄。

为了避免望湖区小面积单位再次走空，预备第二批开盘的3栋望湖区120—150平方米价格全部上调，而200平方米户型价格跟120—150平方米基本接近。

10月下旬后，深海市房地产市场全面复苏，尚湖花都蓄客量明显增多。其间尚湖花都还举办了一场大型营销推广活动，此次活动邀请了凤凰卫视著名主持人来楼盘现场做"名人面对面"活动。当天陆小曼也参与了主持，做凤凰卫视主持人的副手。也就是在那次活动中，陆小曼才感觉到同为主持人之间的差距。

活动当日，尚湖花都到访人数突破历史，客户们对这样的高端活动参与热情度很高，售楼处爆满，尚湖花都的名气也迅速得到提升。原计划的第二批11月底开盘提前到11月初，此次开盘也改写了2003年深海市房地产市场的历史，尚湖花都当天推出的200套不到两小时就全部售罄。

尚湖花都持续热销后，陆小曼和苏明萱同时心动了。如果说对此楼盘的感情，没有人比得上朱文茜和苏明萱。朱文茜是楼盘的营销执行者，所有环节都是亲自操刀，不放过任何一个细节。苏明萱则是感性的，她研究了整个小区，看了广告公司的宣传片，把满腔的激情倾注在宣传文章中。

尽管喜欢，但苏明萱觉得以自己目前的经济实力，是没有能力购买的。苏明萱跟汪力宏现在每人都有一套房。汪力宏的阳光雅居虽然面积不大，但是对于他们在这个年纪，工作几年就有房的人来说，已经算很奢侈了。他们在工作中接触了很多来深海市十几年的人，其中很多人至今还租房。

跟苏明萱的想法相反，陆小曼觉得她就应该住在这样的小区里才能显出身份，凭什么凤凰卫视的主持人都能在香港和深海市居住豪宅呢？陆小曼在跟朱文茜和苏明萱聊天中得知，尚湖区域是未来10年内深海市最贵的豪宅区，尚湖区域地块早已分完了，后期为了生态保护，政府不再批地块了。尚湖花都现在开盘早，价格也最低，未来新开的楼盘，价格将会一个比一个高。如果现在不入住此区域，未来将要花几倍甚至几十倍的高价购买，听完她们的分析以及第二批单位当天售罄的消息后，陆小曼立刻决定购买。

"文茜，恭喜你，听说今天开盘就售罄，亲爱的姐姐，你真是太厉害了。"陆小曼恭维地说着。

"我也没有想到这个结果，嘴巴这么甜，找我啥事？"以朱文茜对陆小曼的了解，不会仅仅是恭喜她。

"论聪明，真没人比你得上你朱姐姐，我的心思一下子就被你猜中了。还有房？给我一套。"陆小曼说出目的。

"要说眼光好，你陆小曼算一个，这个楼盘如果不买太可惜了。你既然开口了，我无论如何也给你弄一套。"朱文茜笑着回答。

"谢谢姐姐，回头请你吃法国大餐。"陆小曼挂了电话，然后考虑怎么筹款。

原本预期 2004 年五一左右销售完的尚湖花都，结果在国庆后分 3 批推出，除孟成彪和沈复保留的几套单位外，其他全部在 12 月底卖完。朱文茜买了一套 150 平方米单位，两个老板给了她最优惠的价格，总价 120 万元，单价 8000 元每平方米，位置却是最好的湖中区。陆小曼买了湖中区一套 200 平方米单位，总价 180 万元。与她们一起购买的还有黄燕青，她买的是一套临湖区 150 平方米，总价 150 万元。张莹莹作为代理公司的老板，在销售不太理想的第一批望湖区以身示范拿了一套 200 平方米单位，总价 160 万元。

如果以 2018 年的眼光来看 15 年前的深海市房地产市场，那时的房价绝对就是白菜价。此刻尚湖花都二手房价格全部上涨到 16 万元每平方米，湖中区一些高层甚至卖到了 20 万元每平方米以上。

21. 图丁广告的乐与痛

2002年黄燕青因为业绩突出，被老板陈阳提升为广告部经理，底薪从1800元涨到3000元，年底她还拿到5万元广告提成，至此黄燕青生活上摆脱了林先生的阴影，经济上走向了独立，事业上也走上正轨。黄燕青开始喜欢上广告这个行业，那时她还没有离开的想法。

图丁广告创办于1996年，刚成立时只有陈阳夫妇两人，他们两人都是学设计出身。20世纪90年代，深海市开广告公司的人很少，市场竞争也不大，所以图丁广告自成立后业务稳定上升，公司人员配备也从两人迅速增加到几十人，2004年最高峰时期有50多人。陈阳夫妇属于求稳型的，一直到2000年，他们才在福滨区购买了一套总价75万元150平方米的住房，外加一辆20多万元的本田雅阁轿车。

2001年后，随着汽车和房地产广告的不断增多，媒体代理的广告费也迅速上涨。房地产报纸广告1个版面的价格从几万元涨到20多万元。以深海市业内约定俗成的规矩，广告公司要想做房地产和汽车这些大客户广告，就要垫资，所以赚得多，垫资也要多。垫资增多后，陈阳夫妇也感到吃力，尤其国庆黄金周期间，一个月就要垫资200万元。而开发商回款都要在3个月左右才能结算，所以图丁广告账上一直留着300万元备用金。这种现象导致在 2005 年前，即使在深海市房价低的时候，陈阳夫妇也不敢入手第二套房。

图丁广告是深海市创立比较早的元老级别广告公司，主力运营方向是房地产和汽车广告的代理，辅助是医药美容。在 2004 年前，它一直稳居深海市报媒、电视媒体前 3 名。最辉煌时期，图丁广告垄断了深海市 50% 以上的楼盘和汽车广告代理。

广告代理一般先是由广告公司和各大报纸、电视、电台、网络等媒体签订独家或者多家代理协议，协议价格有 10%—20% 的利润，完成签约总任务后，广告公司还能获得媒体的返现。媒体签给广告公司的好处就是在刊登时候能收到现款，这些款是广告公司先垫付的。需要做广告的楼盘和汽车公司如果直接找报社签约，不仅没有相应折扣，而且还要在广告刊登前预付 50% 以上的广告款，尾款在刊登后也要短时间付完。所以开发商和汽车公司是乐于签给广告公司。

签给广告公司还有两个好处，那就是他们可以提供免费设计服务。当然如果公司有单独签约的专业 4A 广告公司，那就设计好版面，再交由广告代理公司审核后发给媒体。

早期 4A 广告公司跟做媒体代理的广告公司是两种类型，后来随着市场发展，只要能够签到业务，两种公司都可以做对方的业务，因此广告公司的界限变得越来越模糊，开发商也不管，对他们来说签给谁都一样。

广告公司实际上就是在夹缝中生存发展的，他们只能靠积累越来越多的客户来赚取中间微利。举个例子，如果图丁广告跟报社签约 1000 万元广告代理协议，报社给的折扣是 8—8.5 折优惠。签完协议后，广告公司首先要给报社预付 10% 即 100 万元的保证金。按期完成任务，报社会有 2%—5% 返利，返利一般是以广告版位的形式体现或者抵扣广告尾款。因此算下来，广告公司可以获利 170 万—200 万元，但这是不含广告公司办公成本、人员工资、开给对方公司的税票以及给对方经理人的回扣。

图丁广告从 2004 年的辉煌走向衰败，根本原因还是内斗，老板管理不当。2003 年春节后，黄燕青作为部门经理开始为老板招聘业务人员，广告公司每年流动最快、缺失最多的就是业务员。

随着公司的发展壮大，陈阳要求黄燕青招来的人必须有文化，即使业务员也要大专以上学历，文案、设计人员必须本科毕业。上班第一周，黄燕青就奔波在人才市场，迅速招回 7 个业务员，舒曼就是其中之一。

舒曼从江西一所大学工商管理专业毕业，来到深海市找工作，因为专业不好，经历半月求职无望后，最后她下嫁似的来到图丁广告。后来在舒曼的身上，黄燕青第一次体验到负心的伤痛——舒曼是她一手培养出来的业务骨干，最后为了利益，徒弟踢走了老师。

11 月，舒曼来图丁广告快一年了，黄燕青把能教的都毫无保留地教给了她，她很快熟悉广告流程，试用期未过就顺利签到广告，然后转正。黄燕青把一些别人没有跑过的区域，甚至把联系人的电话号码找好给她，舒曼也不负她的期望，广告签单金额从几千、几万上到几十万元。一年不到，舒曼的业务总量直追黄燕青，甚至大有超越的趋势。

2003 年国庆过后，陈阳放出话来，谁今年的个人业务总量做到 300 万元以上或者公司第一名，他将拿出总额 2% 现金奖励给这个人，300 万元的 2% 就是 6 万元。此刻黄燕青和舒曼的业务总量都在 250 万元左右，黄燕青很有把握拿下恒源地产开发的 100 万平方米大盘——理想居的报纸广告代理，广告费预计 50 万元以上。前期黄燕青跟负责项目的李总洽谈的时候，他亲口答应会签 55 万元，而且此费用已经报老板走审批流程了，所以她信心很足，觉得今年无论第一名还是 300 万元总额肯定非她莫属。

11 月初，黄燕青给李总打电话，李总说还没审批好，让她安心等。其间她又多次约李总吃饭，但他都推了，还让她以后问他的下属付经理咨询进度。几次没约成，但黄燕青没有往其他方面想。

11 月下旬，图丁广告召开例会，谈到今年广告业务总量，陈阳突然激动地对全体员工说："真是青出于蓝而胜于蓝，新人刻苦努力也能达到理想成绩，我们的新人舒曼刚刚签回一单 55 万元的广告，将在深海市特区报上投放 3 个整版。"

"55 万元？"听到这个数字，黄燕青就感觉不妙，作为舒曼的直接领导，她从来没有对自己汇报过有大单要签。

"陈总，请问是哪个项目？"黄燕青带着疑惑追问。

"恒源理想居。"当陈阳说出理想居的时候，黄燕青满脸愤怒。

"陈总，这个项目明明是我的，舒曼为什么去签？"黄燕青没等会议结束，忍不住质问老板。

"黄经理，你问我，我还要问你呢？作为经理，你迟迟签不回来，就不允许你的下属去签吗？你难道不要反思一下吗？"陈阳没有回答，而是反问黄燕青。

"我一直在跟这个项目，李总说老板还没有批下来。"黄燕青实话实说。她还天真地想争这个客户，不仅是为了钱，自己的单被下属抢了，这让她以后怎么在公司继续待呢？她也可能因此会成为业界的一个笑柄。

"燕青，事情已经这样了，作为老板，我只认业绩，你们也不要为这件事情得罪开发商。作为经理，你就当一次教训总结。"陈阳的话，让黄燕青彻底寒心。老板这句只认业绩不认人的话，也让她受益匪浅，认清了现实，她愤怒地离开了会议室。

思前想后，黄燕青终于记得有次她很忙，然后她把李总的名片拿给舒曼请她打了一个电话。也许就是那一次，然后就有了今天的结果。

"黄姐好！"会议结束回到办公桌，舒曼像往常一样平静地跟她打招呼。黄燕青看着对面卡座里的舒曼，她好像一点愧疚心也没有。

"恭喜你完成任务，不过做事不是这样的，恶意抢单会遭报应的。"黄燕青说完这句话后，就拿包出去了，此刻她不想待在办公室里面。

走到楼下大堂，黄燕青开始拨打李总电话，李总好像知道是她打过来的，响几声后就被掐掉了。黄燕青又给付经理打电话，问他知不知道他们广告的事情，付经理跟黄燕青之前合作过，关系很好，他说有机会见面跟她说，最后欲言又止挂了电话。

几天后，黄燕青约到付经理，见面后他才把发生的事情告诉她。舒曼打过几次电话给李总，说是你的属下，要来拜访他，但李总一直没见。最后舒曼就亲自来公司拜访，第三次来的时候是下午，等到晚上 6 点她还没有走，李总下班发现她还在等他，于是就叫上舒曼一起吃晚饭。席间舒曼和李总聊天发现他们竟然是一个县的老乡，老乡见了老乡，激动地喝了很多酒，付经理因为加班提前离开，后面的事情他就不知道了。

第二天，李总跟他说广告流程走完后直接联系舒曼过来签。

自这次事件之后，黄燕青觉得除苏明萱、朱文茜等几个朋友外，其他人都不能轻易相信，她跟舒曼之间就是一个典型的农夫与蛇的故事。离开图丁后，黄燕青跟舒曼经常同时出现在开发商的招标现场，大家也仅是礼貌性地点下头而已。

22. 将爱情双手奉上

2004 年年初，深广合地产因发展需要，急需招一个既懂得品牌管理又懂得营销策划的管理人才。跟苏明萱合作后，吴广龙对她很满意，所以一再邀请她来深广合地产。此刻苏明萱已经融入商报社，经过 3 年努力，她的年收入也稳定在 30 万元，所以根本没有去深广合地产上班的想法。

确定苏明萱不会来后，吴广龙让她推荐一个人。苏明萱第一时间想到的是朱文茜，但此时是她在福成地产最春风得意的时候，孟成彪对她也很器重，刚买的尚湖花都又给了超低价，所以她肯定是不会考虑的。放弃朱文茜后，苏明萱突然想到了此刻还在泰呈广告加班加点辛苦的汪力宏，这个机会对他来说也许是千载难逢。汪力宏要再不从广告公司跳出来，那这辈子估计就只能深耕广告业了。

"吴总，我有个合适人选，他不仅毕业于名校，而且在深海市广告界的几年一直跟楼盘营销打交道，对房地产项目的营销策划非常熟悉。"听苏明萱这么隆重地介绍完，吴广龙就让她尽快把人带过来谈谈。

汪力宏在苏明萱的分析后对这个职位动心了，在她的引荐下，他见到了吴广龙，两人首次见面就谈得不错。

"小汪，果然年轻有为，我给你营销部副总经理职位兼品牌总监的职位，年薪 30 万元，你尽快过来入职。"吴广龙非常赞同汪力宏对公司品牌提升所提出的改进方案，给出的待遇在 2004 年房地产圈也是比较高的，此时很多小型公司的副总经理年薪也就 20 万元。

"谢谢老板，我下周一就正式过来办理手续。"听到吴广龙给出的高年薪，汪力宏没有理由再讨价，于是立刻答应。回到泰和广告的第二天，他就正式递交辞呈，配合接班人办理交接事务。

2004 年 1 月 30 日，汪力宏从工作 3 年多的泰呈广告辞职，正式加盟深广合地产。泰呈广告成立于 1997 年，老板夏雨辰原本是深海市晚报地产版面的记者，男朋友廖凯文在广告公司做平面设计，结婚后两人一拍即合，成立泰呈广告。

夏雨辰是记者出生，她负责在外面签广告业务，记者身份让她认识很多公司的老板。在一次偶然的房地产行业人士聚餐上，夏雨辰和张莹莹同坐一桌，她们都属于性格开朗的人，聊天中发现两人不仅是湖北老乡，还是毕业于武汉同一所大学的师姐妹。

那次认识后，张莹莹得知夏雨辰除了在深海市晚报上班之外，还和先生开了一家广告公司。张莹莹的代理公司正好想找一家能够跟它形成战略合作的广告公司，泰呈广告正好合适。在张莹莹的极力推荐下，泰呈广告后来和多家地产公司签约，并迅速发展壮大。汪力宏就是 2000 年泰呈广告壮大招兵买马的时候被师兄介绍到这家湖北老板的公司。

与泰呈广告相比，深广合地产是房地产开发公司，是很多人梦寐以求的地方。汪力宏觉得在深广合地产才能实现他的远大理想抱负。3 个月试用期结束，吴广龙就对他很满意，深广合地产也跟他签了 5 年的劳务合约。工资待遇除之前的固定年薪，还有销售奖金，这样汪力宏的年收入一下子达到 50 万元，相当于在泰呈广告的 3 倍，很快汪力宏也见到了那个改变他一生命运的女人。

第一次见到吴欣欣，是在 5 月的公司例会上，深广合地产每周参加例会的人都是经理级以上。那天例会上，老板身边多了一个陌生的 20 多岁女孩，大家都以为她是老板新招的秘书。

"人都到齐了吧，开会前，我给大家介绍一个人，这位是我的女儿欣欣，她刚从英国留学回来，今天开始会在公司学习，希望各部门的人多帮助下她，让她尽快熟悉公司业务流程。"吴广龙的正式介绍化解了大家心里的疑惑。吴欣欣刚从英国惠灵顿皇家商学院金融专业毕业，原本她已经被香港的一家银行录用，但她父亲坚持让她回深广合地产上班。

"各位前辈们好，请大家以后多关照。"父亲介绍完，吴欣欣跟大家打了一个招呼。

老板介绍完，大家忍不住多看了吴欣欣一眼，很多人知道老板有个女儿在英国读书，但是都没有见过长大后的她，没想到这么貌美如花，完全长得不像老板。了解了吴欣欣的身份后，各部门领导都纷纷发言恭维起来。吴欣欣的确是少见的集美貌与智慧于一体的潮汕女孩，白皙的皮肤、高挑的身材，细细看去，也就眼睛像吴广龙，其他都遗传了她母亲。

汪力宏偷看了一眼吴欣欣，竟然发现她也在看他。吴欣欣看他主要是觉得他年轻，而且长得帅气，她不知道这个人是何时进入深广合地产的。以她对父亲的了解，深广合地产管理层员工大多是跟了他父亲10—20年了，哪有这么年轻的，那些老人们她在照片上都看过，只有他没有见过，于是好奇地盯着他看。

"吴总，这位是？以前没有见过。"触及汪力宏的目光收回后，她问父亲。

"欣欣，这位是公司新来的营销部副总经理汪力宏，你工作的第一站就是在他的部门学习营销。"

"欢迎吴小姐加入营销部。"吴广龙说完，汪力宏立刻表示欢迎。

"汪总，我刚毕业，也不是房地产专业，以后要跟你多学习。"听到把她安排在汪力宏的部门，吴欣欣顿时暗暗窃喜。

会后，汪力宏被吴广龙单独叫到他办公室，进去后发现吴欣欣也在。

"汪总，欣欣安排在你的部门，希望你多带她出去考察项目。深广合地产未来是要靠欣欣接班的，所以她必须在每个部门轮流学习，这样才能够全面了解房地产开发公司要做的事。你的销售部，是公司最有活力、最能了解一线市场的地方。而且你跟欣欣的年纪相差不大，更容易交流。"吴广龙语重心长地跟汪力宏交代了吴欣欣的重要性，他也牢牢记住了。

第二天，汪力宏就开始带着吴欣欣出去参观深海市的一些代表性楼盘，其中就有销售最火爆的尚湖花都，参观完吴欣欣竟然也说喜欢这个楼盘，而且还想买一套。销售员说尚湖花都已经卖完了，汪力宏抱着试试看的态度打电话给朱文茜，也就是这样，吴欣欣也成了购买尚湖花都的女人之一。

在汪力宏的介绍下，朱文茜见到了80后富二代美女吴欣欣，聪明的朱文茜和吴欣欣很快成为好朋友，但她同时也发现了吴欣欣对汪力宏的依恋，两人的亲昵举止超越了同事之间的单纯，她想提醒苏明萱又怕没事反而坏事，于是就闷在心里。

没想到几个月后，事态如朱文茜预料的发展了。8月初的一个晚上，黄燕青在电话里跟朱文茜说她和苏明萱在酒吧里碰见汪力宏和一个女人搂在一起，那个女人就是吴欣欣。紧接着就是苏明萱突然出走闪婚。

刚开始朱文茜觉得吴欣欣虽然喜欢汪力宏，但她毕竟是老板的女儿，跟汪力宏在一起也许就是好奇而已，根本不会结婚的，没想到结果是反的，他们后来真的结婚了。

汪力宏开始真是把吴欣欣当作妹妹看待和照顾，但时间久了，他发现自己也慢慢喜欢上这个刁蛮可爱的小妹妹了。

"力宏哥哥，见到你的第一眼我就喜欢上你了。"周末的晚上，汪力宏跟部门同事一起聚餐，饭后，吴欣欣提议去酒吧，其他同事到达后又纷纷溜走，最后只剩下他们俩。吴欣欣有点喝多了，此刻开始胡言乱语，她搂着他哭诉回国前跟男友分手的故事，汪力宏竟然没有推开她，然后这一幕又碰巧被同在酒吧玩的苏明萱和黄燕青看到了。

"欣欣，你喝多了。"看到苏明萱扫射过来的目光，他想赶快推开吴欣欣，但来不及了。

"我真的喜欢你，你俩是那么相似，我在办公室里看到你，就觉得你是上天对我的弥补。"吴欣欣虽然醉了，但心里的话是真的。汪力宏想起了第一次见面吴欣欣看他的眼神。面对着这个搂着他的醉了的女人，他觉得明天她醒来就不会这样想了，她是身价几十亿老板的女儿，而他只不过是一个打工的，做老板的女婿，他从来没敢想过。

"欣欣，我一直把你当妹妹看待，你失恋心情不好我可以理解，我已经有女朋友了。"汪力宏努力劝慰她，还想着怎么回家向苏明萱解释。

"我不管，我就要你。"吴欣欣说完，竟然抱着汪力宏吻起来，这让他感到突然，也愣住了。

12 点过后，汪力宏还没有回来，苏明萱给他打电话，电话是一个女人接的。

"工作的事情明天再说。"女人说完就挂了。

那个女人的声音像极了吴欣欣。放下电话，苏明萱把自己的衣物收拾好，然后回到了时尚雅居的家里，半夜在网站上订了一张第二天早上去昆明的机票，她需要换个地方清醒下，她不相信今天的事是真的。

第二天早上，汪力宏在吴欣欣的客厅沙发上醒来，看到了昨晚的电话记录后，就知道自己犯了一个大错。随后回到家里，发现苏明萱的衣物和人都不见了。

"汪总，我胃不舒服，你来送我去医院吧。"汪力宏刚准备去时尚雅居找苏明萱的时候，醒来的吴欣欣打来电话。

"力宏，我要告诉爸爸关于我们的事，他同意后我们就结婚。"在医院检查期间，看着汪力宏跑前跑后，吴欣欣动情地挽着他的手说。

"欣欣，别开玩笑了。检查完没事，我们先回家吃药。"汪力宏的心里不安地想着此刻苏明萱在哪里？她的电话已经关机了。

23. 入住尚湖花都的女人们

陆小曼很快交完尚湖花都的首期款，作为电视台当红主持人，她的收入分很多部分。电视台本身的工资并不是很高，但是有各种隐形收入，比如广告费、业余兼职主持活动出场费，这些加在一起，她每年就有上百万元收入。因此，交个首付对她来说是件很容易的事情。

2003 年，深海市房地产市场上没有限购、限贷之说，所有楼盘首付只需要交总价的两到三成，收入证明更不用流水截图，直接开个证明盖个公章就可以给银行做按揭。朱文茜怀疑银行根本看都不看收入证明的合法性。贷款银行大多是开发商指定的几家，多是开发商的开发贷行，开发商在开发楼盘的时候跟银行贷款，楼盘销售后，购房者买房也在这里贷款，作为银行来说，这是两次生意。

二手房市场监管不严，首付可以做得更低，甚至是零首付。很简单的操作方法，那就是把评估总价提高，然后按 7—8 成从银行贷款。

黄燕青确定购买尚湖花都后，也迅速交完首付，然后发现现金紧张，于是她就在 2004 年中把尚湖花都装修好后，卖掉了林先生留给她的那套房子。

朱文茜提出建议后，苏明萱跟汪力宏商量了下，但一向求稳的汪力宏说交完首付后，月供有点多，怕她有压力。汪力宏因为刚买了阳光雅居，也没有闲钱，所以他劝苏明萱还是放弃不要买了。

苏明萱最终还是下定决心购买，当时正好有个客户因为贷款批不了退房，那是一套高楼层、低总价的望湖区 150 平方米单位——总价才 120 万元。朱文茜请示老板后同意原价卖给苏明萱，于是苏明萱瞒着汪力宏签了协议，付了 2 万元定金。没想到后面发生了很多事，苏明萱的这笔余款是宋大伟跟她结婚后，在得知她要卖掉时尚天地时，悄悄帮她付完了。

自此到 2003 年底，苏明萱、朱文茜、陆小曼、黄燕青等 4 个好友都购买了尚湖花都。大家在 2004 年下半年装修好后，陆续入住尚湖花都。5 个女人中最后一个购买的是吴欣欣。吴欣欣的购买纯粹是意外。

"汪总，是你啊，首先恭喜你升职啦，有事情找我？"朱文茜很少接到汪力宏的电话，知道他这次打过来肯定有事。

"朱总，我想问下尚湖花都还有保留单位吗？一个朋友今天看了非常喜欢。"汪力宏问她。

"你跟苏明萱都是太幸运了，上次一个关系户贷不了款退房，我按原价给了她。昨天老板的一个关系户预留的一套正好也不要了，你朋友要的话可以给他，但是没有折扣。"

"朱总，尽量给一下，是我们老板的女儿想买。"得知要买的人是深广合地产老板的女儿，朱文茜何等聪明，立刻打电话给孟成彪，孟成彪很给吴广龙面子，给了额外 95 折。

吴欣欣购买的是湖中区的一套顶层复式单位，400 平方米。吴广龙得知后还批评她自己家盖那么多楼不喜欢，偏偏跑去买别人的房子。在英国读书几年，吴欣欣对居住要求很高，父亲早年盖的那些小区没一个能入她法眼的。吴欣欣就是这样走进了另外 4 个女人的世界里。

担任"房产在线"主持人这段时间，陆小曼认识了朱文茜、苏明萱和黄燕青以及后来的吴欣欣，朱文茜后来也成了她在房地产投资市场上的导师，陆小曼跟着她一路投到 2015 年，所投的物业全部增值 10 倍以上。时尚天地装修好后她一直没有入住，主要原因是她觉得那个房子不符合她身份，还不如王有伟的那套房子，面积大舒服。尚湖花都出现后，陆小曼知道这个楼盘才是符合她主持人身份的居所。

尚湖花都花园里面的天然湖泊让整个小区呈现出一种安静祥和的氛

围。日落黄昏时，湖中几只白鹅在水面上轻轻荡来荡去，划出一道道流光，湖面倒影上是建筑物折射下来的柔和灯光，在朱文茜第一次说出这个小区要被打造为 2003 年深海市典范湖居社区的时候，她就心动了。与郑太明后来送给她的那套超高层红树海悦湾复式相比，陆小曼还是最喜欢这套小高层湖居物业。

自尚湖花都后，孟成彪觉得朱文茜的思路都是正确的。尚湖花都最终不负众望，销售单价均价达到 1.3 万元每平方米，这是 2003 年深海市除别墅外的最高价格。福成地产也获得了高额利润和品牌知名度，迅速跻身深海市民营开发企业 10 强之列。

回忆起尚湖花都的往事，苏明萱的眼睛有点湿润，时间太快了，转眼已过 12 年。

24. 要面包还是爱情

上午 11 点，飞机在昆明机场降落，这是苏明萱第一次来昆明。昆明的气候很舒服，此刻虽然是 8 月，但是一点也没有深海市的闷热。

苏明萱在昆明、大理、丽江、香格里拉等地玩了一圈，云南的蓝天白云让她的心情有所好转，再回到昆明已经是 7 天后。打开一直关闭的手机，苏明萱发现汪力宏不仅打了无数次电话，也发来了很多道歉短信，但短信中他没有解释那晚的事情。

苏明萱在离开时把行程告诉了黄燕青，她觉得如果汪力宏真的在乎她，就会来云南找她。如果他真的来，苏明萱就选择原谅他，毕竟这么多年感情来之不易。

"小妹妹，从洛杉矶回深海市了，有空我们见一面？"在众多短信中，苏明萱还发现了另外一个人的短信，这个人就是宋大伟，他们是网友。

"宋大哥，我在昆明呢。"宋大伟的出现让苏明萱心底一热，这是他第二次约她见面。宋大伟是一个出生在知识分子家庭，很有绅士风度的男人，他的温暖关怀时常让苏明萱梦想有这样一位哥哥该多好。

"你在昆明等我，我下午到，晚上一起吃饭。"

"小妹妹，两年不见啦。"下午 6 点，在入住的酒店大堂，苏明萱第二次见到了宋大伟，他还是保持着一贯的和蔼笑容，看到她下楼后，立刻来了一个礼节般的拥抱。

"宋大哥，见到你真开心。"苏明萱一个人孤独地在云南漂泊了几天，没有等来汪力宏，却等来了宋大伟，这让她感到片刻的温暖。

"请，我们出去吃饭。"苏明萱跟着他向酒店外面走去，然后上了停在门口的一辆宝马轿车。苏明萱一直觉得宋大伟很神秘，这次同样如此。从以前的聊天中，苏明萱曾听他说过他们家以前在深海市也是做房地产生意的。

两人的认识纯属偶然，2000 年 8 月，苏明萱刚到深海市，因为思乡经常会在深海市同城网站论坛上发表随感。宋大伟是网站的常客，看了苏明萱写的一篇散文后，他通过 BBS 留言加了苏明萱的 QQ 号码。

"你好，我叫宋大伟，现在居住在美国，我很喜欢读你写的散文，我们能认识一下吗？"

"谢谢你喜欢我的文章……"

在多次的留言对话后，苏明萱对这个陌生人产生了好感，于是告诉了她的号码。在彼此的聊天中，宋大伟逐渐喜欢上了这个小妹妹。离开深海市 4 年后的 2001 年，他再次回到深海市，眼前的深海市变化很大，以至于他像做梦一样。这次回来，宋大伟是专门来见苏明萱的，她没有独自前来，而是跟好友朱文茜一起。

让宋大伟没有想到的是，苏明萱不仅文章写得好，人也非常漂亮，如果时光能倒回 5 年前，他一定会拼力追求她的，然而现在他的心已经死了。宋大伟一直自责，前女友柯晓敏的死是他造成的，柯晓敏离去，宋大伟也经历了生不如死的一年，直到他从轮椅上重新站起来。认识苏明萱后，她的乐观自信，让他有了重新活下去的勇气。

"宋总，到了。"司机对昆明很熟，很快开到了一个专门做野生菌的餐厅。

宋大伟订了一个小型包房。那天晚上，苏明萱第一次知道原来还有一种由菌类组成的火锅盛宴，服务员陆续上了火腿炒牛肝菌、香煎鸡枞菌、鲍汁松茸菌等菜，一一品尝后，她觉得这就是人间美味。最后一道菜是野生菌鸡煲，这个汤煲是土鸡加了 6 种野生菌慢火熬成的。

"妹妹，你尝下这个鸡汤。"服务员装了两碗汤分别送到他们的面前，宋大伟让苏明萱试下。

"宋大哥,这个汤真是香甜美味。"喝了一口,她忍不住发出赞美。自那次品尝后,苏明萱爱上了这种食材,后来为此,她几乎每年都要去一次云南。

"你收拾下,我带你去朋友的酒店住,这里条件一般。"饭后宋大伟送苏明萱回来,提出让她换酒店。

"我觉得还可以,谢谢你,不用换了。"但最后拗不过宋大伟,苏明萱同意换酒店。

宋大伟带苏明萱入住的是皇冠假日酒店,这是昆明最好的五星级酒店,酒店是中外合资经营的,外资方就是宋大伟的母亲。

"晚安,明早餐厅见。"进入安排好的套房,苏明萱有点吃惊,这个房间真是太豪华了,还没来得及说谢谢,宋大伟就离开了。开始苏明萱还有点担心,但很快她发现自己想错了,直到第二天早上9点,宋大伟才打电话让她下楼吃早饭。

在云南玩了10天,假期时间也结束了,苏明萱要回深海市了。宋大伟把她送到登机口,自己则坐了另外一班飞机回香港。

"燕青,我回来了,你约文茜聚下。"下了飞机,苏明萱就联系了黄燕青。

中午12点,三人准时到达相约的酒楼。

"明萱,你跟汪力宏怎么办?"朱文茜坐下后,冷静地问她。

"我想原谅他一次,毕竟他是我的初恋,也是我至今为止唯一爱过的人。"听完这句话,朱文茜不再问了。

"我觉得你要深思下,看你们是否真的合适?以前是你一个人,现在有富二代美女这个竞争对手,我想换任何男人都会有所动摇的。"午餐结束,在离开的时候,朱文茜还是忍不住说了一句。苏明萱去云南的这10天,朱文茜几次在尚湖花都看到汪力宏和吴欣欣在一起,他们说是过来看房子的装修情况。见到朱文茜,汪力宏不仅没有问苏明萱去了哪里,而且好像什么事也没有发生一样,一路耐心地陪着吴欣欣。

"文茜,谢谢你。我现在很矛盾。"

"心放宽一点，世上两条腿的蛤蟆不好找，两条腿的男人到处都有。"黄燕青听到两人之间的对话，忍不住补刀，她的话总是那么直白。

朱文茜的话让苏明萱心里一阵疼痛，她相信汪力宏是爱她的，他把她带到深海市，在非典期间陪伴她，安慰鼓励她，然而才短短1年时间，这一切好像都变了。而在这变化中，她还意外发现自己怀孕了。

"力宏，我回来了，你来我这里，我有事告诉你。"去医院确诊后，苏明萱给汪力宏发了一条短信。

"明萱，你等我，我马上到。"

"明萱，对不起，公司临时有事要去北京出差，我回来找你。"汪力宏的话让苏明萱的心一下子凉透了，她本来想跟汪力宏说怀孕的事情，但此刻不想说了。

"你好，我是吴欣欣吴总的朋友，请帮我转接一下。"放下电话，苏明萱立刻拨通了深广合地产前台电话。

"吴总去北京出差了，你打她手机。"前台回答完挂了电话。

"汪力宏，再见，你会后悔的……"苏明萱咬着嘴唇，狠狠地撂下这几句话，泪水随即而下，随后她关了手机，决定永远离开深海市。

也许就是在那个晚上，苏明萱给宋大伟写了一封长邮件，感谢他像哥哥一样关心照顾她。没想到此刻宋大伟并没有回美国，收到邮件后他就立刻从香港赶来深海市。

"明萱，发生什么事了？"看到满脸憔悴的苏明萱，宋大伟很心疼。才几天时间不见，他就看到了另外一个苏明萱，此时她满脸伤痛。

"我跟他分手了。"宋大伟再三追问，苏明萱说出实情。

"我的傻妹妹，不就是分手吗，至于把自己弄成这样？"宋大伟安慰着她。

"可是我们之间毕竟有4年感情啊，而且……我怀孕了。"苏明萱哭泣着说。

"明萱，你们如果分手了，孩子，我建议你不要了……单亲妈妈很难的。"

"我一定要生下这个孩子……"苏明萱要这个孩子，不仅仅因为他是一个新的生命，而且她还有一个长久的复仇计划。

"明萱，如果你真要生这个孩子，那你跟我去美国吧。你回到苏南，你母亲会接受你未婚先孕吗？"宋大伟的话，苏明萱也想到了，她知道父母要是知道这样，绝对不会允许她留下这个孩子。

"我还没想好去哪里。"没想到宋大伟会这样帮她。

"明萱，我是为你考虑的，当然如果你愿意，我可以跟你假结婚带你去美国，这样你就可以名正言顺地在美国生下这个孩子，也免遭别人非议。"宋大伟继续说。

"宋大哥，你让我想想。"想了一夜，苏明萱同意了他假结婚的要求，但孩子出生后，她不耽误他，立刻离婚。宋大伟刚提出假结婚的时候，苏明萱觉得很突然，但想想他的话是对的。

第二天，苏明萱换了新的手机和手机号码，她要彻底跟过去告别，汪力宏留给她的那部手机也被她扔在抽屉里。带着简单的两箱行李，苏明萱跟着宋大伟去了香港，随即他们在香港丽晶酒店举行了婚礼。

25. 第二次抉择

2004 年国庆期间，福成地产开发的新项目——世纪名庭和锦上花苑将同期开盘。这两个项目定位不一样，放在一起开盘并不影响客户源。在早期的开发规划提案中，原本都是继续做小户型，后来朱文茜说服孟成彪改变定位，于是锦上花苑从 28—70 平方米的 3 梯 12 户重新追加设计费，改为 60—120 平方米的 3 梯 5 户中高档居家户型。虽然追加了 200 万元设计费，但楼盘销售总额却增加了 1 亿元，孟成彪庆幸听取了朱文茜的意见。

世纪名庭定在 9 月 28 日开盘，锦上花苑定在 10 月 1 日开盘，两个楼盘开盘当天均获得了 80% 的销售率。锦上花苑获得了居家客户群的喜爱，距离它 300 米外的世纪名庭则还是深受年轻白领们喜爱。两个楼盘销售完已经是 12 月底，朱文茜也向孟成彪提出辞职，她觉得在福成地产工作 3 年多，完成了她职业生涯中的第二步，她需要一个更大的发展空间施展才华。民营企业虽然灵活，但毕竟属于家族企业，做事受到太多限制，而且对她后期的职业发展来说，没有太多帮助。

随着政府调控力度的逐步加深，大型国有品牌房地产企业将占据越来越多的市场份额，而中小房地产企业将逐渐衰弱，所以这个时候朱文茜选择离开民营企业是对的，此刻也是进入品牌房企的最佳时机。朱文茜连续 3 年管理的几个楼盘都引起了深海市房地产市场的关注，其间她也收到同行其他公司老板的邀请，但同是民营企业，除了职位和薪水高之外，这些公司储备的地块还远不如福成地产，所以她一概拒绝，直到遇到光复地产招聘，这个消息是黄燕青告诉她的。

跟黄燕青合作的光复地产要招一名营销总监，这个职位虽然比她现在低一级，但是年薪、发展机会都远高于福成地产。黄燕青看出朱文茜对此职位的兴趣之后，主动帮她约了光复地产深海市分公司的总经理程泗海面谈。朱文茜在地产圈的个人声誉，程泗海早就有所耳闻，今天见面后，他觉得她比想象中更强干，经过跟她短暂的聊天，程泗海基本认定她就是最佳人选。上市公司招人有严格的招聘程序，面谈结束后程泗海让朱文茜找行政经理走下面试程序。

确定去光复地产，朱文茜当天晚上就约了孟成彪。

"孟总，对不起，我要辞职了，不能再跟你并肩作战了。"在孟成彪的办公室里，朱文茜犹豫了一下，立刻说出要辞职的事。

"朱总，我没听错？"就福成地产来说，孟成彪对朱文茜显然是特殊照顾，这得益于她给老板带来的财富增值和对房地产市场独到的前瞻眼光。

"老板，你没有听错，世上没有不散的筵席，我离开后如果你还需要我帮你出谋划策，随时打电话给我。"面对孟成彪的直视，朱文茜不好意思抬头看他。

朱文茜提出辞职诉求，孟成彪有点不相信自己的耳朵，他觉得他给予她的薪水和权限已经够大，为什么朱文茜还要走呢？虽然他也知道朱文茜迟早要离开，但没想到这么快。

"还能再谈谈吗？"孟成彪没有立刻同意，他还想挽留她。

"老板，谢谢你，但我真的要走了。"朱文茜的话让孟成彪知道她已经打定主意，没有回旋的余地了。

孟成彪从心底里很喜欢朱文茜，但是他也清楚，喜欢归喜欢，决不能越雷池一步。朱文茜的性格注定她绝对不会成为他身边的女人。有几次他借口周末约她出去打球，饭后还暗示过她去别的地方喝喝茶、听听音乐，但朱文茜总是找合适的借口走了，跟他保持着老板和员工该有的距离，就连过节送给她的礼物，便宜的当场收下，贵重的立刻退还给他，这一度让孟成彪很尴尬，最后也放弃了。

"文茜，如果你能留下来，我立刻提升你为营销部总经理，底薪30万＋项目提成，另外再给你配一辆30万元轿车。按今年销售总额算，你的年薪也接近百万。"孟成彪做了最后一次努力。

听到这个数字，朱文茜差一点动心继续留下，与光复地产50万元年薪相比，这算很高了，然而两个公司给她带来的发展前途将完全不一样，到光复地产，她可能会从深海市走向全国，所以最终她抵住了诱惑。

"一点心意，你收下，以后有空多回来看看。"离开福成地产的那个下午，朱文茜结算完工资后被孟成彪叫去办公室。简单几句话后，孟成彪从身后拿出一个纸皮袋子放在朱文茜的面前。打开后，里面是10万元现金。在福成地产，孟成彪向来小气，但对朱文茜一直很大方。

"谢谢老板。"原本朱文茜不想要这个钱，但要是不收会让他难堪，于是接受了。多年以后，他们成了好朋友，朱文茜拿着高价买的20世纪90年代普洱茶来到他的新办公室，还很有感触地想起当年那一幕场景。

再次提起往事，孟成彪问她当时为何坚决要离开，朱文茜笑着实话实说，她说福成地产属于家族企业，背后闲话太多，她受不了"老板的女人"这个称号。

总体来说，在福成地产的这段时间，朱文茜还是很开心的。10多年后朱文茜偶然遇到以前福成地产的同事，这些同事看到她后都说很敬佩她。敬佩的原因就是当年朱文茜劝他们买房子。买了房的人都感谢她，没买的后悔不止，有些同事在2012年之后才买房。朱文茜动员福成地产员工买公司的楼盘，但是大家都不以为然，年轻的、刚上班的贪便宜住在老板提供补助的仅收500元每月的一室一厅，市场上每月要租1500—1800元。年纪大的有些买了老板之前开发的老楼梯房，当时就3000元每平方米。

每卖一个新项目，朱文茜就先在公司动员有能力的员工购买，孟老板同意公司员工购买首期款可以延迟支付，只需要交2万元定金。作为老板，孟成彪虽然抠门，但是在对待员工的生活上，他还是照顾的。福成地产早期开发了一个楼盘，他拿了几层给员工做宿舍，租金也比市场便宜2/3，但正是因为租住了老板的廉价房后让他们没有心思买房，导致很多人在房价1万元

每平方米以下不买，等涨到 2 万元每平方米以上才惊醒，再不买就没有机会
在深海市立足了。

2005 年 2 月，朱文茜正式入职光复地产，担任深海市分公司营销总监
职位，这是她人生事业的新开始，但此刻爱情却结束了。

朱文茜在尚湖花都的房子装修好后，就让赵磊退掉租的房子，搬到她
那里，两人过起了同居生活。刚到新公司，朱文茜每天都是早出晚归，而
赵磊开始说出去找工作，找到工作后又是抱怨不如意再离职。

10 月，赵磊给朱文茜留下一封信走了。在信中他说想了很久，还是决
定离开。因为他觉得朱文茜注定属于城市，她的不断上升让赵磊自惭形秽，
他注定跟不上，索性不如放手。 看完信，朱文茜明白了，除短暂的初恋
外，这是她的第二次爱情，然而又是以分手结束。伤痛之余朱文茜选择用
工作麻醉自己。

12 月，朱文茜听到了赵磊在西藏雪崩中死亡的消息，如他生前所愿，
他永远留在了珠峰脚下。赵磊几次去西藏，心已经收不回来了。一次次的
藏地探秘以及攀登雪山，让他耗尽了之前的所有积蓄。跟赵磊在一起 4 年，
朱文茜付出了最美好的青春。如果说早期两人之间是纯粹的爱情，那么随
着朱文茜在职场的不断发展，而赵磊沉迷于西藏不归，就为两人的破裂埋
下了伏笔。只是因为当年爱得太纯真，谁都不想放弃这段爱情。

随后几天，朱文茜发现她已经 2 个多月没有来例假，从怀疑变成事实，
一边是新公司新岗位，一边是已经离去的赵磊，这个孩子与其来到世上见
不到亲生父亲，还不如不来这个世界，所以她做了一生中最后悔的事情，
放弃了这个孩子。

在赵磊离世半月后，朱文茜心情沉痛地在深海市医院做了流产手术，
也许是因为那次手术后遗症，朱文茜再没有怀过孕。此刻在洛杉矶待产的
苏明萱，听到黄燕青传来的消息，也忍不住流下了伤心的眼泪。

26. 遇初恋，小曼陷旧情

　　陆小曼自第一次去泰国拜过四面佛之后，就迷恋上了佛，因佛她也认识了很多新朋友。陆小曼相信很多事情是前生了不断的情缘，比如她跟初恋男友苏超然，以及后来的李明和郑太明。在深海市久居后，陆小曼以为今生不会再见到苏超然，然而他们还是再见了。

　　在深海市电视台的新剧宣传推荐会上，陆小曼被邀请作为主持人之一参加了这场活动。原本这只是电视剧频道的宣传活动，跟地产频道没有关系，但因为深海市电视台也参与了投资这部新剧，电视台为了回笼资金，在电视剧播出前需要广告赞助商，房地产是大客户。

　　这部电视剧获得的广告赞助越多也意味着台里以及其他隐形投资人获利越多。台长觉得陆小曼最熟悉深海市房地产这个圈子，资源也多，于是专门找到她，请她在开发商老板那儿推广。为了让陆小曼名正言顺地参与，她就被安排作为新剧发布会主持人之一，此刻台下也坐了几位陆小曼请来的开发公司老总们。

　　这一次苏超然终于出演了横店出品的这部古装剧中的男二号，这部古装剧是一部典型的烂剧，剧情上到穿越，下到未来科幻，编剧纯粹就是不切实际地胡扯，然后找几个整形美女、奶油帅哥演员参与拍摄，吸引眼球、增加收视率。

124

再次看到苏超然，陆小曼愣了一下，随即恢复平静，她朝他瞄了一眼算是打了招呼。陆小曼和苏超然的恋情已在3年前结束，这个曾抛弃她的男人至今让她觉得可耻，但是她不想亵渎自己的初恋，即使从一开始就是错误的。

苏超然看着如今在深海市地位显赫的著名主持人陆小曼，心里不由得一阵愧疚。今天的陆小曼浑身上下散发着迷人优雅的风采，她再也不是那个他在大学认识的稚嫩小姑娘了，苏超然觉得今天的陆小曼才是他最想要的样子。

"小曼，晚上能见下吗？我们毕竟相识一场，希望你别拒绝。"发布会期间，苏超然根本没有心思听其他人在说什么，他心里想的、眼里看着的全是陆小曼。发布会结束，苏超然迫不及待走向陆小曼。

"好吧，你等下把地址发给我。"陆小曼原本不想见，但对他也许还存有一丝残余的爱，于是答应了，并把自己的手机号码给了他。

苏超然很会找地方，晚上见面的餐厅很有情调，这是深海市一家临海的五星级酒店的西餐厅。露天的餐厅依着近海的一侧摆着一排白色餐布桌子，海风徐徐吹来，一边遥望着大海，一边就餐真是很惬意。此刻是2004年的12月份，但深海市气候宜人，一年四季平均温度保持在20—28度。

苏超然点了陆小曼最爱的虾仁沙拉以及苏格兰小羊排，配的是爽口的来自法国波尔多的白葡萄酒，甜品是芒果西米露。看着苏超然点菜，陆小曼心想这个男人还是像以前那样会哄人，尤其是女人，在一起的时候温柔体贴，离开时毫不犹豫。也许这就是演员的天性吧，演戏演惯了，生活中也随时可以变换角色。

"小曼，看得出你现在过得很好。我常常想起我们在大连的那段美好时光，那是我这辈子最难忘的记忆。"点完餐，苏超然看着眼前的陆小曼，开始了话题。

陆小曼发现苏超然真会表演，说这些话的时候情真意切。

2000年，苏超然早她一年毕业去了北京，陆小曼知道他刚去北京闯荡，生活肯定不易，于是在苏超然到达北京后，她把自己在大学期间打工存的钱全部汇给了他，让他在北京租好房等她毕业过来。房子租好了，可是当陆小曼在实习期间拖着箱子敲开出租房门的时候，她看到了另外一个女人。

"我很好，不用你挂念。"想着往事，陆小曼冷冷回答。

苏超然解释说是那天拍戏晚了，跟他一起拍戏的女演员，因为住得太远就在他那里临时住了一晚。陆小曼后来知道他所说的那个女演员其实就是把他带进这部戏的一个跟投资人有着密切关系的女人。

看到突如其来的场景，陆小曼没有伤心，反而觉得轻松，与其将来看清楚苏超然，还不如现在，她拖着箱子没有休息，继续坐火车回到了大连，然后在老师的帮助下，获得了来深海市电视台实习的机会。

当年没有恨苏超然，今天陆小曼也没有，相反，她感谢苏超然，没有他的背叛，也就没有今天的她。有人说爱得越多，恨得就越痛，陆小曼觉得她跟苏超然之间可能原本就不够深爱，只是在大学期间互有好感适合做恋人而已。

在西餐厅柔和的灯光照耀之下，晚餐在两个小时后结束。

"小曼，我送你回去。"苏超然提出送陆小曼回家，她没有拒绝。

"上来吧。"来到陆小曼刚刚搬进来的尚湖花都楼下，苏超然有点不想离去。或许是余情未了，陆小曼默许了他上楼。

"小曼，对不起，我真的忘不了你。"进门还没有开灯，苏超然抱着陆小曼耳语后就狂吻起她来，那种熟悉的感觉让陆小曼又回到了4年前的大学时代。

第二天早上，梦醒时刻，陆小曼睁开了眼睛，看着还在熟睡的苏超然，她起身走到厨房，亲手准备了一份牛奶加煎蛋三明治早餐。尽管一夜缠绵，但陆小曼知道这是他们最后一次在一起了，当两人之间剩下只有肉体欲望的时候，爱情早已经远走了，苏超然不是4年前的苏超然，陆小曼也不是当初的把爱情当生活全部的小丫头了。

早上10点，苏超然被剧组打来的电话吵醒，电话好像是问他在哪里，然后催他尽快过去，因为他们要赶往下一个城市继续做宣传。

"小曼，谢谢。"起床后，从房间出来看到陆小曼精心准备的早餐，苏超然的心里不由得一阵温暖，陆小曼还是他心里的那个好姑娘。大学期间，苏超然爱睡懒觉，经常赶不上吃早饭，而陆小曼总是给他准备了牛奶、面包带到教室里。苏超然后悔放弃了她，然而在他身边出现了一个又一个女人后，他已经没有脸再追求她了，而且他从陆小曼的眼神中读懂，他们回不到过去了，与其辛苦挣扎在一起，还不如给对方留一个美好的回忆。

"小曼，再见。希望你永远幸福。"苏超然原本来不及吃早饭了，但他不愿辜负陆小曼的一片心意，还是匆忙吃了几口，然后轻轻拥抱一下她，开门离开了。

这一走再见便是14年后的2018年，苏超然得知陆小曼入了佛门，专程去了她投身的南源寺见她。

27. 突出重围，创办美丽奥

理想居事件之后，黄燕青彻底看明白了世态，不是所有人都跟苏明萱、朱文茜她们一样善良的。

"燕青，你的销售业绩这么好，有没有考虑过自己出来开家广告公司？"在年底跟苏明萱、朱文茜的一次聚会中，朱文茜问她。

"姐，我怕没有这个实力，开公司不是那么容易的。"朱文茜没有提这个话题的时候，黄燕青想也不敢想这件事。

"没事，你可以再磨炼磨炼，如果你想出来单独做的话，业务和资金都不要担心，我跟明萱可以做你坚强的后盾。"

"谢谢姐姐们。"自朱文茜提过后，自己开公司的想法就一直浮现在黄燕青的脑海里。最后经过充分考虑，她决定2004年年后辞职，开始创业。自此，黄燕青离开了工作了5年多的图丁广告。

黄燕青创办的公司名为美丽奥广告。新公司成立，她也带走了图丁广告公司1/3的客户，后面还有一些客户在竞争之下，也纷纷转换门庭签约美丽奥广告。黄燕青的离开对图丁广告来说是一个极大的损失，但这件事并没有给他们夫妇敲响警钟。

美丽奥广告是一家专业从事房地产项目平面整合以及报纸、电视、电台、网站广告代理的广告公司，黄燕青所跟客户大多是房地产公司，所以她就选择了跟老东家图丁广告走不一样的路，做一家专业服务于房地产商的广告公司。公司开业前，黄燕青算过一笔账，她手上有十几个稳定客户，如果每个客户能带来 15 万—20 万元利润，那么做 3 个客户就能维持公司运营成本，多出来的都是利润。

签约 3—5 个客户，黄燕青很有把握，光福成地产就够了。黄燕青甚至想出与老东家竞争的方式，那就是同一个公司的几个项目可以出一个优惠打包总价格。在 2004 年的广告市场上，一个楼盘的年度整合服务费大约 15 万—20 万元，这跟 2015 年后的 100 万元年服务费相比确实很低。黄燕青的思路是对的，美丽奥广告很快签了大量打包的广告合约。

公司办公地址选在福滨中心位置，黄燕青租了一套商住两用 150 平方米的 4 室做美丽奥广告的办公室。商住小区办公成本低，她留了一室给经常加班的设计师们做临时宿舍。因为有厨房，公司还请了个阿姨给他们做饭。包午餐对广告公司来说也容易招人。选择在住宅区办公是广告公司早期的一个普遍现象，在 2005 年后，一些大型广告公司为了提升形象纷纷搬进了中心区写字楼。

黄燕青刚成立美丽奥广告的时候，为了拉拢报纸和电视台的记者编辑以及主持人帮公司走单，直接把利润的 80% 的都给他们，来完成报纸和电视电台的代理任务，获得的返利就是公司的利润，所以在 2004 年没有赚到钱，但却笼络了很多客户和业界朋友，这些人就包括陆小曼。陆小曼先后给黄燕青介绍过几十个客户，后期她和投放广告的公司合作人均获得了黄燕青给出的丰厚回报，他们对黄燕青的大方更是赞赏有加。

美丽奥广告签约第一单是尚湖花都。尚湖花都跟图丁广告的合约于 2003 年 12 月到期，到期后还有几十套尾盘没有卖出去，仍需要广告公司继续合作，于是就以 5 万元的友情价签给了美丽奥广告。尚湖花都销售完，世纪名庭和锦上花苑也要开盘了，朱文茜把整合设计这块签给了泰呈广告，媒体广告代理签给了美丽奥广告，这让黄燕青很感动。

美丽奥广告在 8 月后又陆续签约了深广合地产、万厦地产以及光复地产等 10 多家公司项目，很多广告代理基本不赚钱，只是为了提升知名度。1 年后，美丽奥广告品牌度得到迅速提升，它也成为深海市广告界的一颗耀眼新星，业务总量排名位列深海市媒体广告代理前 3 名，黄燕青此刻才轻舒一口气。

2004—2005 年，是几个朋友动荡最大的年份，黄燕青的美丽奥广告进入创业初期，很忙很辛苦，她自己身兼老板和业务员多重身份。为了公司的生存发展，黄燕青这一年更是牺牲了与 6 岁女儿在一起的欢乐时光。每天去幼儿园接送女儿的都是保姆，二妹黄燕如被她安排到公司做行政人员兼她的助理。2005 年公司发展壮大，黄燕青又把另外两个妹妹安排进公司学习。公司初创，黄燕青招来的设计师大多不尽如人意，均是应付式地完成工作，直到招来侯斌做设计总监，才让美丽奥广告稳定发展。

在创业初期，黄燕青给设计总监的待遇是 6000 元底薪＋项目提成，这个待遇在深海市很难招到优秀设计人才。侯斌的到来，解放了黄燕青，直到他离开后，黄燕青也没有恨他，她很感谢那段时间他对她的帮助。

2004 年 10 月，侯斌从上海第一次来到深海市，他在平面设计上的天赋是独到的，经过他指导出来的设计方案在开发商例会上总能一次顺利通过，广告版面出来的宣传效果特别好。

随着接触时间加深，黄燕青不知道从什么时候开始对侯斌产生了一种说不清的情愫。而侯斌同样也越来越关心黄燕青，虽然有时候是员工出于对老板的正常关心，但是那当中也掺杂了个人情感。最终在 2005 年 1 月美丽奥广告的庆祝年会后，他们两人不约而同地发出了爱意。

庆祝年会晚上 10 点结束后，两人开车去了东部的海边，在海风习习还带着阵阵凉意的沙滩上，侯斌勇敢地牵起了黄燕青的手，那一晚黄燕青在侯斌的怀里懂得了什么是真正的爱。

这是黄燕青的第一次恋爱，之前跟林老板，那算不上爱情。生完孩子后，她就是忙于工作，其间她也试过恋爱，当对方知道她有个女儿存在的时候都会结束。

这次面对侯斌，黄燕青也想压抑，可是怎么都控制不了，最终还是和他走到了一起。那晚黄燕青知道了侯斌远离上海到深海市的真正原因。侯斌比黄燕青大一岁，已经结过一次婚。侯斌的第一婚姻是相亲的结果，那个女人以及家庭是父母眼中的门当户对。

侯斌的母亲是上海一家医院的妇产科医生，父亲是一家医院的内科医生，他们理想的媳妇就是女医生。高中的时候侯斌父母也一度想让他考医学院，但是侯斌从小见惯了父母在医院加班很少见到人的日子，他从小也是跟着爷爷奶奶长大的，所以他很讨厌医院和医生，因此也违背了父母意愿，考上了一所大学的广告设计专业。

毕业后，侯斌在上海一家公司做了两年的平面设计工作，以侯斌的条件即使离开上海，在深海市也不会看上黄燕青的那家小公司，他当时就抱着玩 2 个月再回上海的心态，随便找一家公司混混。没想到在美丽奥广告面试，见到黄燕青的那一刻，他就决定留下来。

黄燕青不是那种长相很漂亮的女孩子，但是五官精致、身材小巧玲珑，尤其嘴角的两个小酒窝透露出无限可爱，她坐在办公桌后面试侯斌，侯斌很难想象她就是公司的老板。

侯斌之前听朋友说过，深海市和上海是两个完全不同模式的城市。朋友说你在上海街头看到的时髦男女除了浑身上下的名牌装备，银行账户上可能数字很少，信用卡余额可能也是负数。但是你在深海市会看到很多样貌平平的小姑娘或者穿着布鞋走路的老大爷，他们说不定就是哪家公司的老板或者股东，穿布鞋的老大爷可能还是身价几亿元的农民。

侯斌看到老板办公室里的黄燕青，算是理解了这些话。后来在工作接触中，黄燕青的敬业精神更是打动他，也让他产生了怜惜的爱意，从而萌生了不想回上海的想法。

工资这一块，黄燕青给侯斌的也不低，底薪 + 提成 + 年终奖金加在一起，大约十几万元，这个工资比他在上海的时候还高。

28. 洛杉矶的新生

　　2004 年 9 月 1 日，苏明萱和宋大伟在香港的丽晶酒店举办了婚礼。除了父母之外，苏明萱仅邀请了朱文茜、黄燕青、陆小曼 3 个好友参加。这个婚礼很浪漫豪华，换了别人也许会很感动，但是对于苏明萱来说，此刻她并没有心情享受。

　　"明萱，大伟这个女婿不错。你跟汪力宏为何分手我就不问了，只要你过得开心就好。"苏晓在酒店第一次见到宋大伟，就觉得他比汪力宏更踏实，也更适合女儿。

　　"妈，大伟对我很好，我们结婚后要去美国住 1 年，到时候肯定会想你。"一想到遥远的美国，苏明萱心里就难受，此刻的美国对她来说是一片空白，但是想到肚里的孩子，她觉得再空白也要去。

　　"傻瓜，你又不是不回来了。"母亲觉得她找到了好归宿，开心地安慰她。

　　宋大伟出生于 1972 年，比苏明萱大 7 岁，在苏晓看来这是好事，女婿比女儿大，未来在生活上肯定会照顾女儿。宋大伟绅士般的举止以及对她的尊敬让她觉得这个男人是可以让女儿托付终身的，直到父母离开香港，苏明萱也没把怀孕以及跟汪力宏分手的原因告诉他们。

　　婚后第五天，苏明萱回到商报社办理辞职手续，同事们得知她嫁给了一位美籍华裔，都纷纷祝贺她。汪平为失去这个得力助手感到有点遗憾，原本苏明萱是他们地产部重点培养的对象，可谁都知道人往高处走，这个规律在深海市尤为实用，汪平此刻只有祝福她。

离开商报社后，苏明萱一直思考等孩子生下来后做什么？她跟朱文茜讨论，朱文茜觉得未来中国将全面迎来房地产投资时代，现在深海市的房地产代理公司还稀缺，所以她建议苏明萱开一家房地产销售代理公司最合适。

2004年，深海市专业从事房地产代理的，除张莹莹的百联达地产、香港的世桦地产以及同路地产等3家大的代理公司外，还有10多家小型公司，但是市场需求量远不够。前面这3家公司的主力业务都是在住宅市场这一块，深海市商业地产这块一直被忽视，没有主力公司专营，而未来几年商业地产将迎来一个高速发展的时代。

一铺养三代，商业地产中的商铺和写字楼开发量和价格已经呈现不断上涨的趋势，而住宅市场因价格上涨将迎来更为严厉的调控时代，受调控影响，投资人群必将把眼光转移到不限购、不限贷的商业地产上来。因此，朱文茜建议苏明萱的公司创立后以商业地产销售为主营业务。苏明萱也觉得这是一个大好的机会，于是她跟宋大伟商量，去美国之前把公司先注册好，等生完孩子回来正式运营。

2004年的10月，苏明萱在深海市注册了天源房地产顾问有限公司，专门从事商业地产的策划和销售代理业务。事实也正如她们的预测，2005—2011年，深海市住宅市场调控后限购限贷，投资客户们转而进入商铺写字楼市场，商业地产迎来了发展的春天。

10月底，苏明萱顺利等来美国探亲签证，此刻肚子已经微微隆起，拿到签证后第三天，她跟随宋大伟坐上了从香港飞往洛杉矶的国际航班。

经历13小时的飞行，两人于11月2日上午到达洛杉矶国际机场。飞机落地，苏明萱因为时差还有些不适应，一直以为在做梦。直到入境美国海关，海关人员离开时说了句"Welcome to Los Angeles"，她才确认自己真的来到了美国。

拿完行李，他们一起向机场出口走去。

"宋先生，宋太太，你们好，欢迎回家。"接他们的司机陈叔已经在出口处等待。看到宋大伟出来，立刻上前帮他推行李车。

"谢谢你，陈叔，这是我太太苏明萱。明萱，这是陈叔，我妈的司机。"

"陈叔好，辛苦你了。"

宋大伟把行李车给了陈叔，然后牵起苏明萱的手，跟在他后面向停车场走去。走进 P1 停车场，陈叔在一辆丰田商务车前停下来，打开车门让他们先上车，然后他打开后盖箱放完行李，开车离去。

此刻是洛杉矶的上午 10 点，出机场后，温度迅速上升。车子开出去，苏明萱看着窗外光秃秃的景象，美国与她想象的完全不一样，她曾以为美国到处是高楼、很现代化，至少比深海市强，然而眼前的洛杉矶看起来是那么荒凉。洛杉矶机场附近都是一些老旧低矮的房子，高层建筑也很少，远远看去，平地或者附近山丘上是若隐若现的低矮别墅房。熟悉了解美国后，苏明萱才知道在美国无论是富豪还是贫民，他们住的都是远离市中心的低矮别墅型房子，高层建筑大多数是办公的，而且只有在市中心才能集中看到一些。

车开了 40 分钟，然后拐进一个山坡，入山后一路环绕往上开，很显然宋大伟的家住在小山顶上，进山后又继续开了 10 分钟，到达一个自动打开大门的别墅区，然后再拐几道弯后，才放慢速度停在一栋有着超大前花园的房子门口，陈叔按了遥控，车库门缓缓上升，他随即把车开进车库停下来。

进入车库，灯自动亮起，车库很大，可以并排停 5 辆车。

"明萱，我们先进去，行李，陈叔会拿进来。"宋大伟打开车库通往客厅的大门，带苏明萱进入客厅。

进入客厅的苏明萱被眼前的场景惊呆。她在深海市也看过无数的豪宅，但那些房子远没有眼前的这个阔气奢华，从客厅的欧式奢华装修风格以及摆放陈设，就可以看出房主人的财富和品位。

"亲爱的 David，你们回来啦？"苏明萱还在惊奇中没回过神来，就听到一个中年女人的声音远远传来。

"妈，我们回来了。"听到叫他的名字，宋大伟立刻答应道。

　　这个女人就是胡婉真。尽管宋大伟在路上已经跟她讲了很多，他也说他妈妈很好相处，但是苏明萱还是有点紧张。紧随着这个声音走近，从二楼通往一楼的弧形楼梯上下来一位 50 多岁、长相富态、衣着时尚华贵的女人。

　　后来了解世界各地名牌之后，苏明萱才认识宋大伟母亲身上的黑色格子外套和裙子是法国名牌香奈儿的经典款，价值 10 多万元人民币。胡婉真脖子上戴的是一条大约 5 克拉的卡地亚钻石项链，2010 年苏明萱在香港的专柜买手表时看过类似款，标价 100 万港币。

　　"妈，这就是我跟你说过的苏明萱，我们在香港结婚了，她现在是我太太。"母亲下楼后，宋大伟跟她来了一个美式拥抱，然后把苏明萱介绍给她。

　　"小苏，欢迎你，很高兴见到你。"胡婉真接着上前拥抱了一下苏明萱。其实刚才下楼的时候胡婉真就已经在观察苏明萱，一眼就看出了她的单纯。

　　"阿姨，很高兴见到你。"关于他们的婚事，苏明萱不知道宋大伟告诉他母亲多少，她没有想到两人假结婚，胡婉真还这么开心，这个假婆婆比她想象的开明，于是一改刚进门的紧张感。家里就剩宋大伟母亲和一位阿姨，宋大伟的哥哥宋大成结婚后便搬到另外一套房子独立住了。

　　"明萱，你们先休息会儿，阿姨在准备午餐，我公司有事就不陪你们了，晚上一起晚餐。"胡婉真说完进了车库坐上另外一部车，由陈叔送她去公司。

　　"明萱，你随便转转，要是累了，就在沙发上休息一会儿，我去收拾下房间，然后下来陪你吃饭。"

　　"好。"胡婉真走后，苏明萱才彻底放松。

　　宋大伟上楼去了，苏明萱认真地把整个房子看了一遍，这套房子是中空结构，以她这几年做房地产的经验，目测上下两层至少 800 多平方米，实际上她还是估算错了，这套房子有 1200 平方米。一楼的主客厅有 300 多平方米，餐厅 100 多平方米，小会客厅 100 多平方米，会客厅旁边还有个书房，卧室全部在弧形楼梯上去的二楼。

　　房屋的家具摆设是中西结合。一楼客厅的 3 组沙发是棕褐色的皮木结合，会客厅和书房的家具是来自中国的名贵红木，后来得知那些红木是海南花梨，椅子都是小叶紫檀。会客厅茶几上放着一套精致的中式红木茶台及茶具、一套西式的镶金边的欧式白瓷茶具。原来胡婉真也喜欢喝中国茶，这跟她算有了一个共同爱好。

孩子出生后，苏明萱多次跟胡婉真一起喝茶，她随便拿出来的一些茶叶都是珍藏的精品，这些茶中有来自 20 世纪五六十年代的云南普洱茶。品完之后，苏明萱不得不赞叹，那些几十年的老茶就是一个宝，喝完之后清澈香甜，余香回绕，确实是世间难得的珍品。

书房门口有一排酒柜，柜子里面摆满了各种年份的茅台以及其他高档品牌白酒。紧挨着白酒柜的是恒温冷藏的红酒柜，里面存放着大量的来自世界各地的名贵红酒。

参观完一楼，苏明萱推开客厅向后花园走去。首先映入眼帘的是一个超大泳池，越过泳池向前走，就看到用大理石做成的几个欧式雕像以及雕花瓷砖铺设的地面，再接着就是一片长满玫瑰、五彩绣球的超大花池，大花池周边铺设的是草皮，沿着草地再往前走，是一个带有按摩功能的超大型泳池。洛杉矶的太阳很晒，苏明萱走进一个搭着顶棚的长长走廊，向花园更远处走去。花园围墙的内侧是一排紧密相连的棕榈树群，树中间的缝隙被茂密向上伸长的竹子填充得很严实。这个花园的设计总体是兼具美观与私密。

整个房子的建筑规划设计得也很好，房子虽然地处半山腰，但是无论是前后邻居还是左右邻居，都很难窥探到院子以及房子内部的隐私，除非是乘直升飞机从上面往下看。宋大伟家里这套房子的花园面积有 5 万平方米，所以 1200 平方米的房子跟花园比起来就是一个浓缩体。

"明萱，回来吃饭啦。"苏明萱还在留恋花园美景的时候，听到了宋大伟从客厅传来的呼唤声。

29. 错乱的爱情往事

　　这顿饭是纯中式，做饭的刘妈是陈叔的老婆，陈叔和刘妈都是台湾人，所以刘妈做的菜带有台湾风味。陈叔是司机，刘妈是家里的阿姨，管做饭和室内卫生。外部花园泳池有园林公司的工人隔天过来修剪养护。

　　台湾菜类似广东客家风格，以清淡为主。刘妈做了香芋扣肉煲、梅子酱鸭、清蒸海鱼、肉骨茶以及茶叶虾，外加素炒甘蓝，五菜一汤。主食有米饭、小笼包、炸酱面3种，因为宋大伟一家是北方人，喜欢面食，所以只要他回来，刘妈都会给他做炸酱面。

　　刘妈的手艺真不错，苏明萱可能是因为坐飞机太累，所以在飞机上没怎么吃饭，此刻看到餐桌上的美味，食欲一下子上来了，她对肉骨茶情有独钟。后来很多次在马来西亚吃肉骨茶，苏明萱发现刘妈的台湾肉骨茶一点不输给马来西亚的传统老店。

　　饭后，宋大伟带苏明萱来到二楼，二楼有4个面积大小不一的套房。

　　"明萱，你住在这间房，这里原来是我的房间，我现在住隔壁，你赶快洗个澡休息下，坐长途飞机太累了。"这间房是由书房、卧室、卫生间、衣帽间等连在一起的套房，有100多平方米，收拾得干干净净。宋大伟已经把苏明萱箱子里的衣物整整齐齐地挂在衣帽间，化妆品也在梳妆台上摆好。

　　"要不我住隔壁房间吧，你还是睡原来的房间？"苏明萱有点不好意思。

"没事，你就住这儿，有事随时叫我。"宋大伟说完带上门去隔壁房间了。他走后，苏明萱洗了一个温水澡，因为时差，倒在床上很快便睡着了，直到宋大伟在她身边轻轻拍醒她。看了下墙上的钟，已经是晚上7点，她足足睡了5个小时。

"我妈妈回来了，我们下去一起吃饭。"

"好的，你先下去，我马上下来。"听说胡婉真回来了，苏明萱赶快换好衣服下楼去。她怕让胡婉真等太久不礼貌，这里毕竟是别人的家。

下楼到达餐厅的时候，胡婉真已经在长餐桌主人一端位置坐好，菜已经全部上齐。晚餐比中午更丰盛，除了清蒸鱼，其他菜全都换了。新菜是阿拉斯加蟹腿和阿根廷红虾刺身拼盘、姜葱炒牛肉、蟹黄豆腐羹、清蒸鳕鱼、上汤豆苗等。

走近餐桌，每人面前已经装好一碗汤，看汤的颜色和食材应该是广东的石斛煲老鸭汤。除了汤，还加了几味凉菜和点心，分别是凉拌三丝、香煎小黄鱼、小笼包、春卷、鸡丝拌面以及饺子。尽管品种很多，但每样的量都很少，按照3—4人标准做的。苏明萱没想到在她睡觉的这几个小时，刘妈竟然能准备出这么丰盛的晚餐。

"小苏，坐这儿来。"看到苏明萱走到餐厅，胡婉真立刻招呼她坐到她右边位置，宋大伟坐在她左边位置。

"好的。谢谢阿姨。"

"刘妈，酒好了吗？你也过来一起吃。"刘妈把酒倒好后也一起坐下来。

"刘妈，我胃不舒服，喝果汁就可以。"刘妈给胡婉真和宋大伟倒了一杯红酒，准备给苏明萱倒酒的时候，她赶快推辞。

"欢迎你加入我们家，孩子，不要拘束，随便吃。"胡婉真显然很开心，经历了儿子与柯晓敏的事情后，她对媳妇的要求放低了很多。这是这么多年以来最开心的一次，她一直觉得愧对宋大伟，现在他能找到一个喜欢的姑娘，她由衷高兴，也决定不管这个女孩子怎样都不干涉。从深海市来到美国后，或许年纪大了，胡婉真很多事情都看得很开了。

"谢谢阿姨。"苏明萱还是很难开口叫出"妈"这个字，于是索性继续叫阿姨。胡婉真也没有生气。

晚餐很快结束，饭后胡婉真和苏明萱简单聊了会儿，大致就是问问她父母情况，然后就起身离开回房休息了。

苏明萱回到了自己的房间，也许是白天睡多了，晚上她怎么也没有睡着，于是敲响隔壁宋大伟的房间门。

"宋大哥，你睡了吗？"宋大伟正在看书，看到她进来后就陪她聊天。

"明萱，天源地产办公的地方，你不用操心了，我问了一个朋友，他们公司正好有写字楼出租，而且价格绝对低。"看着人在美国，心在深海市的苏明萱，宋大伟仿佛看透了她的心思，告诉她已经帮她找好了办公室。

"还有一件事，你不要介意，你在尚湖花都预订的房子，我走时已经帮你付完款了，购房合同等你明年从美国回去签。"宋大伟的话让苏明萱很惊讶。

"宋大哥，我很感谢你的帮助，但是房款我不能接受，我问问文茜，能退给你最好，不能退就当我借你的，我在深海市账户里面有几十万元，回去先还给你，其他分期付。"这段时间经历太多事，苏明萱差点都忘了自己在尚湖花都交的 2 万元定金。

"明萱，一家人还说两家话，房子就当我送给你的结婚礼物，你身上那点钱留着，开公司前期房租和招人都需要资金。"宋大伟靠近苏明萱坐下，笑着轻轻点了一下她的脑袋。

"宋大哥，你为何对我这么好？"遇到这样的人，苏明萱感觉是自己前世修来的福分，跟他在一起处处是暖阳。

"要听真话？"

"当然。"

"我很爱你，难道你感觉不出来？"

"对不起，我心里还无法接受别人。"

"我明白，我也爱过，知道那种滋味。"

"哥，这么多年跟你聊天，总感觉你心里有事，能否说给我听听。"

此刻的宋大伟看着身边的女人，心里却不是滋味，他决定把自己这么多年隐藏在心里的秘密告诉苏明萱。苏明萱听完后流下了眼泪，她没有想

139

到表面乐观的宋大伟心里这么苦，她终于明白一切，3年后，她发现自己真的爱上了他。

午夜时刻，睡意袭来，苏明萱靠在宋大伟的肩上睡着了，他抱她回到了她房间的床上，然后看着她沉睡，而他近乎一夜无眠，他又想起了7年前和前女友柯晓敏发生在深海市的车祸。

胡婉真为什么不同意柯晓敏和宋大伟结婚？她觉得同意才是自己一生中最大的笑话。柯晓敏是胡婉真的秘书，胡婉真用了她好多年，了解她是什么样的人。如果她跟宋大伟在一起玩玩还无所谓，可她竟然痴心妄想要跟她儿子结婚。

胡婉真也很后悔，当年她要是同意宋大伟和柯晓敏在一起，也许就不会发生那场车祸，柯晓敏不会死，宋大伟也不会一度残疾。这种身体的残疾直接影响到心灵，醒来后的宋大伟得知实情后几次要自杀，胡婉真派人看了他两年。宋大伟后来回到中国，胡婉真发现他从中国回来后，心情好了，对生活也有了希望，原来他在那里认识了一个女孩。

去美国之前，胡婉真在深海市的公司也是做房地产开发以及工程业务的。柯晓敏是胡婉真从名校毕业招来的漂亮女孩子中的一员，招她进来后，她了解到柯晓敏家境贫寒，需要钱，于是胡婉真便用她公关。

柯晓敏出生于1969年，比宋大伟大3岁。1996年暑假期间，24岁的宋大伟刚从美国读完大学回国，他第一次在母亲办公室见到柯晓敏，就被她浑身散发着成熟魅力的女人味给吸引了，看到宋大伟的表情，柯晓敏感觉抓住了希望，几天后她跟宋大伟就在东部海边的一个酒店发生了激情。柯晓敏属于美貌、狐媚且贪心的那种女人，没有想到她把手伸向了小儿子，这让胡婉真无论如何也接受不了。

等胡婉真发现的时候已经是1996年底了，此刻他们已经秘密交往了大半年，柯晓敏没有对胡婉真透露半点儿信息。年底宋大伟开口了，开口就提要跟柯晓敏结婚。

胡婉真是无论如何都不能同意这件事情。

正好这个时候公司也遇到了一些麻烦，胡婉真秘密办理了全家移民美国事宜，同时也开始转移资产。因为怕走漏风声，胡婉真只告诉了宋大成，并且告诫他不要对任何人透露，哪怕是他的女友，所以身为她助理的柯晓敏一点都不知情。

"晓敏，这是给你的，够你一辈子花，希望你放过我儿子。"临走前，胡婉真拿出深海市一套价值百万元的住房钥匙和 200 万元现金支票放在她的面前。

"胡总，你身价上亿元，就想用这么点打发我？"看着眼前的房本、钥匙和现金支票，柯晓敏冷冷地回绝。

"晓敏，我已经够大方了，这还是看在你跟了我几年的分儿上。你即使不要，我也不会同意你们的婚事。"胡婉真没想到柯晓敏现在变得这么贪婪。

"我跟你儿子结婚，至少也能分你一半家产。再说，是你儿子不肯跟我分手的。"

"柯晓敏，你还是太年轻了，不要做梦了，你们不可能在一起，除非我死。"胡婉真又跟热恋中的儿子细谈，他也是坚决不同意跟柯晓敏分手。逼迫他们分手不成后，胡婉真催促移民公司加快办理速度，直到 2 个月后悲剧发生。

1997 年 4 月，胡婉真带着已经准备好的护照签证通知两个儿子立刻收拾行李，明早去香港登机，飞往美国洛杉矶。此刻，宋大伟才知道母亲悄悄办理了移民。

"妈，我要去见她最后一面。"宋大伟还是要去见柯晓敏。

"你去吧，12 点前必须回家。"胡婉真无奈地挥挥手。

见面后得知宋大伟一家要去美国，柯晓敏随即变得疯狂且歇斯底里吼叫起来。她拉着宋大伟上车要去找胡婉真算账。因为是半夜，加上柯晓敏精神恍惚，在去往胡婉真东湖别墅的途中，她的车撞上了迎面开来的一辆打着远光灯的大货车。

柯晓敏当场死亡，3 天后醒来的宋大伟，已经躺在香港的玛丽医院。

"晓敏呢？"宋大伟挣扎着起身问母亲。

"晓敏没事，她在深海市医院治疗，等你好了就可以去见。"胡婉真强忍着眼泪安慰自己的儿子，她不敢说出真相。几天后，宋大伟病情稍微稳定，就被医护人员抬上了去洛杉矶的航班，去美国进一步治疗。

车祸导致宋大伟的腿部神经受损，出院后他一边做康复治疗，一边坐在轮椅上等待奇迹。

"妈，晓敏好了吗？你帮我找到她，她手机已经联系不上了。"宋大伟还是不停追问着柯晓敏的消息。

"儿子，你好好治疗，妈妈一定帮你找到柯晓敏，只要你站起来，我把她带到美国，同意你们结婚。"说完话的胡婉真转身掉下几滴眼泪，为了鼓励儿子她只能继续骗他。

一年后的 1998 年冬天，在阳光灿烂的洛杉矶，一向精神消沉的宋大伟竟然奇迹般地站起来。他站起来后的第一件事就是要回中国去接柯晓敏。

"大伟，晓敏车祸当晚就死了，我怕你伤心，所以一直瞒着你。"看宋大伟还沉浸在与柯晓敏的爱情中，还要去找她，胡婉真只有把真实消息告诉他。宋大伟再次把自己关进房间。

柯晓敏去世，胡婉真给她赶过来处理事故的父母打了 500 万元作为补偿，柯晓敏父母知道胡婉真的儿子也是受害者，收完这么一大笔钱后就回乡去了。

柯晓敏走了，宋大伟觉得这一切都是一个笑话，如果没有他和柯晓敏的开始，或许大家今天都是相安无事。自此，他在洛杉矶的家里开始沉迷于网络世界。在深海市论坛，他还给自己起了一个叫"漂在南加州"的网名，无意中读了一篇文章，邂逅了一个网名叫"烟雨江南"的女孩。

"烟雨江南"是苏明萱在大学期间写散文用的笔名。

30. 结婚了，真爱就是一场梦

进入深广合地产，汪力宏的工作积极性空前高涨，他感觉开发公司才有他用武之地。如果没有吴欣欣出现，工作稳定之后，汪力宏就是顺理成章跟苏明萱结婚，安稳过一辈子。然而世事难料，汪力宏也没有想到自己会碰上吴欣欣，当美貌兼财富于一体的吴欣欣向他表白之后，让他第一次有了难以取舍的犹豫心态。

"汪力宏，苏明萱结婚了。"在苏明萱消失一个月后，朱文茜在尚湖花都碰见他，把这个消息告诉他。

"不可能！跟谁？"汪力宏追问。

"宋大伟，那个华裔。"朱文茜冷冷回答，看着曾经那么相爱的两个人分手，她再也不相信爱情了。

汪力宏知道自己错了，可一切都迟了。吴欣欣对汪力宏产生好感的时候，勾起了他对权力、财富的幻想，这个幻想远远超出他跟苏明萱的爱情。从北京回来后，他再也联系不上苏明萱，苏明萱仿佛看透了他虚伪的野心，索性彻底成全他。苏明萱结婚了，他也放开了自己，理所当然地接受了吴欣欣抛来的婚姻。

3个月后，吴欣欣对他的信任和依恋越来越深，她跟父亲说了她和汪力宏的事情。

抛开财富来说，吴广龙觉得汪力宏真是一个不错的人选，在他眼里，汪力宏的父母是知识分子，弥补了他们家文化低的缺陷。但吴广龙又希望女儿找的是跟自己门当户对能够在生意上结盟的潮汕家庭的孩子。考虑很久，吴广龙综合女儿的脾气以及对她母亲的愧疚，同意了她跟汪力宏的婚事。但前提是汪力宏要签署一份婚前财产协议，汪力宏答应了。

作为结婚礼物，吴广龙送给他们一套价值 600 万元的别墅、一辆宝马 7 系轿车。吴欣欣把这个车给汪力宏开。结婚后，汪力宏依旧担任深广合地产的营销部副总经理，只是待遇比原来涨了一倍，还有额外总销售提成，这样汪力宏的年薪也达到 100 万元。

如果说宋大伟和苏明萱的婚礼在香港是很纯粹的西式浪漫，那么汪力宏和吴欣欣的婚礼则可以说是穷尽奢华。吴广龙对女儿的爱全部转化在这场婚礼上。婚礼是在 2005 年元旦举办的，举办地点是深海市最豪华的阳光酒店。

阳光酒店是典型的港式五星级酒店，老板是香港人，在酒店的菜系上格外注重，它是深海市举办婚礼宴席最贵的酒店，而且要预约半年才能订到。因为老板跟吴广龙私交不错，深广合地产很多大型楼盘推广活动也经常在此召开，所以特地给他预留了这个日子。

婚宴标准是 8888 元一桌，这个标准属于酒店最高等级。元旦的阳光酒店整个大宴会厅和周边连着的包房都被深广合地产预订了，共有 100 多桌。酒水每桌是价值 800 多元一瓶的茅台和 1600 元一瓶的 XO 洋酒，烟是中华软盒烟。婚礼在整个深海市地产圈引起了轰动，远在洛杉矶待产的苏明萱听完出席的朱文茜和陆小曼描述后，心里有一种说不出来的滋味。

汪力宏在深海市的朋友很少，他只邀请了几个同学以及泰呈广告的老板夫妇。朱文茜因为在买房中跟吴欣欣认识，也获得邀请参加，陆小曼因为认识吴广龙也被邀请，顺便还客串了当晚的婚礼主持人。在那晚的婚礼宴席上，汪力宏和吴欣欣也见到了吴广龙身后的女人余华，她在婚礼上出现，显然吴广龙已经把她当自家人了。

在婚礼现场，汪力宏的几个同学和师哥在敬酒时都是带着羡慕的眼神，还开玩笑似的恭喜他"嫁"入了豪门，从今往后都是罗马大道，千万别把他们忘了，说完这些人还心照不宣地笑了下。汪力宏明白他们这个笑背后的含义，可是此刻他已经心态平和，因为同样给他这个笑容的还有更多的同行及吴广龙的生意伙伴们，他觉得只要吴欣欣是真的爱他就可以了。

婚礼当晚，汪力宏不知道喝了多少酒，也不知是如何回到酒店蜜月套房的。第二天醒来，当阳光透过窗帘的缝隙照射进来，他醒了，看着躺在身边同样处在醉意中的吴欣欣，他觉得不是梦，是真实的场景，这个女人从今天开始就是与他共度一生的人了。

汪力宏轻轻起身，在卫生间洗漱好后，倒了一杯温水放在吴欣欣的床前，然后走到客厅，看了一下时间，此刻已经9点，他拿起桌上电话打给酒店餐饮部，让他们送2份早餐上来。

30分钟后，客房送餐的门铃声响起，餐车送来了丰盛的中西式搭配的早餐。汪力宏昨晚空腹喝了很多酒，现在看到这些，立刻感到饥饿降临。

送餐的铃声吵醒了吴欣欣，她披着睡衣坐起来，看着床前的温开水，一股暖意袭来，眼前的这个男人像父亲一样关心爱护她，让她倍感温暖。走进卫生间，倒好的水杯和挤好的牙膏摆在眼前，吴欣欣不由得流下眼泪。她快速洗了一个热水澡，然后换上一套新的睡衣。这套透明镂空的睡衣是特地为新婚之夜准备的。在卫生间的镜子里，吴欣欣看到了一个皮肤白皙光滑、身材凹凸有致的女人，她在脸上轻轻地扑打了一点爽肤水和面霜，耳垂喷了几滴香奈儿香水，然后披着长发走出卫生间，向客厅走去。

"欣欣，你醒啦？是不是刚才的门铃声吵醒了你？"看到吴欣欣出来，汪力宏关心地问。在他的心里，还没有摆脱吴欣欣从老板女儿转变为他身边女人的困惑，所以对她还是处处小心。

"力宏，从今以后，你就是我的人了……"吴欣欣走近汪力宏，靠在他怀里喃喃自语。怀里的人让汪力宏不由得一阵激动，他也情不自禁地搂住了她，然后抱着她回到卧室的床上。吴欣欣的诱惑刺激，对于汪力宏来说，那是一种区别于跟苏明萱在一起的平静温柔。

两小时后，他们觉得该去探望吴广龙了，今天这顿午饭要回吴广龙家里吃。阳光酒店离吴广龙的东湖山庄有30分钟的车程，他们带着准备好的礼品，12点准时到达东湖山庄A8栋。

走进客厅，汪力宏和吴欣欣发现今天多了一个人，那就是昨晚婚礼上见到的余华。

"你好，余姨！"汪力宏进门后看到余华立刻打招呼。关于这个称呼他想了好久，觉得在家里还是叫余姨比余处长好些，因为吴广龙带她到家里来，以后他们结婚也得叫阿姨，叫余处长显得生分，叫姐姐也不合适。

"爸，我们回来了。"汪力宏打完招呼，跟在后面的吴欣欣问都没问，直接进屋跟吴广龙打招呼。

"欣欣，我们去书房聊聊。"吴广龙跟吴欣欣在书房谈了半个小时，在书房里吴广龙明确告诉女儿，他和余华准备结婚了。最近余华又帮他争取到了宝华片区的几块住宅用地，这个区域目前地价比较低，但是几年后随着东湖区、福滨区、山海区等开发完后，这就是福滨区的次中心区，其价格和房价必将形成另外一个高潮。

"余姨。"出来后脸上虽然不悦，但吴欣欣还是叫了余华一声阿姨。的确，宝华片区的价格在 2016 年后疯长，从 2005 年的 6000 元每平方米单价上涨到 6 万元每平方米以上，2018 年部分新盘更是高居 8 万元每平方米。汪力宏很佩服吴广龙的远见和眼光，因为当时很少人关注这个片区，他却果断拿了 3 块大面积地，总建筑面积达百万平方米。

余华跟吴广龙认识很早，在坊间传闻中，他们最早认识也是因为拿地。余华身尽管只是国土部门一个小职员，但她清楚知道什么价格能够拿到好地。吴广龙因为出手大方很快跟余华成了好友。

然而，当余华丈夫一次又一次出轨，她再也忍受不住地在那个深夜打电话跟吴广龙倾诉。那是一个带着忧愁的雨夜，听着余华在他私人会所伤心哭诉的时候，引起了他的无限怜爱，几杯红酒下肚，他就迷糊地把余华带进了休息室。自那次深夜后，吴广龙觉得余华作为一个红颜知己来说，还是不错的，重要的是余华在事业上还能帮助他，可以给他出谋划策。

跟余华前两年的交往，吴广龙也确实感受到了她的温馨，可是当她要离婚时，吴广龙有点害怕不淡定了，吴广龙单身是她离开现任丈夫的主要原因。

余华很快就跟丈夫达成协议，孩子随她。

　　饭后，吴欣欣跟汪力宏离开去了隔壁 A16 栋，他们的新家。A16 栋是一个 3 层小独栋单位，面积 350 平方米，一楼是客厅、餐厅、厨房，二楼是书房加主卧，三楼为 3 个客卧。车库在花园门口的露天地面。东湖山庄是 1990 年底建成的，销售时很难抢到，吴广龙当时也只买到一套，另外一套还是因为有人出国，2002 年出售二手房的时候被他就近买来，准备让女儿结婚后住在这里，靠他近一些。

　　吴广龙这一代人比较喜欢这种老式别墅，但是 80 后成长起来的吴欣欣并不喜欢，她还是喜欢住在尚湖花都那里。所以跟汪力宏结婚后，也就象征性地住了一周，两人还是搬回尚湖花都那套顶层复式，因为跟朱文茜、陆小曼在湖中区是在同一栋，因此做了 10 年邻居，直到后来搬进深广合地产在山海区开发的联排别墅里。

31. 丽江情

　　进入光复地产，朱文茜在上司程泗海的栽培下，坐稳了营销总监的职位。在 2006 年 1 月公司年会上，朱文茜管理的项目销售业绩排名第一，她因此也获得了集团公司的表扬，但没有人能想到朱文茜在这段时间所经受的痛苦。

　　"文茜，过年准备去哪儿？"年会上程泗海问她。

　　"程总，我还没想好，最近很累，想休息一段时间。"

　　"你是不是有什么事，我看你最近状态很不好。"程泗海已经留意到朱文茜最近的疲惫，关心问她。

　　"程总，最近在我身上确实发生了一些事，所以我想趁此假期好好休息调整一下。"年会结束，朱文茜痛苦地跟程泗海讲了最近半年发生在她身上的事。

　　"我现在就批准，你明天就开始休假。"程泗海听完心里有种说不出来的滋味，他没想到这个女孩身上发生了这么多事，可是她仍旧出色地完成了工作任务。

　　"给你推荐一个地方，你去丽江、香格里拉转转吧，那里会让你心情有所好转的。"

　　"好的，谢谢程总。"

程泗海出生于 1970 年，比朱文茜年长几岁，2000 年他去了丽江，在那里认识了从北京来的刚大学毕业的姑娘王宇，3 年后王宇成了他的妻子，程泗海也从之前的公司辞职跳槽来到光复地产深海市分公司担任总经理。程泗海从北京辞职最主要的原因是方便见到对岸香港的女儿。

当晚朱文茜在携程网上订了第二天深海市飞往丽江的航班。

"燕青，假期就不跟你们聚了，我订了机票去云南。"订好票，她分别给黄燕青和陆小曼打了电话，告知她的假期安排。

"文茜，我陪你一起去？"得知朱文茜要休假，黄燕青作为好友兼合作伙伴，就想一起去，她去的目的是想给朱文茜付费，在深海市合作几年，朱文茜是地产圈内有名的包公，黄燕青每次想要给她一点表示，都被她严词拒绝，她还说要是当她是朋友，就不要毁了她声誉。朱文茜还说广告公司挣钱也不容易，如果黄燕青的公司不行，即使是好朋友她也不会用。

"不用了，谢谢你的好意，我就想一个人走走，不想被打扰。"朱文茜一口拒绝。

"那好吧，你开心点。姐，听说丽江有艳遇，希望你遇到一个，尽快忘掉赵磊。"

"托你吉言。"朱文茜挂了电话，收拾行李准备第二天一早出发。

2006 年 1 月 25 日，朱文茜来到预订的"丽江梦"客栈。客栈的老板娘朱姐很热情，提前跟她联系，并且亲自开车去机场接她。

熟悉后，她知道朱姐的名字叫朱丽云，也来自深海市，更为巧合的是她也曾是深海市地产圈有名的职业经理人，后来放弃繁华的大都市，跑到丽江开客栈，那一定也是个有故事的女人。朱丽云是跟男友在一起 10 年，最后因他说不合适分手，分手后她卖掉深海市的全部房产，然后来丽江开客栈，专门做高端客户生意。"丽江梦"只有 10 间客房，价格相比丽江其他客栈高几倍，但即使如此高价，她的客栈还是被早早订完。

"美女，这是我们客栈最豪华的一间套房。"朱文茜住的这间套房面积有 70 多平方米，占据了客栈二楼 1/3 空间，走廊里是摆好的茶台，房间配有一张直径 2 米的圆床和按摩大浴缸，朱姐说所有设施都是按五星级酒店标准配备的。看完房间，朱文茜不得不佩服她的眼光，真不愧当年管理过楼盘，在样板房精工细琢中学到很多装修、装饰经验。

"谢谢朱姐。"

"你先休息会儿，等会儿跟我们一起晚餐，这是我们的特色，会为第一天入住的客人准备接风晚餐。"朱姐说完，下楼离去。

如果说客栈不错，老板娘的厨艺更佳，一手地道的湘菜让不能吃辣的朱文茜忍着流眼泪的风险也要品尝。

"你可以先去四方街转转，樱花吧就在那附近，你这么美，不来场艳遇可惜了。"晚饭后，朱丽云指导她参观并且跟她开玩笑。

"朱姐，别开玩笑了。"朱文茜漫步在丽江古城的大街上，最后走到四方街。

在四方街的中心，她继续沿着一条小河往前走去，那是著名的酒吧一条街。这条街有几十家酒吧，每晚来自全世界各地的游客都会在这里上演爱情故事，所有的悲欢离合都是在夜幕降临之下上演，清晨，四方街恢复平静，街仍旧是街，游客却又是另外一波。

小河水潺潺流淌，美好的夜晚开始。酒吧歌手动情的歌声、服务生召唤客人的声音、舞台的表演声、碰酒杯的声音以及另类的尖叫声混合在一起，丽江的夜晚开始了。

"美女，进来坐坐？"门口的服务生看到朱文茜，立刻召唤。

朱文茜原本不想进酒吧，但朱丽云说既然来了就应该体验下丽江的夜生活，于是就进去了。

"给我来一瓶啤酒和一个果盘。"朱文茜选择二楼靠窗的位置坐下，然后点单。

"美女，你一个人要是无聊，可以跟隔壁桌的人一起玩。"服务生离开前还不忘指点她。

"谢谢。"朱文茜还是想一个人安静一下，她落寞地看着窗外走动的人群，沉思在往事中。

"Hi……"隔着小河对面的另外一间酒吧二楼，朱文茜看到一个男孩朝她打招呼，郭天阳就是这样走进她的生活的。

顺着招呼声看过去，朱文茜看到3个男孩子跟她一样坐在对面靠窗位置，其中有 1 个在喊她。

"干杯！"目光对视，那个男孩端起酒杯跟她做了一个干杯的动作，朱文茜微笑一下也举起杯子，喝了一小口啤酒。

朱文茜平时很少喝酒，点啤酒是想坐着看风景而已。跟郭天阳喝酒之后，她把目光移向别处。

"美女，我可以坐这里吗？"片刻的沉静很快被打破，刚才打招呼的那个男孩此刻已经坐在她面前。

听到问话声音，朱文茜从沉思中醒来，眼前站着的男孩，高高的个子，一脸灿烂的笑容，浑身散发着一股青春活力，这种类型的男孩显然都是女孩们心中的男神。

"可以，请坐。"朱文茜立刻对眼前的男孩产生了好感，她觉得坐着也是无聊，有个帅哥陪聊也不错。

"我叫郭天阳，来自美国洛杉矶，请问美女怎么称呼？"坐下后郭天阳开始自我介绍。

"我叫朱文茜，来自深海市。"

"深海市是个好地方，希望下次我们有机会在那里再见。"

"服务生，请再拿半打啤酒、两碟干果。"朱文茜随即招呼服务生加酒。

朱文茜在聊天中发现她和郭天阳的祖籍竟然同为浙江，郭天阳出生在杭州，毕业于美国南加州大学，现是美国一家 500 强企业派驻上海的管理人员。在跟朱文茜聊天过程中，对面楼上郭天阳的两个朋友不时朝这边做鬼脸。

朱文茜一向高傲冷漠，但此刻与满身散发着青春气息的郭天阳在一起，让她第一次感觉到不自信，不自信的就是实际年龄，尽管她看起来 30 岁不到，但毕竟 33 了。

在郭天阳眼里，朱文茜与酒吧其他女孩子不同，她的精干细致中透露着成熟女性的韵味，很显然她是来自城市写字楼里面的精英阶层，从小在美国长大的郭天阳特别喜欢这种有文化修养的职业女性，所以立刻被她吸引了。

刚才隔着 30 米距离，郭天阳看到对面发呆的朱文茜，油然生出一阵怜惜。其实，朱文茜在河边漫步的时候，郭天阳就已经注意到她，直到看她进入酒吧。身边同伴看到他的目光，立刻开玩笑说是不是看上那个女孩了？

"这里很吵，要不要换一个安静的地方聊天？"此刻酒吧越来越闹，掩盖住两人的说话声。

"好，我也嫌这里太吵。"两人起身下楼，沿着小河再往前走。前方100米外的巷子有一个清吧，酒吧里面除了老板和一个点酒水的姑娘之外，没有其他人。

刚开始是酒吧老板唱丽江民谣，朱文茜至今还记得几首歌，不断在耳边盘旋：彩云之蓝、古城之夜、小倩、日光倾城、烟花绽放、我在丽江等你……

郭天阳点了一瓶红酒，跟朱文茜对饮。

"下面这首歌送给我今晚邂逅的美丽女士——朱文茜小姐。"

让朱文茜没有想到的是，郭天阳在老板唱完后走上舞台，在跟老板耳语几句后，老板就把吉他给了他。拿起吉他，他说完话，开始唱起了扎西尼玛的《心爱的姑娘》后，又唱了几首英文歌，朱文茜后来知道其中两首是《加利福尼亚梦想》《心跳加速》。

听着郭天阳动情低沉的嗓音以及看她的迷离眼神，她的心在那个晚上被他融化了。

凌晨2点，朱文茜醉了，迷迷糊糊中睡着了。朱文茜跟着郭天阳来到他住的客栈，或许如很多预想的故事一样，她没有离开，困意袭来，她在郭天阳的沙发上睡着，半夜被他轻轻抱上床，也许是酒精作用，那是她一年以来睡得最踏实安稳的一次。

面对着明显比自己小很多的郭天阳，朱文茜不敢妄想发生什么，而他在朱文茜熟睡后很君子地在沙发上睡了一晚。

当清晨的曙光透过客栈的玻璃屋顶斜射下来，朱文茜睁开了眼睛，看着沙发上像婴儿一样熟睡的郭天阳，再想想昨夜的一切，仿佛如梦境一般闪过，她没有多想，拿起外套轻轻下床，丢下沉睡中的郭天阳离开了。

朱文茜逃离般地回到"丽江梦"客栈，朱丽云已经起床在烤蛋糕了，看到一夜未归的朱文茜回来，朝她坏笑了一下，然后让她洗漱完过来吃早饭。作为客栈老板，朱丽云对这种事早已司空见惯。昨晚直到12点客栈关门的时候，朱文茜也没回来，她就知道有故事发生了，像朱文茜这样一个漂亮女人去酒吧，如果没有人注意，那才奇怪呢？

吃完早餐，收拾好简单的行李，按照朱丽云帮她订的行程，朱文茜今天跟客栈的其他客人拼车去香格里拉玩3天。上车后，司机一路往香格里拉开去，途中经过虎跳峡、梅里雪山等风景地，3个同行的人都很开心地一直在拍照，唯有朱文茜对风景失去了心思，她还在想昨晚的事。朱文茜没有料到郭天阳很绅士，早上醒来走的时候，她甚至很有冲动去亲一下他的面颊，但怕吵醒他就没有那么做。

朱文茜很欣慰跟郭天阳没有走出最后一步，尽管她很喜欢他，但这注定是没有结果的。

32. 美丽的邂逅

　　时间过得很快，一晃就到了 2005 年春节，陆小曼决定回大连看望父母并陪她们过年。在深海市飞往大连的头等舱中，她认识了生命中的第三个男人——李明。

　　陆小曼原本订的是经济舱，那天因为有事没赶上航班，航空公司答应帮她改签了下一班，并且跟她说，只需要补很少金额就可以升到头等舱。陆小曼还没有坐过头等舱，于是想尝试下。航空公司推荐陆小曼补头等舱，其实是因为春节期间经济舱机票超卖，此刻只有头等舱还有空位，即使她不补差价，也可能会被升舱。

　　头等舱待遇确实比较好，陆小曼自那之后坐飞机基本都选择头等舱，尤其是国际航班，那才是真正的空中享受。

　　拿着一张头等舱特有的纸卡，根据指示标志，陆小曼走进头等舱休息室。李明此刻正好一个人坐在靠近入口的沙发看报纸，然后就看到一个女孩拿着行李箱东张西望进来，作为头等舱常年客户，李明看惯了形形色色的人物，很显然这个穿着时尚、长相貌美的女孩是第一次坐头等舱，因为她没有找座位放下行李，而是观察一圈，才在李明对面的沙发上坐下来。行李放下后，她看别人去拿餐，自己才跟着去拿了一些水果和点心。

　　在看到陆小曼第一眼的时候，李明就心动了，甚至在休息室里就产生

154

了想去认识一下她的念头。但他想了好久也没有放下身架，当李明正在为错过而遗憾时，在头等舱优先登机处，他又看到了那个女孩，原来他们是同一个航班，从深海市飞往大连。既然同一个航班，李明觉得应该还有机会弥补遗憾。

"美女，你刚才是不是也在贵宾休息室里？"更为巧合的是，上了飞机，陆小曼和李明竟然是同一排邻居。李明瞬间觉得这是上天安排他认识陆小曼的。陆小曼是靠窗位置，她在放行李的时候，李明主动帮她把随身小箱子放进座位上方的行李舱，然后开始问她。

"谢谢，应该是我。"面对男人的搭讪，陆小曼已经习以为常，何况眼前这个长相斯文的男人让她并不反感。李明虽然是全身低调名牌装扮，但陆小曼一眼就能看出他的身价地位。

"你是大连人？"李明等她坐下后继续问。

"我父母祖籍四川，我在大连出生长大，所以应该算是大连人吧。请问怎么称呼你？"陆小曼问道。

"我姓李，你就叫我李哥。我是土生土长大连人，很高兴认识你，请问美女怎么称呼？"李明说完把手伸出来，陆小曼伸手象征性跟他握了一下。

"我叫陆小曼，在深海市电视台做地产节目主持人。"陆小曼如实说出自己身份，按照她对这个男人的观察，他应该在大连从商，刚才放行李的时候，有几个年轻男人跟他打完招呼后，就走去后面的经济舱，她清楚地听到他们叫他李总。

"幸会，陆小姐，原来是电视台主持人，难怪气质出众，这是我名片。"李明放下戒备，从随身的小包里面拿出一张名片递给陆小曼。在李明递过来的名片上清楚地写着：大连壹达房地产开发有限公司董事长。

收起名片，两人开始闲聊。陆小曼知道李明这次带队前来深海市是考察学习，顺便看看在深海市是否还有机会拿到土地开发。得知陆小曼是房地产节目主持人后，也跟她了解了很多房地产信息。

李明生于1972年，比陆小曼大8岁，他跟陆小曼认识时才33岁，正是处于风华正茂、事业最旺盛时期。在陆小曼眼里，李明不仅风流倜傥，更是年轻有为，30多岁就已经是北方著名房地产开发公司的老板，身价几十亿元。

李明这么年轻就能够跻身房地产开发商老板之列，不得不说是一个奇迹。至今十几年过去，谈起壹达集团和李明，大家仍旧认为他是中国房地产圈少有的传奇人物，但谁也没有算到 8 年后，这家公司的命运如此悲惨。

3 个小时的飞行时间很快过去，两人相谈甚欢，仿佛是认识了很久的朋友，陆小曼说了她以前在大连经常去的地方，李明说你肯定很久没有回来了，大连发生了很大变化，那些地方早就拆迁盖成高楼了。

陆小曼表露此行目的是想给父母在大连买套新房子，李明说这个好办，到时候他让公司派人和车带他们一家先去看看壹达开发的几个楼盘，如果满意就买他们楼盘。壹达集团在大连开发的楼盘品质品牌都是排前 3 位，陆小曼答应了。

"陆小姐，下了飞机你跟我一个车，我让司机送你回家。"

"谢谢李总，恭敬不如从命。"

"李总，你先走，行李我们拿。"飞机安稳落地，李明的下属提前走到他身边。

"帮这位陆小姐也一起拿一下。"

"好的，老板。"

"陆小姐，请。"李明绅士地做了一个让陆小曼先走的手势，他们的行李都很少。

下机她跟李明一起向机场 VIP 通道走去，走出通道，在航站楼的停车区，陆小曼看到了等候在那里的两部车，李明带她上了一辆劳斯莱斯，随行人员上了后面一辆奔驰车。

"老板好。"司机礼貌地打招呼。

"走吧。"

"好。"司机说完启动车子往前开。

"你把陆小姐送回家。"车首先到达李明的公司，他要回去处理事情。

"陆小姐，你先回去陪陪父母，明晚我们一起吃饭。"

"谢谢李总，明天见。"

车开了 20 分钟，在一片老旧的 20 世纪 80 年代居民楼前停下，里面因为道路狭窄开不进去了，陆小曼让司机停车，但司机停好车后坚持要帮她把行李送到家里。李明的绅士风度以及员工的素质让陆小曼感动，也对这个男人产生了前所未有的好感。

陆小曼的父母自 2001 年后再也没有见过她，他们都是通过电话联系。在电话中父母得知女儿不仅在深海市电视台工作，而且已经是著名主持人，所以这次陆小曼回来令他们特别开心。

"爸妈，我们家这片房子太老了，刚才我跟朋友聊天，了解到大连的旧改规划，我们这里也属于要拆迁范围，所以我想给你们买套新房子居住。"晚上休息前，陆小曼跟父母说了她的想法。

"好吧，只是买新房子要花很多钱吧？"父母听完她的话后，虽然同意了，但有点恋恋不舍，当然更是担心钱。

"钱的事情你们不用担心，我有。"陆小曼理解父母，这是他们生活了几十年的地方，很有感情，附近住的也都是原来单位老同事，换一个地方也许会让他们真不适应，但这里毕竟要拆迁，她还要为他们提前安排。

"陆小姐，你要是在家里住得不习惯，可以住到我们丽宫大酒店，司机会在下午 6 点来接你，会帮你把行李送到酒店。"第二天午休醒后，陆小曼接到李明打来的电话。

"虽然有点不适应，但是我也不好意思麻烦你。"陆小曼昨晚在家里睡了一晚上，确实不适应了。首先她与父母作息时间不一样，其次是家里装修老旧，天气太冷，卫生间也不能洗澡，她不想跟父母去挤公共浴室，已经习惯深海市高档生活场所的陆小曼，正想着要不要去酒店住的时候，李明给她解决了。

"好。那谢谢李总了，等会儿见。"

"爸妈，我晚上跟朋友约好要出去吃饭，然后就直接去一个朋友的酒店住，你们明天在家里等我，我们一起去看房子。"放下电话，陆小曼告知父母，然后把行李收拾好，等待李明的司机来接。

"小曼，注意安全。"司机到达，陆小曼提着箱子准备离开，母亲欲言又止地说了一句。陆小曼明白母亲话里的意思，但她毕竟已经 24 岁，是成年人了。在父母眼里，她还是孩子，而在她的眼里，父母不知何时已经变成老人了。

"陆小姐，这里，你还记得吗？"晚上 7 点，在丽宫苑三楼的老板专用豪华包房里，李明给陆小曼准备了一桌海鲜盛宴。在餐厅里，李明拉着陆小曼走到窗前，兴奋地指着窗外问。

"这里原来不是一个荒滩吗？"在陆小曼的印象中，这里确实就是一片无人管理的海滩。

"对，这里原本就是荒滩野岭，壹达在 2001 年拿下这块地后开始修整并填海，然后请了新加坡的建筑设计师，把整个荒滩设计成为一个集娱乐、餐饮、儿童游乐于一体的度假胜地。经过近 5 年的开发，你看这里已经从荒滩变成了一个高档度假胜地，我们在此又建成了一个五星级丽宫酒店和一线海景社区丽宫苑。"李明自豪地跟陆小曼讲述这片填海区的现在。

关于李明的传说，陆小曼后来又听了很多版本，但是她从来没有跟他去验证那些传闻，她觉得一个有着雄心壮志的男人，心里总要有属于自己的隐私。除了那些传说，李明的聪明才华也是中国商界极少有人比得上的。陆小曼的聪明之处，就是从不多问男人私事，在李明给她的讲述过程中，她识趣地夸赞他。

"李总，你真是太厉害了。"

那天晚上的海鲜真是美味，陆小曼吃到了好久没有吃到的极品辽参和鲍鱼，这些海鲜是渔民在海里打捞后直接送过来的，还有一些是下午从日本空运过来的雪花牛肉和金枪鱼，李明为她准备的红酒是来自法国波尔多酒庄的 80 年代的拉菲。

丽宫苑老板专用的 1 号包房有 100 多平方米，圆餐桌可以同时容纳 20 人就餐，餐厅里面除服务员和现场的大厨服务外，就是他们两个人。陆小曼沉醉在美食的世界中。她没有想到远在大连也能碰到懂酒的知己，人逢喜事精神爽，酒逢知己千杯少，那天晚上的陆小曼就是这样一个状态，令她更没有想到的是，李明还会跳华尔兹圆舞曲。

饭后，李明送陆小曼到酒店的顶层总统套房，打开房间里摆放的古老留声机，一碟黑胶唱片放上去，华尔兹舞曲轻轻流出旋律来，李明伸出手拉着微醉的陆小曼在客厅里炫舞，陆小曼扔掉了高跟鞋，她在地毯上赤脚跟随着李明共舞，几曲过去，在音乐的渲染下，两人转完身面对面那一刻，李明俯下身，手托着她的细腰，轻轻吻上了陆小曼的双唇，她没有拒绝，那一刻两人仿佛是相熟很久，彼此情意绵绵。

　　一夜过去，早上陆小曼还在回忆着昨夜的甜蜜，李明确实是一个优雅的好男人，无论是日常生活，还是跟陆小曼在一起缠绵时，他总能够细心把握住她想要的是什么。

33. 爱情像雨又像雾

朱文茜本以为在那晚之后她和郭天阳就再也不会相见了，然而令她没有想到的是，在香格里拉古城，他们又不期而遇。

晚上6点，车开进香格里拉古城，香格里拉古城晚上气温低，人很少。此刻已经是夜晚，天气很冷，大家都是穿上羽绒服御寒。同样都是古城，但是与丽江相比，这里只有稀疏的游客。

街头有一家木雕艺术品店，朱文茜走进去，店里摆放的几件木雕产品看着不错，她想买下来带回深海市，正当她入神地看着一幅木刻凤凰图的时候，店门口传来其他游客说话的声音，继而店里走进来几个人。听到熟悉的声音，朱文茜忍不住回头望去，他们竟然是郭天阳和他的两个同伴以及一个不认识的女孩。

"你怎么在这里？"人生真是无处不相逢，郭天阳看到她后，脸上挂着明显的惊喜。

"这么巧，我刚到，你们也来香格里拉玩？"掩饰住内心的激动和慌乱，朱文茜微笑着平静回答，昨夜虽然有些尴尬，但她还是努力装作什么也没发生过。

"你住哪个酒店？我等下过去找你。"郭天阳继续说。

"我还不准备回去呢，再逛逛"。朱文茜还没想清楚要不要告诉他。

"那我陪你逛逛，逛完一起回。"透过郭天阳的语气，他们俨然是相熟很久的恋人。

"我先走了，你们自己玩。"郭天阳说完扔下几个伙伴，拉着朱文茜的手向外走去。在郭天阳同伴的惊诧和诡笑中，朱文茜竟然乖乖地跟着他走了。

"早上为何不辞而别？"走了大概 100 米，郭天阳突然停下来问朱文茜。

"不想影响你睡觉。"想起昨晚一幕，朱文茜有点害羞地不敢直视他。

"今晚你不能再丢下我。"郭天阳抿起嘴角对着她笑，然后眨了一下眼睛，笑意很明显告诉她，今晚你逃不了。

再次见到郭天阳，朱文茜相信这一切都是缘分，否则世界这么大，怎么还能第二次遇到呢？

"手机给我。"郭天阳这次学聪明了，拿着她的手机拨了自己的电话号码。

1 月底的香格里拉夜晚寒气逼人，逛了一圈，两人也没有找到可以喝咖啡或酒的地方，郭天阳提议回朱文茜住的酒店房间。朱文茜觉得这次相见远没有昨晚那么简单。面对他送上来的温暖爱意，朱文茜没有拒绝。在香格里拉，他们缠绵度过难忘的 3 天，至今朱文茜还能回忆起，那种感觉如同梦幻般温馨甜蜜。

照顾起朱文茜，郭天阳完全不像一个比她小 8 岁的 80 后男孩，那是跟赵磊在一起完全不一样的感觉。郭天阳的霸道中带着尊重，让朱文茜仿佛又回到了少女时代，在工作中以女强人自称的朱文茜这时已变身为一个温柔小女人。郭天阳也很绅士地从来不问她的年龄，还亲切地称她为文妹妹。

"文茜，我要回上海了，你在深海市等我，我很快去看你。"从香格里拉回到丽江后的第三天，郭天阳来到朱文茜的客栈同她告别。

此刻朱文茜正在和朱丽云喝茶，看到郭天阳进来，朱丽云很识趣地朝朱文茜挤下眼睛后离开了。

"这么快。"朱文茜想起两人在一起的几天，时间不知不觉而过，现在终于是要到了分别的时刻，心里的不舍此刻已经流露在脸上。

"宝贝，我们很快会再见的。"郭天阳凑近她的耳朵亲昵地说。

告别的那一刻，都是难分难舍，朱文茜觉得离开丽江，两人也许一辈子都不会再见。

事实也是如此，她回到深海市的办公室后痛定思痛，觉得在丽江和香格里拉发生的事就像一个梦，而梦醒后总是要回到现实的。长痛不如短痛，朱文茜换了手机号码，这是她来深海市8年后第一次换手机号码。

"朱姐姐，你回深海市没？我想在大连买套房子，听听你的建议。"朱文茜还没从郭天阳离开的思念中摆脱，就接到了陆小曼从大连打来的电话。

"我还没回，你不错，很有孝心。大连的房子目前价格还很低，肯定可以买，但具体买哪里，我不熟悉，你还是找个当地的人了解一下。"

"好，有你这话我就定心了，对了，在丽江有偶遇没？"陆小曼接着八卦地问朱文茜，以她对高冷的朱文茜了解，肯定没人敢追她。

"可以说是有，也可以说是没有，虚无缥缈的梦吧。"朱文茜似是而非地回答道。

"姐，可以啊，那就是有了，恭喜你，回深海市聊。"陆小曼挂了电话准备起床。

李明早离开去公司开会了，他已经派了司机在楼下等候。陆小曼接上父母，花半天时间看了壹达集团开发的几个楼盘，这些楼盘不仅位置好，而且材料品质打造都是一流，带有欧式奢华的外墙装饰更是满足了东北富豪们的口味以及居住在其中的优越感。

北方楼盘的建筑设计跟南方有很大差异，他们在户型设计上中规中矩，赠送面积比较少，因此豪宅面积大多数集中在200—400平方米之间，这个面积设计仅仅是4—6室。而南方沿海城市120平方米的楼盘就能设计成4室，李明带着员工去深海市考察，也是想实地考察这些房子是如何设计的，因为随着房价的不断攀升，大面积单位总价高，壹达集团要想立足于东北市场不倒，必须与时俱进推出中小户型楼盘，来满足80后新生代人群需求。

陆小曼带着父母看了3个楼盘，以她在深海市的眼光来看，她觉得丽宫的250平方米4室不错，适合父母居住，即使她回来住也够身份象征。

父母觉得这个房子价格肯定很高，他们于是劝陆小曼还是买小一点的。陆小曼说这次换房子也许要住一辈子，所以一定要挑一套好点的给他们。

"美女，请问丽宫苑 250 平方米高层总价多少？"陆小曼向销售员咨询价格，在司机跟销售员耳语几句后，她立刻改变了之前想说的话。

"陆小姐，这种单位高层现在总价在 150 万—180 万元，但老板已经交代过，你尽管看，看好给你留着，价格等老板定。"

"好，那我就要一套 20 楼的。"销售员说完价格，陆小曼心里有底，立刻订了一套。

"我先交定金，余款以及后面折扣，等你们老板定了再交。"陆小曼说话的时候，发现母亲在她背后拉她，母亲的意思陆小曼很清楚，肯定嫌价格贵，因为退休工资只有 2000 元的父母看到 150 万元的总价觉得害怕。

"妈，没事，我有钱给你们买。"陆小曼安慰母亲。

"好，那你跟我来财务室。"销售员看了一眼司机，司机点头。

李明的慷慨大方第一次体现就是送了陆小曼这套丽宫苑的房子。后来陆小曼也没有跟父母说是老板送的，只说打了一个很低的折扣。

李明后来还安排装修公司给陆小曼按照样板房的标准装修好，她刷卡交的定金，第三天晚上李明就送她回房间。在那天晚上，李明依旧是激情如火地跟陆小曼缠绵了一夜。

春节过后，陆小曼离开了大连，李明竟然还时不时地飞到深海市跟她相会。

当侯斌打定主意向黄燕青坦白爱恋的时候，黄燕青跟他一样，彼此都是惺惺相惜。那晚黄燕青躺在侯斌的怀里，他才发现真的很喜欢这个女人，黄燕青娇小的身体需要他这样一个男人保护。跟侯斌在一起的几个月里，每当侯斌要去她尚湖花都家里时，黄燕青都找借口拒绝了。2005 年的春节很快来临，此刻他们已经交往了半年，想了很久，黄燕青决定告诉侯斌关于她的一切。

"侯斌，今晚来我家吃饭？"此刻公司员工已经放假，侯斌不回上海，留在深海市陪黄燕青。

"好，燕青，我回去收拾下就过来。"听到黄燕青的正式邀请，侯斌很开心，他决定回去换身衣服，然后再去商场买点礼物，毕竟这是他第一次去她的家里。

"燕青，我到了，开门。"听到楼下对讲传来侯斌的声音，黄燕青立刻按了开启键，然后打开了门，在门口等她。

"请进。"一手抱着鲜花，一手拿着礼盒的侯斌很快从电梯上下来。

"燕青，这是送给你的。"看到黄燕青在等他，侯斌把手里的礼物给她。花是象征着爱情的 99 朵红色玫瑰，礼盒里放着一条精美的钻石项链。

"谢谢。"拿过礼物，黄燕青很感动，她甚至主动上前拥抱了侯斌，随即心里开始七上八下，忐忑难安，她不知道接下来的现实，侯斌是否能接受。

做好的菜已经摆在餐桌上，厨房还有人在忙碌着。

"请坐，喝茶，我妹妹还在做菜，等下就好。"很快所有菜上齐，餐桌上摆了 4 套餐具、3 个酒杯，黄燕青开了 1 瓶红酒，给 3 个杯子倒上。

"婷婷，出来吃饭了。"黄燕如走到里面的房间，叫出已经 7 岁的黄婷婷，她在房间里看动画片。

"婷婷，叫侯叔叔好。"看到女儿出来，黄燕青让她跟侯斌打招呼。

"侯叔叔好。"黄婷婷很有礼貌地说完，然后在黄燕青身边坐下。看到这个孩子出现的时候，侯斌的心里就已经疑惑不止，他知道黄燕青不过 25 岁，她妹妹也就 23 岁，这个孩子到底是谁的呢？

"妈，我想吃红烧排骨。"黄婷婷的一声妈彻底让侯斌明白这个孩子是谁的，他的脑子里面一阵恍惚，几个小时前的喜悦也一扫而空，晚饭更是没有心思吃了，但他知道此刻不能失态，于是强忍着，喝了几杯红酒，希望早点结束这顿晚餐。

"侯斌，我送你下楼吧。"

"好。"侯斌也想听黄燕青怎么解释。

"我跟过一个男人，女儿就是那个人的……"在尚湖花都楼下，黄燕青把她来深海市打工，然后从工厂跳出来跟了林先生的事说完，心里顿时轻松了，而侯斌听完却目瞪口呆，说不出话来。

黄燕青能想象到侯斌惊讶的表情，然后她留下了一直没有开口的侯斌，回到尚湖花都家里。

侯斌想了一晚上，努力说服自己接受这个现实，但他知道即使自己接受，远在上海的父母也无法接受。

2005 年的春节注定是一个悲伤的季节，侯斌这个看似身材高大的、想保护黄燕青的上海男人，其实内心却懦弱，在母亲的反对下，如同第一次婚姻，他又是一走了之。这一次逃得更远，他去了巴黎。

3 月初，黄燕青收到一封来自巴黎的告别邮件，至此这段爱情结束了，开年后，黄燕青提了设计部经理李建做总监，开始了美丽奥广告新的发展征程。

34. 归零，重新出发

2005年5月，苏明萱在洛杉矶生下了儿子苏洛。3个月后，她把儿子留给了保姆，跟宋大伟一起回到了阔别6个月的深海市。

宋大伟给天源地产选的办公室地址是位于山海区中心地段的5A级写字楼——望海大厦。望海大厦于2004年10月建成，分为3栋，每栋都是30层高。除A栋为开发商保留单位外，其余2栋全部售完。

2004—2005年，深海市商业地产的价值被远远低估，写字楼销售价格跟高端住宅基本齐平，但开发商开发写字楼的成本远高于住宅，写字楼获利都比住宅低，所以很多开发企业都会保留部分单位用于长期出租收益。

望海大厦整层单位面积为800多平方米，分为01—044个户型。天源地产租了开发商保留的A栋1601，建筑面积为200平方米。望海大厦的租金市场价格在60—80元每平方米。这个租金价格在10年后涨了3倍到250元。老板杨华飞跟宋大伟是同学，所以他给了友情价50元每平方米，租期5年，每月租金、水电费加在一起大约1万多元。

办公家具准备齐后，苏明萱开始招聘，在策划总监、销售总监、前台以及财务人员8人到位后，公司在7月开始正式运营。

天源地产成立初期，也走了一段艰难日子。苏明萱在朱文茜、黄燕青等人的帮忙下，不断参与一些项目的投标，然而，在竞争中因为经验以及公司资历浅总是败给老牌的百联达地产和世桦地产。长久反思之后，苏明萱决定改变思路，暂不参与任何住宅项目的竞标，专门去攻这几家公司不主推的商业地产领域。商业地产销售代理在深海市还是处于弱势，市场上一直没有出现领头的大型商业地产代理公司，如果想在这个领域做出成绩那更具挑战性。

确定定位后，苏明萱专心寻找商业项目，尤其是那些销售不好有可能换代理公司的开发商。一次偶然机会，朱文茜说福成地产手上有一块商业地块，现在正愁如何开发定位呢？她建议苏明萱去谈谈。

福成地产的这个商业地块不是很大，但是位置不错，位于福滨区的商业中心。百联达地产已经稳稳占据整个深海市的高端住宅市场，此刻无暇顾及这么小的项目，孟成彪咨询过张莹莹几次，她都因为忙没空过来谈，所以孟成彪担心即使签给她们，也不会当回事，于是跟朱文茜讨论，要她换一家代理公司试下。

"孟总，我也建议你重新找一家公司，这家公司只要思路好，她会全身心投入帮你策划运营。"听孟老板有换公司打算，朱文茜立刻想到苏明萱，于是就做了一个顺水人情。

"你觉得哪家可以？"孟成彪继续问。

"你要是放心，交给苏明萱去做，她离开商报，开了一家代理公司，叫天源地产。"

"苏明萱？哦，想起来了，你让她明天来公司找我吧。"孟成彪认识苏明萱，现在听说她开了代理公司，于是就让朱文茜约她过来。

苏明萱对福成地产的这块地做了详细调查，然后带着一套成熟方案走进入了福成地产的会议室。

"孟总，你好，好久不见！"到达福成地产会议室，苏明萱见到孟成彪进来，赶快打招呼。

"苏大记者，苏总，没想到你改行做了代理公司老板，厉害，巾帼不让须眉。"孟成彪伸出拇指赞扬了苏明萱一番。

"孟总过奖了，那我们就正式开始吧，你先听听我们的建议。现在请我们的策划总监吴浩给大家讲下对于福成地产中心商业地块的策划提案。"苏明萱介绍完带头鼓掌，然后等待吴浩发言。

"尊敬的福成地产孟总，福成地产的各位领导，你们好，我是天源地产的策划总监吴浩，下面就由我代表天源地产来讲述福成地产福滨中心商业地块的策划思路。在讲述过程中大家如果有问题，请提出来，我会给大家解释。"吴浩边说边打开电脑，连接上会议室的投影，投影上出现了PPT演示稿。

"福成地产的这块地占地面积为1万平方米，处于整个中心商业地块的边缘。但容积率可以做到10，可开发总面积为10万平方米。它周边有3个写字楼即将销售，这些写字楼下面已经规划有一个大型商场。深海市此时还没有十几年后出现的各种大型商场，这些商业地块一路之隔过去就是深海市住宅价格最高的尚湖地块。在这种情况之下，开发小型办公写字楼显然是没有市场的，也很难与周边其他几个大型5A级写字楼竞争。"吴浩停顿了一下，继续往下讲。

"经过调研，我们发现中心商业圈最缺的就是高档白领公寓和星级酒店。所以我们建议福成地产建造下面6层联体商场，6楼以上为独立分开两栋楼，其中一栋高层主体建筑设计成高档酒店公寓，另外一栋主体建筑跟酒店管理公司合作做一个五星级酒店。福成此地块四周都是被写字楼和住宅包围，如果这里新建一个国际五星级酒店，不仅有充足的客源，而且还可以提升整个楼盘以及片区形象。

"福滨区中心区定位比较高端化，未来写字楼建成运营后，必将有很多世界500强企业进驻，那么高端酒店公寓的出现正好可以弥补此片区租赁市场上的空白，酒店公寓的价格在销售上也可以拔高，在测算的高租金市场回报下，投资客们肯定会喜欢这类产品……

"我的提案就是这样，谢谢大家的聆听！"

20分钟后，吴浩讲完了项目的规划提案，然后他坐下来等候福成地产老板和营销部人员的评判。

听完天源地产的提案，孟成彪眼前一亮，他觉得朱文茜的推荐没有错，尽管这个公司是新开的，但是天源地产以及苏明萱不仅对深海市的房地产行情分析到位，而且还看得更远。于是，在提案结束后他没有发表反对意见，直接把苏明萱和吴浩请到了办公室，商量一些细节。

"孟总，我建议尽快开工，这样可以赶上在 2006 年五一前开盘。因为随着今年周边写字楼的销售以及明年众多租金企业入驻，周边的高端公寓租赁市场将会严重缺乏。"

"好，就按你们的思路走。苏总，你尽快把合约递过来。"孟成彪当天就决定了此项目交由天源地产代理。代理费最终讨论按 0.9% 结算。这个代理价格在深海市场上也是一个比较高的价格，市场最高行情是 1%，百联达地产早期接单甚至都签过 0.6%。

福成地产是天源地产签约的第一家公司，此商业地块定名为环球时代公寓。自签约环球时代公寓后，天源地产喜讯不断，接着又签约了福成地产以及其他众多地产公司的项目。所以，苏明萱后来总是跟孟成彪开玩笑，说孟老板是她的福星。合约签署后，天源地产进入了正式运转中。

经过前期的努力打造，环球时代公寓在五一销售后获得了市场的充分认可。项目总建筑面积 12 万平方米，裙楼以上分为 A、B 两栋，其建筑设计风格类似马来西亚双子塔设计，只是塔尖没有那么高。

A 栋在前期的洽谈中已经与世界级酒店管理公司喜来登签好了合作协议，甲方福成地产提供物业和酒店装修占 70% 股份，喜来登酒店管理公司以品牌管理资本占 30% 股份。

B 栋定位为酒店公寓，除去裙楼商业之外，可售面积仅为 3 万平方米。在 2006 年启动认筹时，因为承诺全部是带 1000 元每平方米的精装修，所以自认筹开始就吸引了整个深海市投资客户们的眼光，总量 435 套，最后认筹客户有 800 个。

环球时代公寓也正如它的名字一样，最后入住的人很多是世界各地企业外派的高级经理人。

深海市的 2006 年房地产市场，整体都呈现出迅速上涨的趋势，房价相比 2004 年涨了 50%，很快深海市随同整个中国进入了楼市最疯狂的 2007年。那一年，全民谈论地产，全民炒房。

五一前，看到认筹数字不断增多，害怕认筹太多买不到房的客户闹事，苏明萱跟福成地产商量提前截止认筹。原本预期定价 1.2 万元每平方米，最后上调到 1.3 万元每平方米。即使调价，环球时代公寓也是在开盘 2 小时全部售罄，紧接着 3 万多平方米的裙楼商铺也以均价 3 万元每平方米卖掉。自此，深海市商业地产迎来了发展的高峰期，直到 2010 年衰弱至今。

首单大捷，极大振奋了天源地产全体员工的士气。酒店公寓加商铺总销售额近 13 亿元，即使后期续签商铺代理费降到 0.6%，天源地产也拿到了 800 万元佣金。苏明萱奖励了辛苦忙于一线的策划销售团队，策划总监吴浩和销售经理刘佳佳也顺利被提升为策划部副总经理和销售总监。

代理环球时代公寓销售良好，天源地产引起了业内开发公司和同行的注意，尤其是张莹莹，她在跟朱文茜聊天，说了句后生可畏。

然而后生再可畏，百联达地产在深海市的地位已经固若金汤，很难被撼动了。

35. 深广合地产迈入高端开发商行列

在吴欣欣和汪力宏结婚半年后，深广合地产也进入了迅猛发展期。

2006年9月30日，深广合地产开发的山海区豪宅黄金海岸开盘。黄金海岸是汪力宏进入深广合地产以来独立负责的第一个大型高端豪宅项目，他要把控住任何环节，不能出一点错。

在前半年的紧张筹备中，泰呈广告签下此项目的广告整合推广协议，这也是2006年深海市广告市场上最贵的整合推广费，96万元1年。汪力宏把黄金海岸签给泰呈广告，除了项目要求高外，也带有感谢老东家多年培养的私心。

美丽奥广告也参与了投标，获得了黄金海岸在各大报纸媒体和电视台的广告投放代理权。作为一家集广告整合和媒体广告代理于一体的广告公司，黄燕青觉得代理媒体的广告投放业务远比整合推广来得轻松。广告代理商的工作就是把已经设计好的成品稿件交给各大媒体，中间需要付出的脑力比较简单。如果签约的广告总金额很高，那利润可能会超过整合推广。

黄金海岸跟美丽奥广告签了300万元报纸和电视台广告投放协议，按照媒体给出的折扣，美丽奥广告税后还有8%利润，如果年底能完成媒体总额2000万元，还有总额8%返利。这样美丽奥广告在黄金海岸这个项目上可以赚到总利润48万元。在人员安排上，黄燕青只需要派一个客户经理跟踪对接泰呈广告和媒体两边，人力成本远低于泰呈广告。

泰呈广告一直以文案创意闻名于深海市房地产圈，它的专一性也是其他广告公司无法超越的。泰呈广告月度服务费 8 万元，要派一个设计总监、文案总监、平面设计师、摄影师、文案创作等 5 个人为黄金海岸服务，具体做事由设计师和策划师完成，但是每周要召开例会，设计总监和文案总监必须都要参加。所以即使签约 96 万元服务费，去掉人员开支和办公税费等成本，也就是 30%，不到 30 万元利润。

广告公司签约后，在代理公司选择上，汪力宏和吴广龙产生了分歧。

黄金海岸地处深海市山海区，山海区在福滨区的西边。2005 年后，山海区的开发才刚刚开始，福滨区是深海市的中心地带，政府规划的各种优质配套资源都集中在此。山海区的地形如同一条蛇向西延伸，前面是长长的狭长海湾，后面则是绵延的青山，因为天然的山水优势，后期一批又一批豪宅在这里诞生。

然而，在房地产仅体现刚需价值的时代，购房者对山水豪宅的价值还没有概念，所以此刻想让福滨区的购房人群把眼光转移到山海区来，还有一定的难度。山海区新开发楼盘在 2006 年前普遍销售不好，汪力宏也同样担忧，怕黄金海岸开盘不利。

根据地价和开发成本计算，黄金海岸定位高端，品质打造都要优越于周边楼盘，因此要想获得预期的利润，那就必须在定价上高于周边楼盘 20%，因此在代理公司的选择上，汪力宏是慎之又慎。

汪力宏建议签约百联达地产，先把品牌声誉打出去，在销售价格提升上，百联达地产又比较擅长，于是在讨论会上，他主动提出。

"汪总，百联达地产虽然有优势，我们也合作了很多次，但这个项目可以换家代理公司，世桦地产这几年也发展很快，可以让他们试一下？"汪力宏的建议遭到吴广龙否决，他同时提出了世桦地产。

世桦地产的香港执行董事认识吴广龙，并且早就亲自找过他，吴广龙已经对他们许诺过，要把黄金海岸代理权签给世桦地产。

"吴总，我们从来没有跟世桦地产合作过，这么重要的项目交给他们，你放心吗？"汪力宏有点急了，也忘记了此刻吴广龙才是老板，而其他人在老板说完后，都没有发表反对意见。

"这件事就这样定了，我先离开，你们继续开。"吴广龙离开了会议室。

"汪总，可以在合约中约定，如果没有达到预期销售目标，就友好解约，由其他公司代理。"吴欣欣此刻已经被任命为公司总经理，负责工程、销售以及财务等事务，父亲离开后，她补充发言。

第二天，汪力宏见到了世桦地产深海市公司总经理罗杰文。罗杰文带着团队4个人来拜访深广合地产的领导。

"汪总，这位是世桦地产的罗总。"吴广龙安排在他的办公室里接待，进去后，吴广龙向他介绍。

"罗总，这位就是我们公司年轻有为的汪总。"

"汪总，久闻大名，幸会，这是我的名片。"罗杰文立刻起身递上名片。

在未来的深海市代理公司发展史，估计连世桦地产都没有预料到，他们在签约黄金海岸后，迎来了中国房地产第一轮高速发展期。在签约黄金海岸热销之后的十几年期间，世桦地产可以说是包下了山海区全部高端楼盘的代理权。而百联达地产自黄金海岸竞标失败后，在山海区豪宅高速发展的10年里，竟然没有签到任何一个高端项目，最后只有转战宝成区以及龙城区。

黄金海岸总建筑面积30万平方米，分3期开发。深广合地产和世桦地产签了1期的销售代理协议，签约代理费为0.6%，销售期6个月，开盘均价不低于2.2万元每平方米。如果开盘当天达不到60%销售率，深广合地产将与世桦地产解除合约，代理费以实际销售数量结算。

非典之后，整个深海市的楼价处于不断上升期。2006年国庆期间，尚湖花都二手房已经涨到2.5万元每平方米，比开盘时上涨了3倍。吴广龙对黄金海岸的期望价格很高，这块地是深广合地产高价得来的，地价和建筑成本已经达到1.5万元每平方米，这还不含银行贷款利息，所以2.2万元每平方米是最低销售价格。

黄金海岸前期认筹并不是很理想，世桦地产在开盘前3个月就启动了认筹，为了筛选有效客户，认筹金从常规的2万元提高到50万元门槛，50万元认筹金开盘当天可以享受总价85折优惠。放弃购买的客户在退认筹金时，还可以享受到深广合地产赠送的小家电礼品。这样的销售策略在深海市场上是一个创新，一度也引起很大的轰动。

但市场毕竟是市场，此时购买力还没有成熟，世桦地产的这一招创意并没有赢得购房者们的认可，开盘前半个月，黄金海岸1期800套单位认筹数量不到500个。12年后的2018年，深海市的房地产市场走向疯狂，此时不用说是50万元的认筹金，就是500万元认筹金也仅仅只有1次抽签选房资格，但仍旧有众多的以家庭为单位的购房者花了5000万认筹认10个号，目的就是能抽到一个或多个选房资格。

黄金海岸一期有4个户型，220平方米5室150套、168平方米的4室200套、98平方米的3室150套、400平方米复式单位78套。开盘前几天看到认筹数字这么少，不仅罗杰文睡不着觉，汪力宏也是日夜焦虑，这是他负责的项目，如果开盘失败，不仅会遭到老板的不满，也会被深海市地产圈同行嘲笑。

于是，汪力宏和世桦地产召开紧急会议，讨论如何解救认筹数量不足？分析前后的市场推广方案，他跟罗杰文都觉得没有错。黄金海岸智能化的高端配置，已经通过报纸、电视广告深入购房者心中，在销售现场认筹的客户虽然也不断提出质疑，我们真的在外地就能通过网络看到家里的实际情景吗？我们真的能在炎热的夏天，下飞机就可以提前打开家里的空调降温吗？这些疑问已经通过销售员向到场的客户们解答了，但为何认筹率还是这么低？

分析不出原因后，汪力宏就跟吴广龙和吴欣欣商量，能否在装修这一块做点工作？比如98平方米的小面积单位，是否可以赠送1000元每平方米的精装修？购买大户型的客户有经济实力也有自己的装修理念，带装修对他们来说根本没有吸引力。

三人一致同意了汪力宏的方案，汪力宏也迅速联系了样板房装修设计公司，在开盘前1周赶出3套98平方米的精装修交楼标准房。客户的认筹金同时也降到20万元，但是不能享受当天85折优惠，此策略实施后起了效果，小户型的意向客户认筹数量明显增加了很多。

开盘当天，98平方米3室可以用抢来形容，150套小户型不到两小时全部被抢完，当日销售率达到 70%，均价也突破了 2.2 万元每平方米。开盘结束后还有人到处托关系找汪力宏要 98 平方米单位。下午开盘结束，黄金海岸销售总额达 13 亿元，突破了深广合地产自成立以来单个楼盘开盘的最高总额。

黄金海岸的出现不仅是整个深海市豪宅市场发展的里程碑，也给世桦地产带来了好运。黄金海岸开盘后剩余 30% 的单位主要集中在高楼层，价格相对比较高。但随着样板房开放和楼体逐步完工后，其建筑品质获得了高端豪宅客户们的认可，客户们口头传播力度让很多在买与不买之间犹豫的人迅速做了决定。

深广合地产签约广告的几家媒体单位也格外给力，不断在报纸上宣传山海区未来的价值优势。此时，深海市政府也出台了对山海区的整体规划，山海区在未来发展中，专注高新产业技术发展，这是其他区无法与之媲美的，在这些宣传同步进行下，剩余单位很快在 10 月底被售罄。

世桦地产不仅完成了合约要求的销售额，还提前结束了销售，因此顺利地跟深广合地产继续合作 2 期及 3 期单位。罗杰文跟汪力宏的关系也由开始的陌生走向熟悉，成为生活上的好友。

后来，深广合地产除宝成区的楼盘签给百联达地产之外，其他的山海区、福滨区、龙城区等全部跟世桦地产合作。世桦地产在跟深广合地产的合作中，迅速壮大，稳定了在深海市地产圈的地位，2010 年后超越百联达地产，在香港成功上市。

36. 狂飙的地产，疯狂的购房者

　　光复地产早期拿地主要是集中在以北京为中心的北方区域，2003 开始往南辐射到上海、广州、深海市等一线城市。朱文茜加入光复地产的 10 年，是光复地产在深海市发展最迅猛的 10 年。

　　2006 年国庆，朱文茜负责管理的东岸 1 号准备开盘。东岸 1 号地处东湖区海边，是真正面朝大海、春暖花开的一线海景楼盘。东岸 1 号采用坡地设计，保证了每一户的私密性，户型以洋房、叠加别墅、联排别墅为主，辅助少量的独栋别墅。2006 年，全中国房地产市场开始发力，一线城市如上海、深海市更是飞速上涨，于是投资客户迅速向这两个城市蔓延。

　　东岸 1 号这块地原来是光复地产收购北方一家房企的，这也是光复地产来深海市后做的第一个高端项目，全公司都很重视。程泗海还一再跟朱文茜强调这个项目的重要性，东岸 1 号销售成功与否，对光复地产在深海市的品牌地位提升有重要的意义。

　　2006 年春季开始，深海市福滨区的新楼盘整体均价已经上涨到 2 万元每平方米以上。山海区房价上涨幅度更大，逐渐与福滨区齐平甚至有超越的趋势。东湖区开发早，近几年已经很少有新盘推出。虽然已经预感到购房火爆，但是谁也没有预料到是异常火爆。

　　东岸 1 号前期认筹阶段也很正常，只是在认筹截止前 1 周，朱文茜发现其中有很多北方过来的客户，她隐隐感觉不妙，于是上报公司提前停止认筹。尽管已经紧急下达停止认筹通知，但此时认筹人数已经达到 630 批，是销售总数量 210 套的 3 倍。

开盘当天，前面 100 批进去选房的客户都没有空手，100% 都买了，100 套单位很快销售完，此刻现场还有 500 多批客户等着。

"程总、朱总，卖得太快了，我们要加点价格，让一些客户放弃，不然等下不好收场。"张莹莹一看不妙，立刻请示身旁同样观看的两位老总。

"我同意，程总，你呢？"朱文茜首先表态。

"看样子必须得这样了。"

"洋房加价 30 万元，叠加别墅加价 50 万元，联排别墅加价 100 万元，独栋别墅加价 200 万元。两位老总可以吗？"张莹莹很有经验，立刻说出加价金额。

"可以，你们立刻调价，我给公司发加价文件。"程泗海同意后，随即上报公司总部。

就是这次临时调整的加价策略，让深海市房地产史上第一次出现售楼处被砸事件。

"无良开发商，为何临场加价？我们要买房，我们强烈要求恢复原价！"这些起哄的客户带头呼叫后，现场人群立刻附和，伴随着口号声，一部分人还开始了扔花瓶、扔椅子的动作。

朱文茜在现场目睹了整件事的全部过程，刚开始，她在售楼处办公室检查已经签署的认购协议。

"朱总，快出来，客户闹事了。"张莹莹慌慌张张跑进办公室对她说。

"砸掉这个楼盘，砸掉这个售楼处，为何没有房子卖了，是不是屯着加价卖！"走进销售中心，一波又一波的叫喊声传来。朱文茜还没有反应过来，就看到几个男性客户拿着现场的桌子、椅子往沙盘模型上扔过来，继而又砸向了售楼处的玻璃门窗。

"啪……"占据销售中心位置的模型立刻被砸得粉碎，碎了的塑料物飞溅出去，砸到了靠近模型的客户和工作人员。

"哇，有人流血了……"顺着呼喊声，朱文茜看到保安已经率先走到被砸到的人身边，扶着往外走。

"打电话，叫救护车，同时打 110 报警，通知附近派出所立刻增援。"朱文茜拨开身边拥挤的购房人群，快步走到受伤人员身边，然后让保安队长报警叫救护车。

扔东西的几个人比较高大强悍，他们中的很多人一辈子都没见过大海，都想买套海边的房子住，还有一部分人就是看到深海市房价上涨前来炒房的。保安也从来没有经历过这样的场面，他们甚至不敢向前，现场一下子慌乱了。不过 10 多分钟，售楼处一片狼藉。能砸的东西基本被砸光了，保安有几个也被打得头破血流，跟着救护车去医院包扎了。

"都不许动，放下东西，往后退。" 10 分钟后，周边支援的警察随现场执勤的警察一起到达，控制了场面。带头闹事的那几个客户被警察带走了，现场恢复短暂的平静。

"现场的客户们，你们好，我是光复地产负责东岸 1 号的营销总监朱文茜，为了让你们选到房子，我们公司现决定增加 100 套单位，销售价格也恢复到原价。"朱文茜安抚着现场客户。

"下面选房继续开始……"张莹莹让销售经理继续。

为了不把事情闹大而影响上市公司声誉，光复地产临时请示总部决定，在第二批预售单位中提前拿出 100 套给今天的客户，价格也是原价。东岸 1 号这场风波在媒体的新闻轰炸中一直持续到年底才平息。

程泗海作为总经理因为这件事监管不严受到了公司内部批评。没想到的就是经过这次砸楼事件，让光复地产在深海市的品牌知名度上升，快速超越本土几家房企，跃居深海市开发企业第一名。对于深海市的购买人群来说，光复地产在深海市虽开发了一些地产项目，但在深海市人心中，它的名气远没有本土的深广合地产、福成地产、耀华地产那样熟悉。砸楼事件也让深海市民了解光复地产已经走过了 20 多年发展史，还位列国字头房地产开发企业前 3 强。

也许是水土不服，在光复地产南下深海市的几年开发中，其中规中矩的户型设计并没有赢得深海市场的认可。比如，深海市普遍的 100 平方米可以设计成 3 室，但光复地产的楼盘设计还停留在北方的 2 室基础上。直到朱文茜加入光复地产，在户型设计上建议公司因地制宜，与南方的建筑设计院合作，这样才能迎合本地客户群的需求。

东岸1号砸楼事件也成了载入中国房地产发展史上的一个里程碑事件，对光复地产造成了负面效应，在2期选择代理公司的时候，百联达地产作为替罪羊，离开了这个项目。

重新选择代理公司的时候，世桦地产和天源地产进入角逐。最终天源地产以近两年代理项目口碑创新和溢价更高获得认可并顺利签约，这也是天源地产成立以来第一次和光复地产合作。光复地产按0.6%的代理费跟天源地产签约，比百联达地产的0.7%低了0.1%，这也算是换了新代理公司后对集团有个交代。

东岸1号2期160套单位在1期的基础上，加价20%，定在2007年元旦开盘，再次被抢购一空，这打破了以往在春节期间都卖不动楼的旧规。2期销售均价突破3万元每平方米，开盘当天销售总额达16亿元，引起了深海市房地产市场的巨大震动。天源地产顺利拿到近千万元的销售佣金。

"文茜，这是给你的。"结款后，苏明萱给朱文茜准备了一张卡。

"明萱，我们都不是外人，以后不要这样。"看到卡，朱文茜立刻明白她的意思，一口拒绝了。

选择天源地产，不仅仅是受友情影响，重要的是朱文茜觉得天源地产有能力做好。这两年时间里，朱文茜是亲眼看着苏明萱带着天源地产一步一步成长壮大的。第一个项目成功引进了喜来登酒店，让福成地产的环球时代广场脱颖而出。每次见到朱文茜，孟成彪还说苏明萱跟她一样都是工作狂。

2007年东岸1号销售完，整个深海市的房价进入更疯狂的上涨中，深广合地产开发的"黄金海岸3期"开盘，均价调到3万元每平方米。面对着这样的形势，朱文茜意识到中国房地产投资时代全面到来，现在入手投资还有机会。

"汪总，黄金海岸给我留一套房？"新年一过，朱文茜立刻打电话给汪力宏。

"朱总，肯定给你留一套，但目前2期只剩2套250平方米复式，你不嫌大，就按开盘价 2.5 万元每平方米给你，3 期下月开盘，我们定价调到 3 万元每平方米。"

"汪总，我要一套，另一套你暂时给我销控，有个朋友应该也要。"

"没问题。"

黄金海岸这套复式总价 625 万元，交完首期款，朱文茜想起与赵磊认识的阳光雅居，留在那里永远是伤心回忆，于是以总价 100 万元卖掉。朱文茜让汪力宏留的另外一套，被陆小曼收入囊中。

37.比男人更可靠的，是工作

经过 3 年发展，美丽奥广告突飞猛进，共签约了 100 多个房地产项目，其中纯整合推广的有 30 多个楼盘，广告代理客户有 50 多家房地产公司，年度营业总额突破 5000 万元，利润稳定在 300 万元。2006 年 7 月签约黄金海岸，随着楼盘广告铺天盖地的宣传，美丽奥广告在报纸媒体的代理位置也从第三名开至第一名。

2006 年 8 月，裕鹏华地产的一个大型别墅项目启动了开工仪式，10 月，裕鹏华地产在深海市发布了广告公司和销售代理公司的招标工作。接到招标公告后，黄燕青做了很好的策划预案，然后带着公司团队一起参加了投标会。在这次招标会上，她见到了两年多没有见的图丁广告的陈阳和已经升为广告部总监的舒曼。

"陈总，这么巧，你们也参加这个项目竞标？"看到陈阳和舒曼从裕鹏华地产招标办公室走出来，黄燕青不计前嫌，上前跟他们打招呼，不过她只叫了陈阳。

其实当自己出来开公司的时候，黄燕青就已经预想到这样的碰面会有无数次，尴尬是免不了的，但尴尬之后，生活还要进行，至于谁家中标，由甲方公司说了算。因此见到陈阳，她没有躲避。

"黄总，恭喜你，听说你公司做得不错，后生可畏啊。"

参与这次投标的还有一家叫同路的广告公司，老板孙成也是早期业界的著名设计师。作为甲方来说，一般至少让 3 家单位参与投标，太多不仅会浪费别人的时间和金钱，深海市惯例，参与投标都是没有前期费用的，如果叫了多家公司过来陪标，甲方公司会遭到广告业内的集体抵制。

这次因为裕鹏华地产第一次开发别墅项目，与传统思路不一样，代理公司要求广告公司必须有创新理念。在 3 家公司前来参标之前，甲方心里其实大致已经有了人选，但现场还是要走个形式。这次投标会上，裕鹏华地产原本是定图丁广告的，毕竟图丁广告在业内资历比较深。

"黄总，该你们了，请跟我进来。"图丁广告的团队出来后，裕鹏华地产营销部经理李娜紧跟着出来让黄燕青的团队进去。

"好的，李经理。再见，陈总。"黄燕青带着团队进入招标会议室，坐在会议桌主位上的是裕鹏华地产的营销部总经理杨庆华。

关于裕鹏华地产和杨总，黄燕青没有跟过他们合作过，之前也只是听苏明萱说采访过老板李海，还闹了一个乌龙。挨着杨庆华坐的是李娜，对面坐着的另外几个人是裕鹏华地产招标部、财务部的人。

"各位领导好。我是美丽奥广告的总经理黄燕青，这位是我们设计部总监李建，这位是我们文案策划师李璇。今天就由李璇来给大家汇报。"黄燕青进去后跟裕鹏华地产的人打了招呼，然后坐下。

"那就开始吧。"杨总说完，李璇打开 PPT 演示稿正式开始汇报。

"尊敬的领导们，你们好，我是美丽奥广告的文案策划师李璇，现在由我来给各位讲述。"李璇说完，给大家鞠了一躬，继续开讲。

"美丽奥广告认为这是裕鹏华地产在宝成区的第一个高端别墅项目，因此在楼盘命名上就要有新的突破。众所周知，裕鹏华地产是宝成区的本土开发商，之前所有项目是千篇一律的同类风格和楼盘案名，宝成区本地居民很多是从村民转变而来的，他们的审美还没有达到一定的要求。而且之前房价普遍低，楼盘不会因为风格和命名受到客户购买影响，但是 2005 年后，深海市房价是飞涨，宝成区的价格也在涨，但涨幅很低，为什么呢？还是因为本地人的购买力有限，所以这个别墅要实现高价，必须吸引外区域人群过来。外区域人群进来的前提，是楼盘的品质必须提升。

这个项目是提升裕鹏华地产形象的突破口，需要吸引的是人文素质高的福滨区和山海区高科技人才及企业老板购买。因此我们建议把此项目定名为：西岸华邸。

在广告文案推广语上，我们建议由欧美世界级的小镇宣传开始，比如美国的兰乔圣菲小镇、欧洲的天鹅堡小镇等。进而引入本项目，突出西岸华邸是社会财智人群入住的首选。接下来我详细地讲述下推广思路……"李璇说完整个广告创意后，黄燕青接着报出平面整合广告和代理媒体广告组合的优惠价格。

"作为我们美丽奥广告来说，尽管成立时间才 3 年，但我们已经和众多的房地产开发企业合作过。鉴于首次跟裕鹏华地产合作，这次报价我们将给出最优惠的组合。如果此次裕鹏华地产的报媒和电视广告全部由美丽奥广告代理，那么在平面整合这一块，我们只收取 15 万元 1 年。"黄燕青在李璇说完补充了报价。

听到美丽奥广告的报价，黄燕青注意到杨庆华特别看了她一眼，最后悄悄问了旁边的李娜几句。

"感谢大家的参与，这次投标会到此结束，至于定哪一家，我们会在明天上午通知到你们。"李娜宣布招标会结束，黄燕青带着李建、李璇出来准备离开。

出会议室的门，她发现舒曼还在外面坐着没走。黄燕青知道她留下来肯定是在等消息，因为裕鹏华地产这个别墅项目很关键，一旦签约，裕鹏华地产后期的所有项目都会因此而合作下去。

宝成区向来闭塞落后，也许是意识到此项目的关键，怕本地广告公司做不好，因此杨庆华跟李海商量才有了这场招标会。启动招标，已经是打开窗户了。

看着有点焦虑等待的舒曼，黄燕青蔑视地看了她一眼，刚才看到陈阳和舒曼，她临时改变，把原本 30 万元一年的服务费去掉一半。对于这个项目，黄燕青觉得自己现在是老板，就是不赚钱也要拿下。

竞标的结果显而易见，美丽奥广告以平面整合案低于图丁广告 10 万元胜出。对于开发商来说，在服务标准差不多的情形之下，评判标准还是看谁报价低，就签约给谁。美丽奥广告不仅报价低，文案创意也做得好，所以肯定选择他们。

1年后，做完西岸华邸，黄燕青发现裕鹏华地产给的服务费还不够给平面文案等几个人发工资的。但在广告代理那一块，因为裕鹏华地产首次做别墅，广告费预算比较高，所以两项冲抵后美丽奥广告在这个项目上还是赚了50万元。

自这次赢了舒曼之后，黄燕青埋在心底的阴霾终于散开了。随着西岸华邸广告语面市，以及公司其他项目的正常运行，包括黄金海岸2期单位的陆续推出，美丽奥广告进入了最忙碌的时刻，一直到2007年春节来临。

跟侯斌分手后，为了忘记失恋的痛苦，黄燕青把全身心都投入工作中来，新任命的李建也不负期望，很快上手了公司的所有项目。为了留住李建，黄燕青不仅给了他高薪，还给了他公司5%的干股，条件是他要在美丽奥广告工作不低于10年。

按照美丽奥广告年均300万元利润计算，李建除拿到30万元工资提成外，每年还可以获得15万元的分红。

2006年美丽奥广告搬进了购买的世界广场A座写字楼办公，世界广场的这个办公室位于福滨区，面积200平方米，总价450万元。搬进去，黄燕青才发现隔壁竟然是刚搬到这里不到10天的图丁广告。陈阳也没有想到隔壁邻居竟然是美丽奥广告，如果他知道美丽奥广告在这里买了写字楼，他估计也不会搬来这里。黄燕青很佩服图丁广告的两个老板，在设计上很有追求，但是做人差了点，在投资上更没有远见。

搬进新办公室，公司扩大了，随着业务发展，黄燕青又招了一批新人进来，早期跟着她创业的第一批员工按能力全部提升。黄燕如也在几年的学习下迅速成长，因此被正式任命为副总经理，另外两个妹妹黄燕方和黄燕舞依旧在设计部学习。

38. 野蛮生长，各显神通

　　随着深海市房地产市场不断西移，宝成区也像一颗明珠一样，逐渐被深海市民们发现。之前把眼光放在福滨区和山海区的置业者们开始把眼光投向宝成区。宝成区在山海区西边，距离仅一路之隔，但两区楼盘的价格却是天壤之别，宝成区房价仅是山海区的50%。

　　2004年，裕鹏华地产开发的裕华城单价3000元每平方米，但此刻福滨区楼盘单价已经在7000—8000元每平方米、山海区也要6000元每平方米，对比下来此刻的宝成区还真的很便宜，于是很多买不起福滨区和山海区的购房者，开始跨区到宝成区置业。事实证明，早期购房者们走对了路，今天宝成区的二手房价已经超过福滨区，跟山海区齐平。

　　裕华城开盘在深海市商报做了几版广告，带来了众多的市区购房客户，在大批的市区实力购房客户前来宝成置业后，李海对市区媒体也产生了好感，最终裕华城从2003年的1期到2008年结束的8期单位，主力推广媒体都是深海市商报和深海市电视台。

　　随着裕华城和西岸华邸等楼盘陆续面市，裕鹏华地产也逐渐从宝成区本土走出来，在此期间李宝强把名字改为李海，意为海阔天空、大有作为。

　　2005年后，裕鹏华地产也不再局限于在宝成区拿地，先后在山海区、龙城区等地拿地。此时深海市中心可开发土地逐渐减少，东湖区、福滨区、山海区等区基本是无地可拿，即使拿也是其他公司转让的高价地块。

裕华城早期销售均由百联达地产代理，但是在 2006 年销售到第 4 期的时候，被世桦地产用低价佣金抢了代理权，在西岸华邸的销售代理争夺战中，张莹莹也竞标失败，百联达出的代理费是 0.6%，这已经是它的底线，签约也只有 0.2% 的利润。但是世桦地产为了夺得此项目代理权，抱着宁可不赚钱也要占有市场的心态，最终以 0.4% 代理费打败百联达地产。至此，百联达地产与裕鹏华地产的多年合作终结。

在这场争夺战中，苏明萱目睹了房地产代理公司为了竞争压低代理费的残酷场面。天源地产刚成立不久，虽然也参与了投标，但基本不抱希望，参与投标目的是亮亮相，增加市场曝光率。

苏明萱自 2002 年采访李海后就跟他很熟，裕鹏华地产开发的楼盘也跟深海市商报签了很多广告合约，但是代理公司的事情，她一次也没有找过李海，她希望公司慢慢成长，然后在公平竞争之下拿下代理权。

"杨总，天源地产如何？他们没有参与投标吗？"2006 年西岸华邸竞标结束后，李海强专门问杨庆华。

"老板，他们虽然也参与投标了，但是公司才成立不久，这个项目对我们公司很重要，所以为了慎重，我们只能选择有经验的。还有天源地产的代理费报价 0.8%，比世桦地产高出 1 倍。"杨庆华老实回答。

"这次就先这样吧，以后要是可以，给他们点机会。"

"老板，那就定世桦地产了。"

杨庆华后来跟黄燕青关系密切后，偶然说漏嘴，他说即使在那么低的价格之下，世桦地产还能把代理佣金中的 10% 返给杨庆华，而他跟张莹莹合作了 6 年，她除了请吃饭，过年过节送点小礼物外，其他均没有表示，这也是百联达地产被裕鹏华地产踢出局的最主要原因。

甲方公司的职业经理人拿乙方或者丙方等公司的回扣，在房地产这个圈子里面是一个公开的秘密，老板无法监控，所以大多也是睁一只眼闭一只眼。百联达地产自成立那天，张莹莹就明文规定靠实力签约，不给甲方人员返点。2008 年后百联达地产在世桦地产的挤压下缩减很多业务，杨祥绕过张莹莹，也学走世桦地产之路。

　　2006 年 11 月 30 日，西岸华邸开盘，总量 200 多套的别墅在开盘当天全部售罄，销售前还有很多人到处找关系。西岸华邸是宝成新中心区唯一可售的别墅，面积有 180 平方米的叠加别墅、250 平方米的联排别墅、300 平方米的双拼别墅，叠加别墅单价 2 万元起，联排别墅单价 2.5 万元，双拼别墅单价 3 万元，所以楼盘销售总价在 400 万—1000 万元之间，真不高。

　　开盘前得知认筹客户数量太多，李海想过要提价，但刚刚看了光复地产的东岸 1 号因为临时提价被砸了售楼处，所以最后没敢提，只留了 10 套自用。李海知道在这种情况之下，肯定会有上层关系户们打招呼找他要房子，与其最后为难，不如现在提前留下。

　　开盘第二天，苏明萱也被朱文茜拉去西岸华邸看销售状况，参观样板房后，两人都很喜欢联排户型，朱文茜立刻问世桦地产的销售经理，是否还有保留单位，销售经理抱歉地对她说真没有，200 多套直接被抢光了。

　　"老板留了 10 套，你们要是跟他熟，可以找他。"销售经理跟朱文茜很熟，接着他很神秘地低声说了句。

　　"明萱，你给李老板打个电话问问，能不能给我们 2 套。"朱文茜让苏明萱打电话。

　　"李总，你好，我是苏明萱，好久不见，还记得我吗？"隔了差不多 3 年，苏明萱再次拨通了李海的电话。

　　"苏大记者，苏总，我能不记得吗，前几天还跟杨总提起你呢。"李海一下子就听出了她的声音。

　　"苏总找我有事？"李海问她。

　　"李总，我们在西岸华邸售楼处，这个项目真不错，当初我们没能代理真是太遗憾了。"提到西岸华邸，李海能猜出苏明萱此刻打电话的目的，不是自己想买就是帮朋友买。

　　"李总，我想买西岸华邸，能不能给我 2 套？"寒暄后，苏明萱说出了目的。

　　"苏总，看在多年朋友分儿上，只能给你一套，要房子的人太多了，真不够分。"李海答应给她一套 180 平方米的叠加别墅。

　　"谢谢李总，有空约你喝茶。"

"文茜，只有一套。"挂了电话，苏明萱遗憾地对朱文茜说。

"那你留着吧。"朱文茜知道苏明萱很喜欢，所以也不让她为难，直接放弃。保留单位位置很好，李宝强不仅没有加价，还以 380 万元低价卖给苏明萱。

这套房子苏明萱买来之后从没有装修过，她在 2015 年决定前往洛杉矶长居时，以 1500 万元低价卖了，2018 年这套房子涨到 2200 万元。

裕鹏华地产开发西岸华邸后，在宝成区又开发了裕华溪园、裕华玺园、裕华曦园等 3 个系列。在 2009 年裕华曦园的销售代理招标中，天源地产终于抢到了这个项目的代理权，此时，整个宝成区普通楼盘都全部涨到 2 万元以上。随着这些项目的开发以及整个宝成区房价的飙升，裕鹏华地产成为宝成区经济实力最强的开发企业，李海也成了深海市房地产圈的领军人物。

2010 年，裕鹏华地产壮大，公司内部开始调整，杨庆华被调为公司常务总经理，负责公司行政以及财务事宜，营销方面由新招聘的营销部副总经理刘佳佳负责，刘佳佳虽然是副总经理，但是她不受杨庆华管辖，直接对李海汇报。

在得知从天源地产辞职说要回老家结婚的刘佳佳去了裕鹏华地产做营销部副总经理的时候，苏明萱心里很是震惊。苏明萱招刘佳佳进公司的时候，她刚大学毕业，对房地产市场一片空白，是苏明萱以及工作了 3 年的吴浩手把手教她，让她不断成长。

刘佳佳在苏明萱这边离职的时候，1 年工资加销售提成加在一起有 50 万元，如果她想离开有更好的发展，完全可以对苏明萱说实话，深海市房地产圈子这么小，她去裕鹏华地产的事即使现在不说，苏明萱很快也会知道的。

39. 是真心还是假意

2006 年底，深广合地产用销售黄金海岸获得的 20 多个亿在宝华区和宝成区拿了 4 块地，除宝成区那块地为正式拍卖之外，其他 3 块都是通过余华收购耀华地产的。曾一度风光无限的沈复，依旧改变不了豪赌的本性。

尚湖花都销售结束，沈复的儿子沈杨从国外回来担任耀华地产的总经理，学金融出生的他觉得金融产业将是未来中国发展的另外一个高峰。沈杨接手公司，查阅公司账目，才发现耀华地产已经被父亲掏空了，负债率太高。

沈杨于是跟母亲王秋萍合演了一场把父亲赶出公司的戏。当时在儿子的见证下，两人办理了离婚手续，离婚后沈复离开耀华地产。沈杨执掌公司大权后，要把公司持有的地块全部卖掉。这个消息一放出，余华作为国土部门人员，第一时间获得消息，再加上她原本与王秋萍就是好友，最终促成了深广合地产收购耀华地产地块的交易。

孟成彪作为沈复的好朋友，原本也打算购买，但地块金额太大，他向来胆子小，又缺失了朱文茜这样的军师，因此犹豫了。

因为土地私下买卖手续复杂，深广合地产最终以 20 亿元总价收购了这几块地。耀华地产还完银行贷款后，仅剩 5 亿元，这笔钱后来被转到他们新成立的深海市嘉和金融基金管理有限公司。被赶出公司的沈复拿到儿子给的 5000 万元，去了澳大利亚。

深广合地产在成功收购耀华地产 3 块地后，吴广龙与余华的关系也从暗处走向明处。2006 年 12 月底，吴广龙电话给吴欣欣和汪力宏，让她们晚上回家吃饭说有要事谈。

回到家里，余华也来了。余华那天的穿着打扮很正式也很时髦，佩戴了很多贵重首饰，眉宇之间更是流露出一种喜悦之情。这点不仅汪力宏看在眼里，吴欣欣也早就察觉到了。

"今天这第一杯酒庆祝我们公司刚刚收购了 4 块地。这 4 块地关系着深广合地产在未来 5—10 年间的发展，今天我很高兴，余华、欣欣、力宏，近期你们都辛苦了。"等保姆把菜全部上齐之后，吴广龙开了场。吴广龙举起杯子，带头喝完了杯中酒，汪力宏、吴欣欣、余华三人随之也干了。

"爸爸，这都是我们应该做的。"吴欣欣和汪力宏几乎同时说出来。因为忙于公司的事情，两人自结婚到现在已经两年了，还没有时间去蜜月旅行。接手公司后，吴欣欣也深刻体会到管理公司的不易，她理解了父亲以前的辛苦。

"今天我还要宣布一个喜讯，我跟你们的余阿姨要结婚了。我们都是二婚，所以就低调从简，酒席也不办了。以后你们把余阿姨就当成家人，她为我们公司的发展出了很多力。"吴广龙接着说了第二件事。

"爸爸、余阿姨，恭喜你们！"汪力宏马上表示出对他们的祝福。他觉得老丈人无论娶谁，对他来说都是无关紧要的。吴欣欣听了显然不高兴，但脸上也没有流露出之前看余华的那种冷漠表情。在这段时间拿地的接触中，她看出余华对公司的帮助，所以最后也表态一切听从父亲自己的心愿。

家宴很快结束，虽然是一家 4 口人，但是各怀心事，所以席间也没有其他话题聊，都是围绕当天保姆烧的菜以及酒聊着。

"欣欣，你跟我上来下。"饭后，吴广龙把吴欣欣叫到二楼书房，她进去后，吴广龙反锁了门，汪力宏陪着余华在一楼客厅喝茶。关好门后，吴广龙走到书桌后面，打开保险柜，拿出了律师早就准备好的几份文件，然后让她看下这文件。

"欣欣，爸爸已经 50 岁了，精力大不如从前，现在你跟力宏把公司管理得不错，我也放心了。这个文件是我把公司的股份重新分配下，把你原来占 20% 的股份改为 60%，另外我看得出来力宏对你以及公司的感情，他是个忠实的小伙子，尽管签了婚前财产协议，但是据我两年多以来的观察，他不是一个贪财的人，所以为了他能够全身心辅助你，我给他深广合地产 2% 的股份。"吴广龙在吴欣欣看完之后，解释了一下。

"爸爸，你给我的股份太多了吧？而且你还年轻没必要这么早就分配财产。"吴欣欣看完这个文件觉得有点突然，公司现有资产 50 多亿元，签了这个文件，她的身价立刻涨到 30 亿元。

"欣欣，爸爸对不起你妈妈，不能再对不起你。"吴广龙要求吴欣欣在他已经签字盖章的另外一处签名按手印。

"你出去把力宏叫上来。"

"力宏，这个虽然给你有点早了，我希望你这辈子要全心全意地爱着欣欣，全力辅助她管理深广合地产。我这辈子对不起他妈妈，我希望你不要对不起我女儿。"

"爸，你放心，我这辈子肯定不会辜负欣欣。"吴广龙的话让汪力宏感觉有点托孤的意思，看完股份协议，他知道了吴广龙的良苦用心，签了 2% 的股份协议。

签完协议后的第二天，公司法律顾问带着他们做了公证。

2007 年元旦，吴广龙和余华领了结婚证，当晚在阳光酒店设宴，请的一桌都是家里人。晚饭后，吴广龙送了余华一套卡地亚钻石戒指和项链的礼盒，以及一张 2000 万元现金卡，作为结婚礼物。

在深广合地产的发展中，吴广龙很感谢余华的帮忙，在深广合地产早期拿地中，余华给了一定的帮助，让深广合地产从一个建筑工程公司发展成为一个房地产开发企业。开始吴广龙对余华还是很有兴趣，但自从她提出要跟他结婚后，他就产生了厌烦的情绪，甚至一度不再碰她了。

余华发现吴广龙对她早已经没有之前的热情，处处躲着她。只有在谈到公司正事，他才会打电话给她。离婚的现实以及吴广龙的反应让余华彻底醒悟过来，她第一次感到了人生的无奈。曾经自以为人生赢家的她在第 2 次选择的路口陷入了迷茫，思索到最后，她觉得她的人生稻草只有吴广龙了，她不爱吴广龙，但是多年的交往，她觉得他至少不会在经济上亏待她。

决定最后的筹码就是吴广龙，余华这个曾经温柔的女人突然间变了，离婚后第 3 年，她向吴广龙发出了最后通牒。冷静思考后，他答应跟余华结婚。在这期间，吴广龙把公司股权 60% 转移到吴欣欣名下，而且还宣布辞去深广合地产董事长职位，由吴欣欣接任。

结婚后，吴广龙和余华待在一起的时间也很少，余华搬进东湖别墅，他就经常找借口住在其他房子，两人 1 个月也见不了几次。余华把大多数时间用在陪儿子学习上，因此那段时间，两人虽然没有紧密交流，但还算相处和睦。

40. 你不知道遇上谁，开始怎样的因缘

1999 年，美莱地产在深海市落户安家。公司在刘菲雅父亲的帮助下，迅速买下深海市郊区吉华镇的一块地，准备开发精品公寓。地块签约后，美莱地产付完 30% 首期款后，立刻向银行贷款，贷款也是一路绿灯。

美莱地产开发的第一个楼盘名叫美格公寓，共 400 多套，公寓建筑面积在 20—40 平方米之间，全部带精装修，以 2800 元均价全部售罄。

美格公寓位置并不好，但是因为带精装修，深受在深海市的香港单身人群喜欢。销售完，去掉所有成本，每平方米净赚 800 元，总利润近亿元，自此，美莱地产的第一桶金诞生了。

美莱地产紧接着再次拿地，但仍旧以小户型公寓开发为主，在 1999—2003 年，他们共开发了 6 个楼盘。相比福成地产，美莱地产才是名副其实的小户型专家，户型最大都没有超过 60 平方米。

郑太明觉得能有今天的成就跟自己的努力分不开，但如果没有刘菲雅及岳父提供的平台，再努力也不会有今天。

1999—2007 年，美莱地产用 8 年时间进入高端楼盘开发行列。2004 年后，美莱地产先后推出学林雅苑、锦城时代、花样年华、红树华府等 4 个中端楼盘，这几个楼盘面积在 60—150 平方米之间，已经超越了之前开发的产品。在公司发展中，美莱地产也赶上了中国房地产第一轮上涨高潮。

美莱地产对楼盘的建筑质量把关尤其地严，在智能化运用这块，它更是超越深海市地产同行，走在行业前列。郑太明是建筑学博士，他对国外的智能化家居和高科技建筑材料特别关注，进而把这些先进技术运用到楼盘上。把智能化设备以及有冬暖夏凉保温作用的建筑材料运用到楼盘上，因此他们开发出来的楼盘价格都会稍高于周边楼盘，但这一点不影响懂行的购房者们，反而提升了楼盘的档次。

2007 年 7 月，美莱地产第 1 个智能化豪宅项目——红树海悦湾迎来开盘时刻。

红树海悦湾地处山海区红树湾豪宅地段，与福滨区仅一路之隔，但是价格却天壤之别。红树海悦湾前面是深海市著名的滨海湾公园，风光秀美，住在这里，每天不用出门，在自家的阳台上就能观赏到美丽的海湾景色。清晨当太阳从东边慢慢升起的时候，一群白鹭悠闲地在海平面上飞行，夜晚黄昏的时候，海面随着夕阳西下，带来了七彩晚霞照耀，这样的意境让无数人憧憬着。

红树湾区域开始升温，最早是来源于深广合地产 2006 年推出的黄金海岸，不到两年，这里的新旧楼盘价格从 1 万元飙升到 3 万元。

红树海悦湾可以说是倾注了郑太明的全部建筑人文情怀。2004 年，当郑太明从其他公司高价收购这块地的时候，刘菲雅还因为地价太高跟郑太明意见不一致，差点没有买成。当红树湾区域价格不断被刷新，他庆幸自己当时的坚持。这块地因为溢价不少，买完花光了公司 90% 的储备资金，但今天看来这一赌很值得，按照预测价格销售，这个楼盘利润将翻 1 倍。

红树海悦湾是由 6 栋 30 层的高层建筑组成，总建筑面积 9 万平方米，路对面的黄金海岸已经全部售罄，尾盘最后销售价格是 3.5 万元，天源地产给红树海悦湾定价的标准也是参照于此。

为何选择天源地产代理？一是源于天源地产在代理东岸 1 号时候取得超高销售业绩。二是孟成彪的推荐，他认为苏明萱年轻有为，对市场的把握度也很灵敏，更重要的是他们公司做事执着敬业，所以美莱地产在竞标中选择了他们，销售佣金降到 0.6%。世桦地产也参与了竞标，但因为开发商之间的忌讳，相邻楼盘绝不能找同一家代理公司。

"郑总，我刚拿到合约，谢谢你啊。我觉得你们美莱地产和我们美丽奥广告本来就是兄妹，哥哥一定会给妹妹机会的。"在广告公司的竞标上，美丽奥广告也取得了红树海悦湾的整合推广以及所有媒体广告代理权。黄燕青也跟郑太明开玩笑编出亲兄妹关系。

开盘前1个月，为了增加楼盘的曝光度，天源地产还联合凤凰卫视策划了一场大型建筑美学高端论坛活动。活动虽然花费100万元，但是取得了很好的效果。经过深海市和全国各大媒体的连篇报道，红树海悦湾不仅获得了深海市高端购房群体的认可，更吸引了北上广深购房者们的眼球，他们甚至认为这就是深海市最好、最想购买的豪宅。

建筑美学高端论坛选在2007年5月中旬召开，活动主题为：凤凰花开，红树海悦湾建筑美学论坛，活动邀请了凤凰卫视建筑论坛主持人周菲菲和同治大学建筑学博士贺强、知名建筑学家何贤平等3人出席。在论坛上，何贤平主讲了近10年来中国建筑风格演变的过程以及在此期间突出的经典建筑作品，从而延伸到红树海悦湾上，他说红树海悦湾在未来的深海市场上将是一个标杆美学作品。也许房地产市场追求的就是价格为王，让何贤平在高额出场费后"胡扯"对了，直到2018年，历经11年的发展，红树海悦湾依然是深海市场上人人向往的理想居所，二手房价格也是稳居片区第一。

历经半年宣传筹划后，红树海悦湾选在6月的26日开盘。因为对此项目的期望值比较高，所以在筹划前期，天源地产、美丽奥广告以及活动公司深派传媒，在开盘前员工和老板都是围绕这个项目做准备工作。在开盘典礼以及答谢晚宴主持人的选择上，黄燕青还隆重建议由陆小曼担任主持人，大家一致同意，此刻正是陆小曼主持人生涯中最辉煌的时期，购房者们几乎都认识她。

红树海悦湾就是在这样的情形下迎来了开盘时刻，当天开盘销售率达82%，实现销售总额26亿元。低层单位因为总价低仅用1小时就全部售罄，所剩单位都是200平方米以上的高层单位，开盘结果是大家没有预料到的。

如果同2018年动则100亿元销售额相比，确实不足为傲，但那毕竟是

2007年，这个销售额轰动了深海市及全国房地产市场。年底全部售罄，红树海悦湾实现3.8万元均价，超过了郑太明的预期。

开盘前夕，美莱地产就通知过客户，开盘当晚将在威尼斯酒店一楼宴会厅举行答谢晚宴，晚宴设有歌舞、抽奖节目，无论有没有买房，只要是认筹的客户都可以参加。

当日开盘现场，陆小曼出现在购房者面前，她首先例行宣读了红树海悦湾的卖点和品牌声誉度，然后宣布选房步骤。

"下面我们请出美莱地产的总经理郑太明先生发言致辞，大家欢迎！"陆小曼说完，首先自己带头鼓掌，台下立刻掌声响起来，郑太明在热烈的掌声中走上台。

"尊敬的各位领导，尊敬的购房者们，大家好，我是……"

"谢谢郑总，下面我宣布本次选房正式开始……"郑太明发言结束，陆小曼宣布红树海悦湾的选房正式开始。选房人群在销售人员带领下，凭着认筹号码顺序进入选房区，选中后，由销售人员通知外部工作人员销控。

选房从上午10点开始，6月是深海市最暴热的季节，现场搭起的棚子虽然有不停转动的风扇和冷气喷雾，但是依旧很热。下午2点，所有认筹客户已经全部选完房。

"各位购房者朋友们，今天的开盘仪式到此结束，目前还有少量剩余房源，如现场还有客户要购买，请移步销售中心找销售员。"陆小曼代表美莱地产宣布开盘结束。

陆小曼因为在室内和室外来回转，此刻全身都湿透，一早化的妆容在汗水的浸染下也花了，所以开盘结束后，她接过美莱地产工作人员递过来的厚厚红包后，立刻开车走了，因为她答应了晚上还要主持晚宴，所以现在赶紧回家休息一下。

在上午的开盘仪式上，坐在第一排VIP席上的郑太明就已经注意到陆小曼，一身白色短款的斜肩纱裙衬托出她修长高挑的身材，长长的卷发配上白皙的皮肤，眼里的这个女孩宛如一个清纯迷人的小公主。

"郑总，你现在可以放心离开了，我们盯着就可以了，我会随时跟你汇报销售数据。"苏明萱对郑太明说，于是他就离开了售楼处。

　　"明萱，郑总呢，你不是说帮我介绍下的吗？"郑太明提前离开，陆小曼活动结束后找苏明萱问。

　　"郑总有事先走了，不用急，你晚上不是还要主持吗？"

　　"好，那我先走了，晚上一定要记住，我也想买这个楼盘。"陆小曼刚买了黄金海岸，手头资金周转有点困难，但是她看到今天现场的购房人群，再次涌出购买冲动。

41. 硝烟弥漫的职场

2006 年的东岸 1 号砸楼事件，让深海市以及全国的购房者们知道了光复地产这个名字。2007 年，光复地产继东岸 1 号后又陆续推出两个超级大盘，一个是位于龙城区的欧洲城，一个是位于宝成区的浅水湾。这两个楼盘的建筑总面积均突破了 100 万平方米，欧洲城更是以 300 万平方米的总面积成为深海市最大的一个社区。

欧洲城一期于 2007 年国庆率先开盘。开盘前，朱文茜就预感到房价快速上涨带来的不安，所以她一直督促合作单位加快进度，提前开盘。欧洲城继续签约给百联达地产代理，广告整合是泰呈广告，媒体广告代理是美丽奥广告，活动公司签给光复地产在其他城市合作过的深派传媒。

这两个项目的成功与否也关系到朱文茜未来的职业之路。综合考虑，她还是觉得泰呈广告更合适。光复地产是国有企业，在合作单位审核上，有严格的程序，所有合作单位都要走招标程序。美丽奥广告在媒体广告代理上有优势，但是在整合推广这一块，还是弱于泰呈广告。

深派传媒是 2009 年后在深海市迅速壮大起来的一家大型传媒活动公司。公司创办初期，业务都是来源于广州、深海市的周边小城市，真正把它带进深海市、走向壮大的恩人就是光复地产。2012 年后深派传媒一统深海市楼市所有大型策划活动。

在这期间还发生了一件事情，那就是图丁广告解散了。听到这个消息，黄燕青竟然一阵心酸，甚至有点自责，因为自美丽奥广告成立后，图丁广告的 70% 业务都转移到她那里了，再怎么说那里也曾是她的起点。

2006 年后，网络媒体不断兴起，报纸广告逐渐走向衰弱。刊登报纸广告只是开发企业为了品牌形象需要在开盘前做 1—2 版而已。网络广告兴起后，很多楼盘的成交客户大多是来自网络，所以开发商们在做广告预算的时候就把重心转到网络媒体上。

除了网络广告之外，深海市房产网早期有一批关注地产的人经常在论坛里面写各楼盘的实际状况，从而引发了众多网友的关注和细读。这些跑盘调查的经验写得很详细，作者也是亲力亲为地偷跑进工地拍摄开发商的施工状况，然后用文字和图片结合的形式在网络上发布，引起了成千甚至上百万的点击率，网友们称呼他们为"剑客"。早期写帖子的"剑客"纯粹属于个人爱好，后来这批人逐渐发展成为一支网络营销队伍，从早期揭露楼盘质量吸引网友关注转到为开发商服务。

如何服务？开发商会按月或者按年请他们写楼盘宣传文章，早期月收费大多是 1—2 万元，2014 年自媒体公众号兴起后，"剑客"们也跟着转换门庭，同时水涨船高，月度服务费上涨到 5 万—10 万元 1 个月。

开盘前 1 个月，欧洲城在深海市香格里拉酒店举办了一场爱马仕秀暖场活动。当天，光复地产邀请了全深海市的媒体记者以及认筹的客户们一起观赏了这个秀。深派传媒对这次活动比较重视，因为这是他们进入深海市的第一个项目。

9 月 20 日上午，活动准时开始，首先出场的是凤凰卫视的女主持人孟灵美和男主持人欧阳杉杉。两位主持人介绍了本场活动的主题以及欧洲城的规划蓝图。

介绍完毕，爱马仕秀开始了。男女模特们围着各式各样的爱马仕围巾陆续在舞台上亮相，这是深海市众多购房者们第一次看这种丝巾秀，他们中甚至有很多人还不知道这些花花绿绿的印着马的丝巾是什么品牌，价值几何？很多人也没有觉得丝巾有多好看，但后来才知道随便一条小方巾都要 5000 元才得买到，就不淡定了，因为欧洲城的销售价格才 8000 元。随后几款爱马仕经典包和古董自行车展示完，此场走秀即将结束。

"亲爱的朋友们，我们刚才展示的物品全部来自于法国最高端的奢侈品品牌——爱马仕，此品牌跟我们欧式风格的欧洲城是多么契合，刚才展示的丝巾和包就是开盘当天的抽奖礼品。我特别要提下，最后 1 款橙黄色爱马仕手包价值 10 万元人民币，是开盘当天的特等奖奖品，祝愿大家都有抽取的机会，现在我宣告本场活动到此结束。"

"Oh my god，这个包值 10 万元？有没有搞错？"在主持人说完包的价格后，台下就一阵骚动，有人开始惊叹。

"这个牌子这么贵，比 LV 还贵？"朱文茜清楚地听到坐在她身后的两个认筹女客户在议论。

光复地产开盘前的爱马仕秀活动举办得很成功，活动结束后还有上百人去销售中心认筹。自欧洲城后，深派传媒也在深海市地产圈被大家熟悉，其他楼盘也纷纷效仿。

10 月 20 日，欧洲城 1 期开盘，楼盘以 7000 元起，均价 8000 元推出市场，首批 800 套，主力户型为 88 平方米的小 3 房、120 平方米的小 4 房、75 平方米的 2 房。2007 年国庆前夕，深海市房市还是处于火热期，所以第 1 批单位开盘，当天达到 80% 销售率，结果比较理想，也超过公司预期目标。

两个月后推出 2 期 1200 套，这一次终于受到市场调控的影响了，在价格没有上浮的情况之下，开盘只卖了 60%。

面临销售压力，朱文茜再次以身作则带头购买，然后又到处动员身边的朋友购买，根据她的预测，5 年后的欧洲城将全部涨到 2 万元。百联达地产以团购名义打折买了 50 套，苏明萱等也全部伸手援助购买，同时在身边朋友中游说动员，顺利地卖出了 100 套。事实真如朱文茜预测的，5 年后的 2012 年欧洲城二手房价格涨到 2 万—2.5 万元。

买欧洲城的很多客户看到价格上涨后，以为投资正确，很多人在 2 万元时卖了，后来在 5 年后得知已经涨至 6 万元时，肠子都悔青了。对于一直持有的人来说，10 年涨了 10 倍，增幅远比同期购买福滨区和山海区房产的升值幅度高。山海区单价 3 万元，到 2018 年涨到 12 万元，涨幅才

4倍。

朱文茜将欧洲城那套房子持有到2017年最高价的时候卖掉了，黄燕青那套88平方米小3居在2015年李建跟她妹妹黄燕如结婚后，作为结婚礼物送给了他们。张莹莹跟杨祥离婚后，除保留尚湖花都以及红树海悦湾以及山海区的2套豪宅外，其他跟随着代理项目购买的几十套物业全部在2015年那轮高峰后卖了。苏明萱的那一套也在决定长居美国后跟其他几套一起卖了，她也只保留了尚湖花都、红树海悦湾以及浅水湾的两套。

在众人的帮助之下，欧洲城1期、2期超额完成公司规定目标，光复地产深海市分公司也提前完成了2007年上市公司的指标任务。年底公司大会上，程泗海升到光复地产华南区总经理职位，朱文茜在加入光复地产两年多的时间内，因为能力突出、管理项目业绩显著，被提升为光复地产深海市分公司营销部副总经理。从总监到副总经理，对于小型房地产公司来说，就是一步之遥，大多数就是半年到1年时间可以实现，但是对于上市公司来说，一个职位的上升时间最少3年，朱文茜用了不到3年时间，这在光复地产，是一个奇迹。

2008年，担任深海市分公司副总经理的朱文茜已经35岁了，但她还是单身一个人，偶尔会想起在香格里拉那几天与郭天阳在一起的生活。朱文茜认识的男人都是工作圈子里的人，工作的时候，她就是一个工作狂，合作单位的人都尊称她为女魔头。很多合作公司的同龄人也对她有好感，但是一想到她的身份地位就畏惧了，所以朱文茜就是在这样的环境下，优雅地被男人远离。

偶尔跟朋友们聊天，朱文茜都羡慕那些嫁得早的女人，而自己随着地位提高，眼光也越来越高，喜欢的凤毛麟角，走进心里的更是空无，苏明萱知道她的心头仍旧没有放下那个在丽江给了她温情的男人，她看过郭天阳的照片，那么一个阳光帅气的男人摆在心里怎么可能再进得了别人呢？

朱文茜一直珍藏着郭天阳的照片，还时不时地打开电脑，仿佛那人就在眼前不远处。

42. 一场游戏一场梦

几个小时后，购买红树海悦湾的客户们，陆续到达威尼斯酒店宴会厅。晚宴的抽奖礼品有空调、电视、冰箱等，特等奖是 3 万元欧洲双人游，客户们在 7 点前基本全部到场。

晚上 7 点半，陆小曼走上台开始了今晚的主持，经过半天休息和美容放松，她再次容光焕发地出现在购房者眼前，与白天的白色相反，晚上陆小曼换了一套紧身黑色亮片鱼尾裙出场。

"亲爱的客户朋友们，首先恭喜你们都选到了理想的房子，再次感谢你们光临今天的晚宴现场。今天是美莱地产在深海市成立 8 周年的日子，为了感谢对新老客户们的厚爱，公司特地在此设宴回馈大家，感谢你们认可美莱地产，认可他们开发的项目。今晚的晚宴，我们除了有歌舞表演，还设置了抽奖环节……

现在请大家以热烈的掌声，再次请出美莱地产的老板，毕业于美国耶鲁大学的建筑学博士、建筑学家郑太明先生给晚宴致辞。"陆小曼的开场白后，一片掌声响起来，郑太明就是在这样热烈的气氛中走上了舞台。

这是陆小曼第一次近距离看郑太明，此刻他刚刚 40 岁，正处于男人精力最旺盛的年纪，一套皮尔卡丹西服穿在他修长健壮的一米八身上，透露出来的不仅是儒雅，更是成熟稳重。只一眼，她就发现这个男人身上有一股魔力吸引她，让她无法抗拒地去破解，这个魔力苏超然没有，李明也没有。

郑太明的发言很简短，他知道客户们都等着他发完言上菜。致辞结束后，酒店服务员陆续地端上准备好的海鲜菜肴。当台下掌声再次响起的时候，陆小曼才发现郑太明的发言结束了，而她竟然没有听到他讲了什么。

"谢谢郑总的致辞，接下来将进入第一轮抽奖环节，首先有请深海市天源房地产顾问有限公司总经理苏明萱女士为现场客户抽取 10 个三等奖，奖品是价值 1000 元的格兰仕微波炉……"听到自己的名字，苏明萱赶快上台，然后在工作人员抬上来的抽奖箱里面抽出 10 张券。

接着是节目表演，表演完换了礼仪公司请的另外 1 个男主持人。陆小曼下台，去找苏明萱，她刚才说已经自己留位了，在靠近舞台的 1 号桌。

"小曼，这边坐。"苏明萱看到陆小曼走来，朝她招手。苏明萱在自己左侧给她留了一个位。

"郑总，刘总给你介绍一位新朋友，陆小曼。你们今天已经见了两次，现在重新认识一下。"陆小曼坐下后，苏明萱马上跟郑太明介绍。

"郑总、刘总好。"陆小曼马上跟他们打招呼。

"你好，陆小姐，幸会，今天辛苦了。"郑太明冲陆小曼微微一笑打个招呼。

"陆小姐，你好。"刘菲雅说完直到饭局结束也就没有再言语。

"小曼，这是富集地产的秦总。"饭桌上苏明萱带陆小曼敬酒，她继续介绍。

"秦总好，很高兴认识你。"

"美女好。"秦总看到陆小曼过来，表现得分外热情，这个热情不仅表现在喝酒上，更表现在其他话题上，他还说随时欢迎陆小曼去他们公司指导。

刘菲雅很少出席应酬场合，随后她跟 1 号桌的人打了招呼，然后先离开了。当苏明萱离开去其他桌子敬酒的时候，陆小曼敬了郑太明一杯酒。

"郑总，我敬你一杯。"

"谢谢，陆美女。"

"郑总，我想买你们的房子，能否给个优惠价？"

"著名主持人要买，我们求之不得，肯定给你优惠，你确定后让苏总告诉我。"

"郑总，这里太吵了，我想以后有机会给你做个专访，我们能不能换个安静地方聊会儿？"酒过三巡，陆小曼微醉，忍不住说出了此刻的想法，这同样也是郑太明此刻心里的想法。

"这是我的名片，我先离开，你10分钟后打我电话。"几乎是一拍即合，郑太明先离开了。10分钟后，陆小曼也跟桌上的秦总等人打了招呼，找借口离开了。

"郑总，我出来了，在酒店大堂，请问去哪里找你？"出了宴会厅陆小曼立刻电话。

"你走到大堂门口，上车牌尾号8899的黑色奔驰车。"

郑太明出来后上车，然后交代司机在门口候着，还有一个人。

"去曼陀罗。"陆小曼上车后，郑太明告诉司机地址，这是相隔不远、临近海边的一个法式酒吧，到达后，他便让司机开车离开了。

曼陀罗酒吧如它的名字一样，充满着神秘浪漫色彩，这是深海市最高档的一个酒吧，与其他吧不一样，这里每台最低消费2000元，包房5000元。两人都算是深海市的名人，于是要了一个包间。

"刚才看你没怎么吃饭，饿了吧？"进了包房，郑太明关心地问。

"本来不饿的，你一说就真饿了。"陆小曼微笑着回答。

"我帮你点餐吧。"郑太明点了一瓶红酒、蔬菜沙拉、烤鱼排、龙虾伊面加水果。

"先生、女士请慢用，有事请随时叫我。"

东西上齐后，两人却相对无语，不过第一天认识，但感觉是那么熟悉，郑太明看着眼前的女孩陷入往事回忆中。

"干杯。"短暂沉默后，陆小曼打破了沉寂。

"干杯。"后来的时光里，两人畅谈很久。

郑太明讲述了他上大学时被初恋抛弃，然后奋力考研到美国留学，留学时期的贫穷到今天，这一切来得太不容易了。陆小曼也讲述了自己的奋斗历程，但抹掉了与王伟民、李明的关系，只说了苏超然。说到初恋，两个当初都是被抛弃的人竟然找到了同感，那就是没有他们的抛弃，都没有各自的今天。

11 点，晚饭结束，郑太明右手扶着摇摇欲坠的陆小曼离开，陆小曼主动抓住了他，然后靠着他的肩，看着怀里娇柔的女人，郑太明作出了一个大胆决定……

"宝贝，我有事先走了，下次再约。"第二天醒来，陆小曼发现郑太明已经离开，随后她在自己的手机里看到一条信息，信息发送时间是清晨4 点，

尽管只是一夜缠绵，但陆小曼发现她已经彻底爱上这个男人，这个爱带有真情，也是不同于其他男人的，她原本打算在红树海悦湾购房的计划取消了，为的就是不想让郑太明误以为她是爱上他的财富才跟他有关系的。起床后她收拾下物品，回到威尼斯酒店取车，然后去美容院做了一个身体按摩放松。

等了差不多两个月，陆小曼也没有等到郑太明的第二次的电话和信息。

跟李明的关系在半年前就疏远了，他赠送了大连那套房子后，又先后送过很多贵重礼物给她。陆小曼尽管收下了这些礼物，但是越来越没有当初跟李明在一起的激情了，李明仿佛也看出了她的心思，于是在 2007 年后，就很少再联系她了。

陆小曼在焦急中还是没有等到郑太明的电话，却发现自己怀孕了，算下时间正好是那晚，到医院确诊后，她更是不敢相信。妇科医生检查后也说她能怀孕真是奇迹，按照她之前给陆小曼的诊断，她的输卵管先天发育不良，甚至有点畸形，几乎不可能怀孕，陆小曼觉得这就是天意。

"恭喜你，你这种身体最好停止工作卧床安心养胎到孩子出生。"确诊后，医生一再告诫。

"谢谢医生。"怀孕这个消息对于陆小曼来说，既欣喜又难受，她很想要这个孩子。

陆小曼想了很久，决定把实情告诉苏明萱。苏明萱真是没有想到陆小曼和郑太明之间会发生这样的事情，一边是自己的甲方老板，一边是自

己的好朋友，她只能建议陆小曼告诉郑太明实情，让他决定，而她装作不知道。

"太明，方便说话吗，我有重要事情找你。"陆小曼发了一条信息给郑太明。

"我在开会。晚点联系。"郑太明回复。

"我怀孕了，是你的。"陆小曼等了两个小时没等到回复，接着发去了这条信息，但对方仍然没有任何回音。

"如果你坚持要孩子，就要提前做准备工作。"晚上陆小曼伤心欲绝地找到苏明萱哭诉。

"这个孩子我必须要，他可能是我唯一的孩子。"得到陆小曼肯定回答，已经身为母亲的苏明萱决定帮她。

"我帮你联系香港妇产科医生吧，你这种情况只能去香港。"陆小曼未婚，在深海市生下孩子也很难上户口。

陆小曼思考良久，还是不愿意在香港生，因为香港距离深海市太近，她怕碰见熟人。后来，通过苏明萱的其他朋友，陆小曼最终去了澳洲，在墨尔本一家医院生下儿子。

陆小曼跟台里请了 1 年长假，说去澳洲看病。

9 月底，陆小曼到达了墨尔本，她暂停了国内手机号码，再也没有联系过郑太明。

郑太明以为陆小曼没联系他，肯定已经打掉了孩子。他觉得陆小曼在电视台正当红而且单身，这样的女人不可能放弃事业而选择在此刻生孩子的。

43. 八度广告

　　美丽奥广告自 2006 年签约西岸华邸，就开始了和裕鹏华地产的长期合作。西岸华邸收完款，黄燕青约了几次，杨庆华才答应出来跟她吃饭。跟杨总联络感情，关系到美丽奥广告和裕鹏华地产未来的长期合作。为了避嫌，黄燕青没有带其他人，一个人赴约。

　　晚饭订在距离裕鹏华地产办公室附近 500 米的一个粤菜酒楼，这样方便杨总，同时这里的菜合杨总口味。黄燕青提前订了包房，点完菜后，她就让服务员等人到齐再上。

　　"黄总，临时开了一个会，来迟了，抱歉！"杨庆华在 7 点半赶到。

　　"还有其他人吗？"进门只看到黄燕青一个人，杨庆华于是好奇地问她。

　　"今晚就我陪杨总吃饭，杨总如果需要，我立刻叫几个美女过来？"黄燕青微微一笑地回答道。

　　"有黄总这个大美女陪我足够，不用叫了。"杨庆华随后脱下外套，在黄燕青隔壁的位置坐下，然后喝了一杯黄燕青为他倒好的普洱茶。

　　"杨总，点了清蒸红斑，黄油蟹，小炒皇及蔬菜点心，你看看要不要再加点？"黄燕青点的这几样菜其实都是杨总平时爱吃的菜，她早就从李娜那儿打听清楚了。

"我晚上吃得比较少，够了。"

"我本来预备的是我们贵州的茅台酒，但听说杨总喜欢喝家乡的剑南春，所以我就带这个了。"黄燕青给杨庆华倒上剑南春。

"黄总的情报工作做得不错啊，连我喝什么酒都知道。"

"那当然，请杨总吃一顿饭太不易了。"菜陆续上来，两人开始对饮。杨庆华原本说只喝两杯，但两杯后仍旧继续。

饭桌上，黄燕青得知杨庆华四川老家离她的贵州老家很近。杨庆华出生于1967年，他是当兵退伍后留在深海市的。开始他在宝成区派出所上班，管辖范围正好是李海的村，因为经常处理村民事务，他认识了村长李海，由此开始，两人私交越来越密切。

李海辞去村长职务，成立裕鹏华地产，杨庆华也跟着辞掉公职，去裕鹏华地产上班，从经理做到老总。杨庆华的个人职业经历是跟随着裕鹏华地产一起成长的，从1995年开始，他在裕鹏华地产已经工作了11年。

兴致越聊越高，黄燕青得知杨庆华喜欢唱歌，于是饭后两人不约而同说去唱歌。在东湖区的一家夜总会包房，杨庆华唱了一首又一首军歌，也唱起了甜蜜的情歌。黄燕青让服务员开了一瓶洋酒，两人边喝边唱聊一个通宵。

回到家，女儿已经醒来，婷婷此时已经8岁了，正上二年级。阿姨在准备早饭，问她要不要喝点粥。陪女儿喝完粥，她亲自送女儿去上学。对于女儿，黄燕青一直觉得亏欠太多，可很多话她只能留在心里，长大的女儿已经懂事了，越来越觉得母亲的不易，自从上次见了父亲后再也不提了。

女儿上学后，已经是7点半，黄燕青回到房间，洗完澡换上了一件白色连衣裙便去办公室上班。公司最近连续接了几个项目，李建带领设计团队是日夜加班，所以她要去公司帮忙。

2007年，舒曼也离开了图丁广告，她开了一家专门做短信发送营销信息的新媒体公司，正在深海市各大楼盘拉广告业务。黄燕青最怕舒曼再次用一些手段撬走她的老客户。她的担忧没有错，舒曼的新公司签到了很多美丽奥广告长期合作的客户。

舒曼的新媒体公司名叫"八度广告"，公司主营业务就是楼盘、汽车等项目在他们的短信发送平台做短信推送广告，最早签约价格是 6 分 1 条，后来因为门槛太低，做的公司太多，为了竞争他们不惜降到 3.5 分 1 条，甚至更低。经历不到 10 年的发展，短信广告最终也被政府以涉及消费者隐私而取缔。

舒曼成立公司后，也找了朱文茜。舒曼在多次约见被拒绝后，便每天准时出现在朱文茜的欧洲城办公现场，遇到朱文茜后就是亲切地叫着姐姐，最终朱文茜被逼得没有办法，跟她签了 20 万元的广告合约。签约后，朱文茜叮嘱黄燕青编辑好短信发送内容，派人去舒曼的公司盯着平台发送，她对这个发送数量没底。

签约 6 分 1 条的广告，朱文茜咨询过电信局的一位局长，他说电信部门的大批量报价都要 8 分一条，即使找到他，也只能便宜到 7.5 分一条，而且是要长期合作的客户。所以，短信营销公司 6 分钱是如何生存的呢？在电信局长一再承诺 7.5 分绝对是承包最低价后，朱文茜觉得短信公司要想赚钱，肯定是在发送数量上做鬼。

欧洲城的短信内容编辑好，黄燕青派黄燕如到八度广告的办公室盯着。他们租住在东湖区的一个老式厂房里，场地大约 100 平方米，进门是敞开的办公区，有 2 个人在办公，短信发送区是旁边的一个小办公室，里面摆着 2 台电脑，以及几个所谓的发送工具。

明白黄燕如到来的目的后，舒曼的脸立刻阴下来，然后一再让她在外面沙发上喝茶等着就行。黄燕如不答应，坚持在里面盯着。电脑确实在输送一批电话号码，但是操作人员迟迟不点击发送按钮，然后在她去了一趟洗手间回来，舒曼就对她说发完了，然后给她一张打印好的数量截图，让她拿回去交差。

"黄燕青，你什么意思啊？你又不是甲方人员，凭什么派人盯着我。"黄燕如走后，舒曼打电话质问黄燕青。

"什么意思，你最清楚，我们是遵照甲方要求去监控发送的。不信你自己问朱总。再说如果你没做鬼，心虚什么？"黄燕青回答完，毫不客气地挂了电话。

黄燕如回来如实报告她今天下午在舒曼公司看到的每一个细节。听完妹妹的汇报，黄燕青明显看出舒曼在揭鬼。

　　黄燕青跟朱文茜也如实汇报，于是发送完 20 万元的短信合约后，光复地产再也没有跟八度空间续约，舒曼送来的 3 万元现金，朱文茜看都没看就让她收回去。舒曼知道朱文茜的铁腕作风在业内是出名的，于是便收回。她也觉得不会再合作了，就再也没有找过朱文茜。

44. 管控开始了

　　面对全国不断疯长的房价，国家的多项调控政策在 2005 年后陆续出台。

　　但全国的房价仍旧没有下降的迹象，只是成交速度变得缓慢。

　　2007 年底，美莱地产开发的红树海悦湾除公司保留的几十套外，其他全部售罄。天源地产在结算代理费的时候，用代理费抵扣拿了一套 220 平方米的高层海景单位，郑太明给了苏明萱一个很低的折扣，原价 836 万元，92 折 770 万元。苏明萱在郑太明的办公室等他签字打折的时候，他突然问起了陆小曼。

　　"小曼还好吧？好久没见她了。"郑太明装作无意地问起。

　　"她在国外休假。"苏明萱没有告诉他陆小曼在墨尔本生孩子的事情，她觉得这件事还是由陆小曼亲口说比较好。

　　"她跟我提过要买红树海悦湾，你让她尽快来办理，可以在我们公司保留单位中拿一套给她。"苏明萱不知道郑太明说的这个给，是赠送还是低价卖？

　　"郑总，反正有几十套，你等她回来亲自问吧。"苏明萱不想接郑太明的话，于是在拿完签字单后迅速离开。

　　此刻陆小曼到墨尔本已经 3 个月，肚子里的孩子也有 5 个月了。对于陆小曼的这种情况，未来如何，苏明萱不好判断。

2007年国庆后，苏明萱发现深海市新楼盘开盘销售进度明显慢了，一些地产商想在年底回笼资金，甚至把价格降到了年初状态，这样调整下来，依旧可以卖得很好。

2008年金融危机的到来使得上海、北京等一线城市开始出现了房价下跌、交易萎缩的现象。6月开始，全国其他一、二线城市出现了"价跌量减"的现象，深海市的二手房市场率先进入成交缓慢阶段，继而是新房市场。这种状况延续到2009年春节前后。

在举国房价下跌之下，银行收紧了信贷资金，很多中小房地产开发企业在这一轮中被淘汰，走向了历史的终结，就深海市来说，已经出现了多家小型房地产公司开盘一再降价还卖不出去的情形。楼盘卖不出去，服务楼盘的建筑公司、代理公司、广告公司、报纸电视台等，日子也过得很艰难。

在这一轮金融风暴中，郑太明的好友，秦远东的富集地产第一个受到冲击。

红树海悦湾开盘的时候，秦远东看到价格一路飙升，心里痒痒的，于是就把原定在7月底开盘的山林海语的价格拼命往上提。

秦远东野心大，也没有尊重市场，山林海语周边的二手房价格在2万—2.5万元左右，天源地产给他的销售建议是先放出低层10楼以下销售，这些单位价格以2万元起，后面根据市场状况再逐步上涨。然而，秦远东在看到红树海悦湾当天的销售盛况后不同意，他觉得卖低了以后就没有机会再赚回来了，于是坚持以2.5万元的起价开盘，均价2.8万元。为了争取这个高价，秦远东甚至让苏明萱把开盘时间推迟到12月，这样就错失了最佳销售时间。

国庆过后，深海市的房地产开发公司和代理公司都感觉到未来市场不妙，每月的成交数量都在下滑，因而苏明萱一再提醒秦远东尽快开盘，秦远东最后也有点怕，最终山林海语选在10月7日开盘。

开盘当天，因为新房的价格远高于二手房价格，所以销售结果可想而知。

山林海语周边二手房的价格已经下跌到 1.8 万元，购房者都是理性的，尽管此楼盘的品质配套位置都不错，但因为价格太高也是无人问津。山林海语开盘前认筹 1000 个号，但开盘当天，实际成交仅 250 套，占总销售额 25%，这么低的开盘率在深海市开盘史上很少见，这也是天源地产自成立 3 年以来所代理项目中开盘成交率最低的一个。

秦远东是属于那种精明算计又有点固执的老板，与郑太明等有眼光学识的老板们根本不能比，连跟他一起长大的小学同学李海也比他有远见。

秦远东是土生土长的宝成区人，出生于 1962 年。早年是村子里面的建筑包工头，专门给村民盖房子，后来因为跟李海的关系好，李海做开发商后，他索性成立建筑工程公司，接了裕鹏华地产很多工程。富集地产 2000 年后开始拿地，也进入开发商行列，开始是盖集体房，后来慢慢开发小型楼盘。

山林海语销售失败，大家都归咎于秦远东的贪心，所幸在开盘不利的情况，他没有怪罪天源地产。

开盘后第二天，苏明萱亲自带队去富集地产开会。例会上，苏明萱跟秦远东讨论未来如何补救？无论是已经购买的客户还是没有成交的客户，普遍反映就是山林海语价格过高。苏明萱提出了两个补救方案，第一个方案就是降价 10%，下周第二次开盘，这个方案面临的最大的风险就是已经购买的客户会产生退房潮。第二个方案就是不降价，所有单位带 1000 元每平方米精装修，已经认购的免费赠送。除现场折扣外，在本月准时签买卖合约的客户再额外给 98 折优惠，这样就能够快速回笼资金，也不会引起已购客户闹事。秦远东同意了第二个方案。

山林海语带装修方案出台后，截至 12 月底，共销售了 40%。

2008 年 3 月，在公司例会上，苏明萱听了各部门汇报的当前所有楼盘面临的窘境，她最关心的还是山林海语的销售状况。项目经理汇报春节前后几个月只销售了 10 套，这令她十分担忧。因为她比较了解富集地产，如果此项目资金收不回，秦远东就没有资金再做其他项目了，目前销售金额还不够还银行的贷款。

秦远东跟郑太明协商，把山林海语尾盘和龙城区的那块地打包转让给美莱地产。在金融危机期间收购这两个项目，郑太明有点犹豫，但刘菲雅觉得金融危机的影响是短暂的，这个时候低价拿到优质项目是上策，刘菲雅的话给了郑太明信心。最终两家公司达成协议，美莱地产以 1.5 万元价格整体收购山林海语，比周边二手房市场低 20%。2009 年市场好转，这些单位以 2.5 万元被销售完。

对于郑太明来说，2008 年除收购富集地产项目外，他还收获了另外一件喜事，那就是在 6 月份，他在香港机场接回了陆小曼和儿子陆希。对于一直想要个儿子的他来说，陆希的出现弥补了他的遗憾。

2008 年 6 月，郑太明接到陆小曼从澳洲打来的电话，这个消失了快 1 年的女人在电话里说，明天她将带着 2 个月大的儿子从墨尔本飞回香港。

郑太明亲自去香港机场接回母子二人。没有生孩子之前，陆小曼对郑太明很失望，甚至觉得这辈子都不想见他了，但是孩子出生后，她选择了原谅。

陆希出生后，郑太明的态度明显转变，不仅赠送给她 2 套几千万元的房子，还经常过来看他们，陆小曼明白，他是看儿子更多。

45. 世事难料

2010年年初，刘佳佳提出辞职，理由是结婚，从而离开了她工作5年的天源地产。苏明萱再见她的时候，已经是裕鹏华地产营销部副总经理。尽管刘佳佳离职，苏明萱心里还是很感激她在天源地产的工作表现。作为天源地产成立后招的新人，刘佳佳一直不断进步，继而扛起了销售部重担。离开时苏明萱给她包了一个大红包，作为结婚礼物。

天源地产管理层重新调整，由吴浩担任公司副总经理，主管所有业务。吴浩分别提拔了跟随他几年的策划经理林峰和销售经理赵雅丽为策划总监和销售总监。

吴浩在裕鹏华地产看到刘佳佳时也感到很惊讶，经杨庆平介绍后，他明白，以前的这个下属现在转身成为他的客户领导。

营销例会主要是探讨裕华曦园的尾盘如何尽快售罄？裕鹏华地产要快速回收资金转到其他项目开发上。裕华曦园也是天源地产与裕鹏华地产的唯一一次合作，自刘佳佳过去后，天源地产后面投标再也没有中过，全部被世桦地产独揽。

公司不断发展，为了提升老板形象，李海听从朋友建议，报了清华大学房地产总裁EMBA班的课程，在这个班上他跟苏明萱不期而遇，他们报的都是2010年秋季班。

入学那天，苏明萱提前来到班级，选一个中间位置坐下，随后全班同学们陆续到齐，接着是班主任到来宣讲本学期的课题。

"以后的两年时间，我们都会在一起共同度过，下面我们邀请新同学上来做自我介绍，大家互相认识一下。"班主任讲完课题，开始要求大家自我介绍。

"同学们请举手上台发言。"班主任说完，大家纷纷举手开始上台。

"同学们的发言都很踊跃，感谢大家。"

"下面我们请出本班一位重量级的同学出来，他就是裕鹏华地产的李总，李总请上台来。"班主任接着说。

听到"裕鹏华地产"四个字，苏明萱抬起头，看到了7年多没有见过的李海，尽管她打过一次电话买房，也投标签约裕华曦园1期的销售代理，但都是跟杨庆华打交道。

李海带着浅浅的微笑走上台，拿出准备好的稿子，讲了来此读书的目的以及"裕鹏华地产"未来的发展规划。虽然只有短短5分钟，但相比7年前的采访对话，李海没有了当年的窘迫，而且变得有文化了很多，内心也更加强大。

走下台的时候，李海在众多笑脸中看到一张熟悉的脸孔，这张脸虽然好久没有见，但一直深刻地印在他的脑海里。多年前的那个青春稚嫩的小姑娘，在他的办公室里面因为问错了一句话而满脸通红。

李海朝苏明萱微笑了一下，然后坐回到第一排座位。

"李总，真没想到会在这里遇见你。"苏明萱给他发了一条短信。

"苏总，多年没见，你还是一样漂亮。下课后要没有其他事情，跟我一起去喝茶。"李海随即回复。

"好，李总，等会儿见。"接着是苏明萱和剩余几个同学上台，介绍完，本次的开学仪式正式结束。

"苏总，你跟着我的车。"下课后两人一起向停车场走去，苏明萱跟着李海的车开出大学城，向福滨区开去。

20分钟后，他们到达尚湖度假村，这个20世纪90年代建造的度假村早已被废弃，现在建成各种美食会所和私密茶舍。

李海带着苏明萱开进一家大门上写着"云尚"两个字的私家院子。

"云尚"院子不大，是一个占地面积大约300多平方米的两层建筑，院墙两侧种满了高高的向上耸立的竹子，在院墙以及竹林的掩映下，院子显得特别幽静。大门在他们进来后随即又被关上。

"苏总，这边请。"停好车，苏明萱跟着李海走进了其中一间房，房间的空调已经打开，9月的深海市，天气依旧炎热。

"谢谢李总，你这个地方的环境真是太好了。"苏明萱看到室内的茶室后更是赞叹不止。

"李总，请问今天泡什么茶？"进门后，就有一个穿着香云纱中式茶服的小姑娘进来问他。

"继续泡昨天的古树茶。"李海回答。

"今天素餐按几位准备呢？"小姑娘接着问。

"4位，还有2个人。"

"好的，那我先给你们泡茶。"小姑娘说完，转身去后面的柜子取茶。

小姑娘很快取来茶叶，拆开1桶农夫山泉矿泉水倒进水壶，然后开始烧水。

"请用茶。"经过洗茶、洗杯等几道工序之后，小姑娘把泡好的2杯茶送到李海和苏明萱面前。一阵茶香扑鼻而来，真是极品好茶，茶汤呈现金黄色，真是绝佳的陈年生普。

"你去准备饭，这边我自己来。"小姑娘泡完两道茶后，李海让她离开，然后自己坐到茶台前泡。

"苏总，天源地产发展得不错，真想不到你也会开公司。"李海对苏明萱笑着说。

"李总，谢谢你的夸奖，很感谢你关注和照顾天源地产。"苏明萱的回话是发自内心的肺腑之言，李海以及裕鹏华地产对她和天源地产确实算是恩人。

"听说你结婚啦？"李海关心地问起苏明萱的个人生活。

"李总，我都这么老了，肯定要结婚啦。不过，我的家人都在美国生活。"

"两地分居不易……"

两人聊完个人生活后，就深海市未来的房地产形势以及后市如何发展等话题聊得很火热。

"李总，你的另外两个朋友到了。"下午6点，泡茶的小姑娘敲门进来。

"你带他们进来吧。"

"老板，我们来了。"随即敲门声响起，接着是苏明萱熟悉的一个女人声音传来。

"苏总……"进门后的刘佳佳看到在房间茶桌旁边坐着的苏明萱，一度有点尴尬，但随即恢复常态。

"刘总，见见你的前老板。"李海打破了短暂的沉默。

"苏总，好久不见，没想到你也在这里。"

30岁的刘佳佳在6年多的工作中已经有了丰富的阅历，尽管今天晚上的场合是她意料不及的，但表面上她没有露出一点破绽。

苏明萱和李海的朋友关系，刘佳佳早有所闻，但没有想到李海会对苏明萱这么客气和尊敬，这让她心底涌出一股醋意。

"李总，忘了给你介绍，这是世桦地产宝成区域总经理王悦丰。"跟苏明萱打完招呼，刘佳佳立刻给李海介绍跟她一起进来的那个男人。

"李总好，苏总好。"王悦丰立刻上前打招呼。

刘佳佳带王悦丰见李海主要是想谈裕鹏华地产后期项目营销事务交由世桦地产代理的事，但是让她没有想到的是在这儿竟碰到苏明萱，因此那天除了吃饭她什么也没有提。

饭后，王悦丰在刘佳佳的示意下提前离开。而刘佳佳她借口有事找老板汇报，就上了李海的车。

裕华曦园1期于2010年5月开盘，2011和2013年推出2期和3期单位，1期由天源地产在3个月内完美售罄，2期后的销售代理没有再续签。

吴浩以为刘佳佳曾经在天源地产工作过，肯定会念旧情续签，他甚至私下约刘佳佳见面，暗示之前给杨总的那份会转给她。然而即使这样，续签的合同放在刘佳佳的桌子上几个月，她也没有拿给李海签字。2010年11月，天源地产收到裕鹏华地产不再续约的正式通知。

接到通知，吴浩不仅郁闷，而且在心里把刘佳佳骂了很久。当吴浩打电话告诉苏明萱结果的时候，苏明萱让他放宽心，把目前公司已经签了和正在洽谈的项目抓紧，没有裕鹏华地产的项目，天源地产还有其他公司项目做，依旧可以在深海市房地产代理圈占一席之地。

刘佳佳在续约过程中是这样跟李海汇报的，她说曦园 1 期跟天源地产签约的代理佣金是 0.8%，她新引进的世桦地产，目前在深海市代理公司中排名第一位，但给出的代理费才 0.6%，所以换代理公司是为公司考虑。

李海对于刘佳佳的心思早就明了，但是觉得既然让她做了副总经理，就要给她权限，所以他同意了。

46. 玩火者

世桦地产顺利签下裕华曦园 2 期，拿到合约当晚，王悦丰约请刘佳佳吃饭，席间只有他一人作陪。世桦地产在 2007 年后因为业务量增多，就按区域划分了几个代理事业部，王悦丰是二部总经理，负责宝成区代理项目。

代理一部负责山海区，一部代理的楼盘至今都是深海市房价最高的区域，此区域也是世桦地产最重视的。另外还有分管福滨区的三部、分管东湖区的四部以及龙城区的五部。随着福滨区和东湖区土地资源的逐渐减少，宝成区和龙城区开始成为开发商们争宠的新阵地。

王悦丰之前就许诺过会把代理佣金的 10% 返给刘佳佳，席间他还暗示刘佳佳趁着深海市房市火爆多赚点钱，具体操作是帮助一些客户优先拿到房源，然后索取好处，房地产市场上流行的通俗说法为"喝茶费"。客源由王悦丰提供，刘佳佳只需要在内部运作，刘佳佳听完没有拒绝。

裕华曦园 2 期选在 2011 年 8 月 1 号开盘，在这期间，深海市的房价不断上升，福滨区和东湖区已经没有新项目，山海区则是一路飙升，嫌价格高的客户直接被一路往西赶到宝成区来。

裕华曦园无论是品质还是在面积赠送上，都优越于周边其他楼盘，所以自 1 期推出后就吸引了大批来自山海区、福滨区和东湖区的客户。

裕华曦园经典的 72 平方米户型，交房后开发商搭好楼板可以做成 3

室，单价才 1.8 万元。179 平方米楼王单位更是被设计成 4 室 2 厅的中空复式，单价 2.2 万元。而同期山海区的普通楼盘单价已经在 2.8 万—4 万元之间，仅仅几公里之隔，房价相差 1 万元。

自裕华曦园 2 期认筹开始，客户就络绎不绝，部分客户担心房源少，选不到房。于是，世桦地产的三级地铺中介人员对外放出风声，说只要给 8 万元喝茶费，他们就可以帮客户提前选房源，而且还能额外打折。客户中有很多担心买不到，所以愿意给钱。

"刘总，现在确定有 30 个客户想要买曦园 2 期，客户也同意给费用，房源那边能不能提前 1 天订？"开盘前 3 天，王悦丰找到刘佳佳悄悄地说。

"我要想下怎么处理。"刘佳佳又想拿钱又有点担心。

"30 个人 240 万元，给你一半，另外的给我们公司带客的员工。"看到刘佳佳犹豫，王悦丰继续动员，甚至准备说出数字。

"120 万元，相当于我两年的工资……"刘佳佳心里默念了下，确实动心了。

"好吧，我尽量，我还得想好怎么跟老板开口。"

"你就推在关系户身上。"王悦丰随即继续献策。

"好，那明天等我电话。"

心动之下，刘佳佳在开盘前把这些名单报给了李海签字。

"老板，这些都是关系户名单，分别是……这次给他们几个点优惠呢？"刘佳佳看着李海拿着名单看了一眼，心里还是有点慌，毕竟这是她第一次做这样的事。

"这次怎么这么多人？现在房子这么好卖，我真是一分钱都不想给他们打折，但没办法，小鬼难缠，这次最多给 2 个点。"

"也许都是觉得房子涨得快，买来就能赚钱，所以今年人这么多吧……"刘佳佳言不由衷地回答。

"这次务必让这些人在 3 个月内交完房款，否则全部拿出来重新卖。"

"好的，老板，那我先出去了。"李海签完字，刘佳佳忍住心里的激动，拿着表格赶快离开，她怕夜长梦多，立刻让王悦丰通知那批客户过来交定金签认购书。

"下午赶快让客户拿钱过来订房。"刘佳佳回到办公室拨通王悦丰的电话，悄悄地说。

放下电话，王悦丰立刻安排中介店铺经理通知客户拿钱选房，8 万元选房费用只要现金，由他代收后再转给刘佳佳，如果没有选中当场退还。

7 月 31 日，王悦丰忙到晚上 12 点，除两个临时决定不要的，其他全部签完认购书。他把另外 4 万元里面的 2 万元分给店铺经理，让他再去分配，自己则把剩余的现金全部装进随身的黑色背包后离开。

"刘总，休息没？"根据刘佳佳给的地址，王悦丰开车来到她家楼下给她电话。

"刚准备休息。"一直焦虑不安等待着王悦丰的刘佳佳根本没有休息。

"刘总，这是你的，112 万元。"进门之后，王悦丰打开黑色背包，里面是成捆的现金。刘佳佳虽然每天跟数字打交道，但还是第一次看到这么多现金摆在面前，心里有点激动。

"王总，谢谢，也辛苦你了。"刘佳佳随后把里面的现金拿出放到一个塑料袋里面，包还给王悦丰。

"刘总，我想问下，你拿这些钱做什么呢？"王悦丰突然问她。

"我要给父母寄 30 万元回去，我弟要结婚，他们正愁没钱买房，其他的我还没考虑。"此刻刘佳佳已经把王悦丰当自己人，没有隐瞒地说了出来。

"刘总，你这套房多大面积？还有其他房吗？"王悦丰继续问。

"就这一套，这还是我在天源地产工作 5 年才买的，房子面积不大，只有 72 平方米。"

"刘总，我觉得你该为自己考虑下，现在深海市房价不断上涨，同时你也是裕鹏华地产的老总，这套房子太不配你的身份了，我觉得你要为自己再买套 150—200 平方米的大居室。"王悦丰说完，刘佳佳觉得这个男人虽然其貌不扬，但仿佛很懂她，也说出了她的心里话。

刘佳佳大学毕业后前两年的收入全部寄回老家给父母去还她读书期间欠下的债务和供弟弟上大学，直到第三年，她才有点余款买了这套房子。

"刘总，我建议你拿这笔钱作首付款买一套裕华曦园复式单位，这个户型属于稀缺产品，据我预测以后会有几倍升值空间。"王悦丰说出了他的建议。

在世桦地产内部，很多管理层早期都是做销售出生，二级代理公司的部分领导也是从三级市场销售能力强的人里面选拔的，王悦丰进入二级代理事业部做总经理之前，是三级市场山海区豪宅部总经理。王悦丰自20岁中专毕业后便入职世桦地产，从普通中介做到经理，再做到区域经理，直到区域总经理。二级代理事业部招总经理的时候，他经过层层选拔，被调进事业二部担任总经理，他也是世桦地产唯一一个由三级市场提升到二级市场、职位做得最高的人。

早在三级市场的时候，王悦丰就以炒房出名，到了二级市场，他更有机会接触到各种优质新楼盘，只要有资金他都会买。王悦丰在给刘佳佳出点子的时候，自己早已经打定主意买复式户型，他同时还希望刘佳佳能够帮他找老板申请更低折扣。

"王总，你的建议不错，听你的。"刘佳佳早前也听别人说过王悦丰的炒房经历，他只比她大5岁，但是投资经验丰富，听他的意见，肯定没错。

两人聊完后已经凌晨2点。第二天一早，大家还都要到开盘现场检查所有细节，所以刘佳佳对王悦丰说要是不想回家，可以在她家沙发上休息几个小时。

王悦丰原本对刘佳佳就有意思，但因为甲乙双方他一直不敢造次。今晚刘佳佳让他留下，他毫不犹豫答应了。然后立刻下楼去车里拿了一套备用衣服上楼。

王悦丰在刘佳佳的卫生间里洗澡，欲望就已经不听头脑指挥地膨胀了。从浴室出来，客厅的灯光已被刘佳佳调得很暗，但他仍旧睡不着，而此刻睡不着的还有房间里面的那个人。刘佳佳在考虑明天开盘的事情，但总集中不了精神地去想外面沙发上睡着的王悦丰。

刘佳佳眼里的王悦丰其貌不扬，身高只有一米七，瘦瘦弱弱的一张尖脸，关键眼睛也小，平时从来没拿正眼瞧他。但今天在他拎来一袋现金后，刘佳佳明显改变了态度，他在她眼里的形象也没那么丑陋了。

"睡没？"刘佳佳最终忍不住走下床，她向躺在沙发上两眼睁得很大的王悦丰问道。

"刘总，不好意思吵醒你了，我换地方睡，就容易失眠。"看到刘佳佳突然出来，坐在他旁边，他有点惊喜。

"都睡不着，要不起来聊聊明天开盘事宜？"刘佳佳试探地问道。

"刘总，我不想聊了……"王悦丰再也控制不住，他猛地起身，双手抱起穿着透明睡衣的刘佳佳，迅速移到房间的床上。

两人在经历了金钱的喜悦之后，欲望也如火一般燃烧起来，天亮前的最后几个小时，他们像打了鸡血一样都没有睡觉。7点闹钟响起，两人迅速穿好衣服，然后分开去楼盘开盘现场。

到达开盘现场，两人装作刚碰到一样，打个招呼，然后一起去看价格表，刘佳佳让销售经理把他们需要的两套直接销控，开盘结束来交订金。

王悦丰选的是和刘佳佳同一栋的179平方米复式单位，楼层分别是1503、1603的上下楼层，总价为420万元和425万元。刘佳佳交了三成首付125万元，王悦丰交了120万元首付。因为限贷关系，三成首付是对于首次购房客户，所以刘佳佳和王悦丰都改用了家人名字。

正如同王悦丰预测的那样，这个复式单位在2018年涨到12万元，升值了6倍。

47. 貌合神离

　　跟吴广龙结婚那一年，余华 42 岁，儿子余帆 16 岁。结婚后几年相处虽然貌合神离，但还算融洽，相安无事，直到 2012 年余帆毕业，这种安稳逐渐被打破。

　　深广合地产自 2006 年推出黄金海岸后，又陆续开发了天颂居、香颂居等项目。这两个大型楼盘就是从 2006 年耀华地产购买的，买时的价格可以说是白菜价，楼面地价才 1000 多元，当这两个楼盘在 2010—2011 年被开发出来后，片区房价已经涨到 2 万元。

　　天颂居、香颂居的总建筑面积有 80 多万平方米，它们的面市犹如一股优雅的清风在宝华区域徐徐吹来，获得了众多在福滨中心区上班的白领们的喜爱。就位置来说，宝龙区域虽然属于宝成区，但它是距离福滨区最近的一个郊外地段。随着深海市交通的改造和升级，从宝华区域开车 30 分钟就能到达福滨中心区，所以宝龙区域成为福滨次中心的地位显而易见。

　　"广龙，今晚早点回来，我有事和你商量。"五一后的一天，余华打电话给吴广龙。

　　"好。"接到余华的电话，吴广龙答应了。尽管这几年他们的夫妻关系名存实亡，但日子还是要继续下去。深广合地产在女儿和女婿的管理之下发展得很好，基本不需要吴广龙操心，此刻他不想再有什么节外生枝的事情发生。

"广龙，这么快回来啦？"到家的时候，余华已经回来了，她在厨房和保姆谈论菜怎么烧，出生在湖南的她总觉得广东保姆烧菜清淡，今天特地交代她做几个湖南小炒。

"公司没啥事，我就回来了。你有事找我？"

"你先等一下。"吴广龙发现余华今天明显很高兴。余华说完走上二楼，然后很快下来，后面跟着余帆。

"余帆回来了，今年这么早就放假了？"看到余帆，吴广龙疑惑。

"吴叔叔好，我今年要毕业了，现在是提前回来联系工作。"余华招呼儿子到吴广龙跟前坐。吴广龙很少见到余帆，在结婚的饭桌上见过一次，那时候他还是一个中学生。后来因为学习紧张，余华大多时间是陪他住在以前的靠近学校的房子里。上大学之后，他也就是在暑假偶尔见过余帆几次，现在这么近坐在跟前，他发现这孩子已经成年了。

余帆对这后爸不亲热，也没有叫过爸爸，长大了对于父母的事情他也不想过问，他选择能少见就少见这个后爸和父亲娶的那个后妈，今天母亲让他过来是讨论毕业后的工作。

"余帆一晃都这么大了，我们都老了。"

"是啊，孩子都大学毕业了。"

"广龙，今天我要跟你说的就是帆帆毕业了，在工作问题上，你要帮帮忙。他学的是建筑设计专业，所以最适合的单位就是房地产开发公司和设计院。设计院我考虑过，他刚毕业在设计院要锻炼很久才能发展。相反在房企工作，能够迅速学到很多实用的东西，所以我想让他进深广合地产从底层做起，至于安排在哪个部门由你来定。"余华说完了，等待吴广龙回复。

"这件事我看让欣欣和力宏回来一起讨论下。"看到余帆以及知道他今年毕业，吴广龙就已经猜到了余华让他回来吃饭的目的。

余帆毕业了，于情于理，余华的这个要求他都不能拒绝，所以他只能把女儿和女婿叫回来商量下。

吴欣欣接到父亲电话后，放下手头工作叫上汪力宏一起回东湖山庄。

"余帆,你真是越长越帅了。"进门看到开门的是余帆,吴欣欣愣了一下。余帆遗传余华的基因,白皙的皮肤、修长的个子。

"姐姐、姐夫回来啦?"余帆亲热地叫他们。

入座后,他们开始讨论余帆的工作问题。汪力宏建议他留在工程部学习,由工程部程总带着,但吴欣欣觉得余帆这么好的外貌条件放在工程部浪费,她建议去营销部。

余帆工作的第一个项目就是即将销售的深广合玺园。也许是因为在营销部看到了庞大的财务数字后,导致权力欲望的膨胀,1年后余帆不满足销售部经理的职务,要求升职,遭吴欣欣拒绝后开始逐渐产生不满。

2012年底,余华48岁,在还没有到正式退休的年龄,她申请了提前退休。余华退休这件事情,吴广龙最后才知道,她说想多花点时间照顾吴广龙,听到这样的解释,吴广龙不好再说什么。

其间,吴广龙的身体确实不好,因为早年辛苦留下很多身体隐疾,他有严重的风湿病。跟余华结婚的第二年,他的肾功能也出现了问题,因此在他50岁后,他们之间就没有性生活了。这次余华提出来照顾他还确实让他感动。

在照顾吴广龙的同时,余华总是不失时机地打听深广合地产的事情,比如,深广合地产这几年的销售情况如何,公司总资产多少,又投了哪些项目,余帆在公司工作表现还可以吧,等等,这些话题,看起来仿佛都是关心公司发展的。

退休后,余华热衷的另外一件事就是研究中医药材书籍,并且亲自为吴广龙熬制各种汤。这些汤里加了进补药材,她说咨询了老中医,可以帮助吴广龙的肾功能慢慢恢复。在余华一段时间的调理之下,吴广龙的气色相比之前确实红润多了,貌似身体也有了好转,有几次半夜他甚至对身边的余华产生了欲望。

2013年1月的一天,吴广龙在办公室里面突然出现了昏厥,这次昏厥是在上班时间,秘书及时叫来救护车,送得及时才抢救过来。医生给吴广龙做了全面检查,没有发现什么大问题,就是肝火太旺盛,脸色潮红,于是咨询他最近吃了什么。吴广龙就把最近老喝药材补汤的事说出来,医生听完皱了下眉头，然后没说什么，就是交代让他住院调理一段时间，以前的汤药停下不能再喝。

得知吴广龙突然晕倒住院，余华急忙赶到医院，伤心地看着吴广龙，说他千万不要出什么事情。

"余姨，我爸没事了，你在这里哭什么？"吴欣欣看到余华像哭死人一样在父亲床前大哭，很不开心。

原本吴欣欣想回公司继续处理事情，但吴广龙眼神示意她留下来有事说。

"你回去帮我熬点粥吧，欣欣陪我一会儿。"余华被吴广龙找借口支走。

"爸，你有事说？"余华走后，吴欣欣问。

"欣欣，爸总感觉这次生病莫名其妙，刚才黄医生问了我后皱眉头，你可能没有注意，但是我看到了，所以我怀疑他没有把实情告诉我。你去问下发病真实原因。"吴广龙对着女儿说出了心里的疑惑。

"爸，你不会怀疑？"吴欣欣没有说完就被父亲打断，他让她赶快去找医生。

"黄主任，这次又辛苦你了。"吴欣欣在办公室拦住准备下班的黄医生。

"吴小姐，不用客气，救治你父亲是我们应该做的。"

"黄主任，我有个问题请教，我父亲平时身体也没有大问题，怎么就突然晕倒呢？这是从来没有发生过的。"吴欣欣问黄医生。

"我也感觉奇怪，检查结果也认为你父亲不会有昏厥现象。所以我还要进一步观察。"黄医生回答。

"会不会是他喝的汤有问题？"吴欣欣问。

"没有看到汤里的药材，我不敢确定，但是按照你父亲的体质，是不能大补的，否则对他来说就是拿命换，不值得。"听到医生说大补的问题，吴欣欣想到余华虽然48岁正值旺年，但也不至于会害父亲吧？

"吴小姐，你回去把他经常喝的药材拿回来，我找中医分析下，看看是不是这个原因导致的，如果是的话就要注意，不是的话，再找其他原因。"黄医生说完就先走了。

吴欣欣把跟医生谈话的结果告诉父亲。吴广龙让她悄悄回家给他收拾几件衣服，顺便看下家里昨天的垃圾桶里还有没有剩余的药渣，偷偷带点过来给医生。

"欣欣，你回来啦？我刚准备给你父亲送粥呢。"吴欣欣回到东湖山庄已经是晚上 8 点，余华在客厅看电视。

"你不用去了，粥我等下顺便带过去，我给父亲找几件衣服带上。"

"你父亲好些了吗？"

"现在基本没问题了，再观察几天。"余华得知吴广龙没有问题后就回房间睡觉了，她说明天一早去看吴广龙，今晚就辛苦吴欣欣了。吴欣欣到父亲的卧室收拾了几件换洗衣服，然后去了厨房。吴欣欣看了一眼垃圾桶，干干净净的白袋子套上，垃圾早已经倒完，她又开了厨房的冰箱，除了新鲜的水果蔬菜，没有任何剩余饭菜。

吴欣欣开车赶回医院，一路上她还想着父亲的推测，如果真是那样的话，余华这个女人真不可小看，想到这里她心里不由得打了一个寒战。难道余华表面的和蔼可亲都是装出来的？她本想跟汪力宏聊下，但又怕是父亲的猜测，在事情没有搞清楚之前还是先不说为好。半小时后到达医院，她告知父亲没有拿到任何东西，吴广龙说有司机在医院陪床就好，让她回去休息。

48. 学区房

2012 年 10 月，光复地产开发的欧洲城和浅水湾两个项目 400 多万平方米全部售罄。此时全深海市楼盘均价上升到 3 万元，偏远的龙城区均价都到了 2 万元，宝成区升值最高，均价到 5 万元，跟福滨区、东湖区齐平，山海区均价涨到 6 万元。

与此同时，光复地产开发的项目销售总额也在逐年升高，2012 年底，光复地产突破历史纪录，取得年度 500 亿元的销售总额，荣登中国房地产企业年度销售额第一名。

随着城市中心土地被开发完，市内基本没有一块新地供应，光复地产只能把眼光放在城市旧改中。从 2010—2014 年，他们先后与深海市南华村、海湾村等十几个大型城中村签约。这些村占据着深海市中心最好的位置，大多是福滨中心区、山海中心区。

一面是城市现代化的写字楼，一面是脏乱差的城中村，当城市发展到一定阶段，为了维护城市形象，政府规划已经迫切需要把城中村的改造放到首位，其最直接改造方法就是拆村建成高楼，与现有的现代建筑协调一致。

随着深海市地价不断飙升以及商品房价格疯涨，开发商们都把眼光盯向城市旧改这一块肥肉。但开发旧改项目不仅需要资金多、政府支持，还要跟村民谈判消耗很长时间，这不是一般的小开发商们所能够承受的。商品房价格上涨，农民房的地块价格也随市上调，所以拆村的资金量必须充足，随便拆一个村都要几十亿。所以，中小型开发商们宁愿舍近求远去偏远区域拿空白地块开发，也不愿意耗在旧改上，但大型国企就不一样，一是政府要求他们主动牵头担起重任，二是他们有足够的资金保障。

光复地产在 2010 年签约南华村，这个村地处山海区肥沃的科技园北区，在整个深海市以及全国都占据着重要的经济地位。高新科技园区是深海市最大的科技软件产业园，也是产业价值最高的，园区吸引了来自全世界的高科技公司和人才。在这样的实际状况下，光复地产在签约南华村后就一直备受关注。

经过几年的拆迁商谈，此地块在 2013 年才正式施工，楼盘定名为光华城，建筑总面积 300 万平方米，分为 8 期开发。同时，光华城所在地域还是深海市外国语学区房范围，所以从 1 期开盘就被很多人关注。他们买房都是为了学位，深海市外国语学校的师资排名一直稳居深海市第一名。

开盘前夕，朱文茜接到很多熟人电话，早在 2013 年深海市房价持续上涨的时候，光复地产就明文规定高层领导不能以自身职务之便为客户留房来收取高额回报，此行为一经发现，不仅要被开除而且还要追究法律责任。即使公司内部员工想购买本公司房产，也要跟现场客户一样认筹参与摇号。此政策在光华城的销售上更是被一再强调，公司内部还发了通告。于是朱文茜只有如实告知公司规定，并说服他们去现场认筹，拼运气。如果怕一个号摇不到，可以多认几个。

给朱文茜打电话的人中也有黄燕青，此时她女儿已经 16 岁，她想买此房的目的是想让女儿在初三转进外国语中学初中部，因为深海市外国语中学高中部在招收学生中，近半数都是录取本校初中部的学生。能进入深海市外国语高中部，就意味着离名校近了。

深海市外国语中学的学生不仅占据了深海市被清华、北大等名校录取学生数量的第一名，而且还有一些直接被保送到世界很多名校。黄燕青因为自身文化不高，所以一直把希望寄托在女儿身上，希望她能考取名校来完成她的梦想。黄婷婷不负母亲期望，从小学到中学，成绩都是名列前茅。

2014 年 5 月 1 日，光华城一期开盘，开盘正好赶上政府限价，均价不到 4 万元，比周边二手房低 20%。

1 期推出 1000 套，面积为 89—160 平方米之间 3 室和 5 室。开盘选在深海市洲际大酒店宴会厅进行。楼盘根本没有做太多营销，只给了 15 天时间认筹，实际人数就达 1500 个，每个号交 20 万元定金。黄燕青怕买不到房，一下子交了 60 万元认了 3 个筹。

上午 9 点 30 分开盘仪式正式开始，选房的客户群、代理公司世桦地产以及临时抽调过来帮忙的人员、活动策划公司、观摩同行等，里里外外 3000 多人把几千平方米的大宴会厅塞满了。

选房客户根据贴牌号码在 8 点钟就进入宴会大厅入座等候，黄燕青那天原本不紧张，但是看到这个阵势她第一次心里如此不安。于是，她从座位上起来，前后走动，想看看进入选房区的地方有没有熟人。黄燕青首先看到了坐在第一排的朱文茜，她跟世桦地产的人正在交代什么。

"朱总，你这么早就到了？"黄燕青上前跟她打招呼。

"黄总，今天这个阵势你也看到了，只能祝你好运。"朱文茜看到黄燕青上前就知道她心里所想了。

"想不到现在的房地产市场这样了，我们这些做了十几年的地产人也看不懂。"黄燕青不由得发出感慨。

"是啊。所以只能碰运气。"

"我认了 3 个号，就怕 1 个也不中。"黄燕青无奈地对朱文茜说。

"选房马上就要开始，我跟李总这边还要再交代一下，我们开盘结束后再联系。"朱文茜说完就离开了。

"你忙你的，我到前面看看。"走到舞台前面贴着选房区字样的位置，黄燕青又看到了一个熟人，那就是朱文茜手下的销售总监曾小娟。

"曾总，今天辛苦啦，肯定又是当场售罄。"黄燕青走到曾小娟面前主动搭讪。

"黄总，你怎么在这里？难道你也来买房？"看到黄燕青晃来晃去，曾小娟觉得奇怪，她如果要买房的话，朱总也没有跟她特别交代。

"是的，本来想跟你说的，但是朱总说找谁都没有用，所以就没开口，我怕选不到，还认了 3 个筹。我今天也是第一次来现场参加摇号选房。"黄燕青看到曾小娟，心里突然有了想法。

"黄总，谁都知道你跟朱总是好朋友，她还真是铁面无私。"曾小娟知道上司厉害而且洁身自好，但是没有想到对好朋友也毫不关照。

"妹妹，看看能不能帮下姐姐。"黄燕青试探着说出心里想法，曾小娟觉得看在上司面子上，心里想帮她，但是又不能对她明说。

"你认筹号码是多少？写给我。"看到曾小娟这样问，黄燕青脑子一热，知道有戏了，她于是写下了3个号码。

"妹妹，谢谢。"黄燕青把纸条递给曾小娟，凑近她耳朵低声说了一句，然后高兴离开，找个位置坐下，安心等待开始。

9点25分，伴随着音乐响起，舞台上出现了两个主持人的身影。他们开始不停地播报光华城开盘典礼将在5分钟后正式开始，请大家快速入座并拿起手中的号码，千万不要听错。主持人说完，一个小提琴手上台演奏，接着选房仪式正式开始。

黄燕青坐在靠近选房区的过道附近，她时刻准备着进入选房区。

电脑摇号，每一批摇出10个号码为一组进入前面选房区，没有摇到的留在现场看节目表演。第一组10个号码很快显示在大屏幕上面。

"16、21、89、156、223、320、384、410、478、688"，看了第一批，黄燕青很失望没有中。第一批客户很平静地进入选房区，接着是主持人宣布一套套被销控的消息。第一批进去的客户100%选了，这些人大多选的是89平方米3室户型，一看就是冲着学位去的。

第一轮客户选完紧接着第二组摇号开始，依旧没有她的。直到第三组开始，黄燕青终于在大屏幕上看到了一个熟悉的号码277，这是她三组号码50、277、448中的一个。能够在第三组客户中出现，黄燕青心里很明白，曾小娟肯定帮忙了。

黄燕青立刻起身拿着自己的号码和认筹资料走进选房区。

在门口主持秩序的曾小娟会意地跟她对了下眼神，意思让她不要跟她打招呼。

黄燕青朝她微微点下头，然后进去选了一套16楼89平方米3室，总价380万元，签完认购书后，在现场把3套认筹金转换为认购定金。

49. 天下没有免费的午餐

签完认购书出来，黄燕青立刻给曾小娟发了一条感谢的短信息，然后约她明天下午喝茶，同时她也给朱文茜发了一条微信，说选到房了，晚上一起聚聚，聚完请大家做 SPA。

开盘当天太忙，两人上午都没有回复黄燕青。

"好的，你订好地方，晚上见。"下午 2 点朱文茜回了信息。

"黄总，我刚忙完回家，明天下午再联系。"曾小娟直到晚上 8 点才回信息。

晚上 6 点，黄燕青约好朱文茜、苏明萱、陆小曼等三人，齐聚在福滨区新开的一个上海风味的酒楼。在朱文茜进入房间之前，大家都在谈论着光华城的开盘盛况，对于现在这种疯狂的楼市谁也看不透了，她们也恭喜黄燕青运气不错还能选到房子，黄燕青说这么多年来，她从来没有想到会为了一个 89 平方米的房子，亲自到现场抢房。

讨论声在朱文茜开门进来后停止。

"朱美女，恭喜你，开盘又是几十亿，还有吗？"陆小曼开玩笑地把话题转向朱文茜。

"你又来凑什么热闹，这种小房子你会看得上？"朱文茜了解陆小曼，知道她在开玩笑。

"自今年开始，公司开盘就全部拿出来销售，一套也不剩，公司内部好多员工都买不到。摇到 100 组的时候，就没有房子了。后面几百个认筹客户留在现场不走，销售员和保安劝说半天才离开。"朱文茜继续说着今天现场发生的事。

"我今天运气爆棚，竟然能选到房，谢谢朱总给我的好运。"黄燕青上来直接给朱文茜一个拥抱，对于她能在第三组选到房子，朱文茜心里清楚得很，因为她在现场看到曾小娟和黄燕青窃窃私语了几句，但即使知道，她也不说破。

"你真是运气好，今晚给我们上点好酒。"

"那是肯定，已经准备好了，大家赶快入席。"黄燕青说完立刻让服务员倒酒上菜。

黄燕青让曾小娟帮忙也没有说破，她知道多一事不如少一事。曾小娟能帮忙，也是平时黄燕青和她们合作，没少给她好处的缘故。这次帮忙，同样会给酬劳。

"燕青，你等下还要请我们去美容院吗？"

"是的，我已经给几位订好房间。"周末难得大家聚在一起。

"那我们就抓紧吃饭，大家也是难得聚在一起。"晚餐几人只喝了半瓶酒快速结束，然后转到山海区高档美容院——悦己。

悦己美容院开在朱文茜居住的黄金海岸一楼。在黄金海岸招商时，美容院老板娘肖丽认识黄燕青，然后请她帮忙申请一下租金优惠。黄燕青偷偷找到汪力宏，考虑到悦己美容院的品牌影响力，以及租用了 1—3 层近 2000 平方米，汪力宏让招商部的人给了最大优惠，租金三层均价 80 元每平方米。

而此时黄金海岸周边的商铺 1—2 楼平均租金到了 100—150 元每平方米。

悦己美容院开业，肖丽送给黄燕青一张 5 万元的美容消费卡，然后就把黄燕青以及她的朋友们套牢在这里。悦己美容院装修了大半年，于 2009年春季轰轰烈烈开业，开业当天还请来了香港明星任华华夫妇到场剪彩，这是深海市美容院中很少见的盛况，所以开业当天就吸纳了上百名会员。

按人均充值 5 万元计算，当天收入 500 万元。

2006 年，黄金海岸开盘，是片区的最高价格，购买客户都是深海市顶级富有人群，这些人有着很好的经济实力，也能消费得起高端美容。正是因为看中这些客户群体，来自香港的老板肖丽才不惜重金地在这里开设了第一家香港连锁的悦己美容旗舰店，事实证明她确实很有眼光。

客户们只要进来，都对悦己的装修环境称赞不已。悦己美容院一楼 300 平方米的空间被设计成巴厘岛风情的牛奶鲜花温水泡池以及干、湿蒸房。二楼 800 平方米被设计成私密的美容 VIP 客房。三楼 800 多平方米则是茶点休闲区，以及备用的整形美容客房区。

悦己美容院从开业开始就只接待女宾，因为装修环境超前，理念也超前，无论是硬件还是软件它都是深海市第一流，所以在消费的定价上它也是远高于其他普通美容院。

肖丽不仅送给黄燕青 5 万元消费卡，开业前还让她带朋友过来，到场客户都可以获赠 5000 元现金体验卡。黄燕青以为是好事，就邀请了朱文茜和陆小曼。

黄燕青后来才知道肖丽给她的卡，仅仅是悦己的入门卡，这张卡每次只能做最便宜的 798 元 1 次的全身精油舒缓按摩或者面部净水护理。

黄燕青第一次消费此卡，是请合作客户。客户在另外房间做了美容师推荐的腋下淋巴排毒和胸部保健，这两个项目的单次消费价格是 998 元。做完这两个项目，客户又被美容师推荐尝试做了一个私密护理。客户做完先离开，黄燕青觉得反正有卡，直接扣就行，所以也没问这张卡的用途。

黄燕青这么多年没少挣钱，也没少去美容院，但是看到悦己的消费单还是愣了一下。在这张消费单上，黄燕青能够从消费卡上扣的就是客户和她的 798 元背部精油按摩，共消费 1596 元。客户消费的其他项目共计 11984 元需要现金支付。

黄燕青此刻有苦说不出来，她让收银的叫出肖丽招聘的店长，店长出来说她们单次体验卡都比较贵，建议她再开一张美胸卡套餐和私密套餐，这样比较划算。美胸卡套餐 10 次 6888 元，私密卡套餐 10 次 48888 元。

　　黄燕青想着以后还要带客户来消费，索性不如现在就开了。这样肖丽虽然送她 5 万元卡，但她第一次去就被消费了 55776 元。

　　回家后，黄燕青越想越不舒服，原以为肖丽这个人还不错，帮她找关系，结果一分好处也没捞到，相反成了她的大客户。跟她一样遭遇的还有那天她带去的几个姐妹，拿了 5000 元体验卡，去了第一次出来后都被刷了 2 万元以上，但是大家总体觉得这里环境好，又适合女人聚会，不计较了。

　　再后来，黄燕青招待女性客户就不带到水疗会所了，因为在那里她们经常碰到男性熟人，女客户卸完妆泡完澡后见到同行男的确实有点尴尬。约在美容院的另外好处就是时间充足，每次在悦己做完，他们还给女性配了一些清淡的减肥餐。再后来，黄燕青的一些客户们想做面部微整项目，也都被她安排在这里。三楼有客房，微整手术后，客户可以在客房住几天，拆线后再离开。从 2009 年悦己开业到今天，黄燕青已经成为这里忠实的钻石会员，每年招待费用都有几十万元。

　　4 个人到来后，店长格外热情，她跟深海市房地产圈这几个老总级别的姐姐们早就很熟，老板也亲自交代无论何时都要给她们最顶级的服务。黄燕青提前打过电话后，她早就准备好 4 个 VIP 大房间，也安排了手法最好的美容师，同时赠送给她们一次全身太空舱去角质护理。

　　2 号下午，黄燕青没有忘记给曾小娟打电话，约她继续来到悦己美容院。黄燕青让店长给她安排了美容、美体两个项目，在美容师出去配产品的时候，她进了她的房间。

　　"曾总，一点小意思。"黄燕青拿起包好的一个信封，里面装的是 10 万元现金，然后放到曾小娟的包旁。

　　"黄总，你太客气了。"

　　"曾总，你慢慢做，我让她们给你配了餐，你做完吃点东西再走，我今天有事就不陪你了。"

　　"好的，你忙你的。"曾小娟客气一声后也没有拒绝，就让那个信封留在那儿。

　　黄燕青今天的安排，曾小娟很满意，觉得黄燕青会做人，比之前她帮忙的那些人爽快多了。以前也有熟人找她帮忙，还答应事后会感谢，结果选到房子后就消失了。这次帮黄燕青确实很难，但是看在平时跟她们合作，比较大方，所以她在最后关头把黄燕青的号码拿到第三组说是集团领导安排的。

50. 凋零的记忆

2007 年初，陆小曼与李明两年多的感情，终于因为彼此的距离而慢慢疏远。在李明的身上，陆小曼感受到了幸福的宠爱，这是与其他男人不同的。

几年以后，壹达集团开始走下坡路，李明入狱。

在李明众多的女人中，陆小曼是他最喜欢的一个，事实证明她也是最有情义的一个。李明出事后，那些跟他曾经有过关系的女人都躲得远远的，唯恐招来是非，而只有陆小曼还千方百计找到监狱看过他。

陆小曼最后一次见到李明是 2013 年 12 月，此刻他已经在秦岭的这所监狱被关押了一年，眼前的他让她不忍直视，泪水一下子流出来。隔着防护栏走过来的李明，脸色青黑，胡子拉碴，眼神无光，形体消瘦，跟之前判若两人。

"李明，你站住。"当看到来见她的人是陆小曼的时候，李明当场就想转身离去，陆小曼知道他不想让她看到今天的落魄。

"小曼，你回去吧，珍惜生活。"李明背对着陆小曼说话，说着眼里充满泪水，他真的没有想到这个女人会千里迢迢前来看他。

铁窗外的这个女人，李明当年是真爱过她，他后悔没好好珍惜，如今一切都晚了。陆小曼虽然没有深爱过李明，但经过几年的相处，她对他还是有着深厚感情的。

"李明，好好活着，我等你出来。"看到李明转身离去绝望的眼神，陆小曼流着眼泪鼓励他。

也许这一别，两人都知道可能再也不能相见，李明最终还是转回身，然后在探视的玻璃窗前坐下，看着对面心爱的女人，他拿起话筒几次欲言又止。

"小曼，外面的世界很美好，换来生我还有机会出去，我一定抛弃财富，带着你远走他乡，过我们的生活。"这是李明留给陆小曼的最后一句话。

"我们都要好好的……"短暂的探视很快结束，陆小曼也带着伤痛回到了深海市。

这所监狱就是李明的最终归途。陆小曼鼓励他好好活着，他也想好好活着，可仍旧在 2014 年以自杀方式结束了年轻的生命，留下幼年的儿子和负债几百亿元的壹达集团。

回到深海市，陆小曼的情绪极为低落，甚至在很长一段时间都失眠，她在张莹莹的介绍下，去了弘法寺，然后跟随一名高僧开始了修佛之路。每逢初一、十五，陆小曼坚持吃素，定期去弘法寺抄写经书。陆小曼也申请退居电视台的后台做管理工作，不再担任一线主持人。

那一段时间，朱文茜和苏明萱以为陆小曼走火入魔了。但是了解真相之后，她们理解了她，觉得人的心中有个寄托未必不是一件好事。

2014 年 5 月 20 日，陆小曼看到了李明在狱中自杀的新闻。陆小曼听闻后默默地在家里给他念了一天经文，祈祷他们来世再相见。

李明的离去，让陆小曼第一次感觉人生苦短，该珍惜的还是要珍惜。她想起多年未见的父母，决定近期回去看看他们。除此之外，她还想处理掉李明送给她的丽宫苑，以免睹物思人。陆小曼准备给父母置换到原来家里附近拆迁的区域，这样他们就可以和老朋友们相聚了。

2014 年国庆，陆小曼回到了大连，尽管丽宫苑装修已经 8 年了，但是因为当初设计用材都比较好，所以就是现在，这套房子的装修也没有过时。装修好后，陆小曼也就回去住过一次，这次回来触景生情，她又想起了 9 年前在飞机上与李明相遇的点点滴滴。她感慨时光过得真快，一晃就10 年，当年意气风发的李明怎么也想不到 9 年后自己会以自杀的方式告别人世。

"爸妈，我们等下出去吃饭。你们过来一下，我有事想跟你们商量。"母亲在陆小曼回来后很开心，忙前忙后地准备做饭。

作为父母唯一的女儿，陆小曼此时真是愧对父母，这十几年她很少回来陪他们。父母也就是在 2009 年去过一次深海市，儿子陆希刚刚 1 岁多会走路。但是他们住了两个月就坚决要回大连，父母说不适应南方的潮湿天气，主要还是因为陆希。

对于父母来说，女儿没有结婚就凭空多出一个儿子来，这让他们难以接受。他们带孩子在外面玩的时候总有人问孩子的父亲，做什么职业，父母不好回答，只能说孩子的父亲在国外。时间长了，别人也不问了，但是父母总觉得别人看他们的眼神怪怪的。父亲实在受不了这种眼光，于是坚持回了大连，后来再也没有去过深海市。

"小曼，什么事？"母亲问。

"你们还想再搬回拆迁新盖的小区住吗？我听人说那里规划还不错，周边配套成熟，去哪里都方便，不像住这里，没有车很难出门。"陆小曼问父母。

"你爸爸很想要一套房子，不想要补偿的钱。"母亲说。

"你不也是念叨原来的地方好吗？而且很多熟人都住在那边，小曼，现在想要也没有房子了吧？人家说分完了。"父亲接着母亲的话题说。

"你们要是想要，我可以找关系帮你们换，如果实在没有的话，我就在那附近帮你们买一套。"陆小曼回答父亲。

"现在价格很高了，我们置换肯定要加不少钱吧"父亲又问。

"钱的事情不用你们考虑，如果你们愿意，我这几天就帮你们找人。我觉得最好能买别人装修好的房子，省得自己辛苦。"

"好，我们住这里确实不习惯。"父母同意后，陆小曼立刻找了一个朋友带她去看房子。朋友建议她在那个拆迁的小区附近买，因为拆迁返还补偿的房子不仅面积小，而且建筑质量一般。

陆小曼听了朋友的意见，在附近买了一套160平方米装修好却一直没有人住的房子，总价300万元，这套房子相比周边其他二手房略贵一些，房主买来装修好给儿子结婚用的，但是儿子留在北京了，因为要买房没钱才卖掉这套房子。

第二天，陆小曼带父母过来看，他们都很满意，丽宫苑的房子他们一直觉得有点大，两个人居住太浪费，搞卫生也觉得累。因为是二手房，陆小曼全款支付，国庆后就办完了过户手续。陆小曼帮父母购买了一些中档家私，丽宫苑的家具是欧式的，比较大，不适合这个房子。家具送来之后，陆小曼帮助父母把东西搬到新买的房子里面。

丽宫苑清空后，陆小曼把钥匙交给了楼下的中介公司，她在11月15日回到了深海市。

自2014年10月开始，全国房地产价格都在快速上涨，作为二线省会城市中的大连涨幅相比一线城市也毫不逊色。李明当时送给陆小曼这套房子的价格加装修也就是300万元，但是现在在二手市场上单价5万元，除龙湖地产开发的几个高端别墅之外，丽宫苑仍旧是大连最高端的豪宅项目之一。陆小曼报价不高，所以这套房子在挂出来一个月后就以1200万元成交，陆小曼接到中介电话后，花了一周时间回大连办完了过户手续。

李明的房子卖了，陆小曼的记忆中不再有丽宫苑的影子了。

51. 养虎为患

"吴总，你父亲今天出院了，有时间多陪陪他。"黄医生看到是余华来接吴广龙出院，于是特地告知吴欣欣。

"谢谢黄医生，我会的。"吴欣欣从医院回去没有找到药渣，也不好怀疑什么，但确实注意了，工作之余她经常回去陪休养在家的父亲。

吴广龙出院后经常痴睡，以前还经常去公司看看，即使没事也会待在办公室看报纸喝茶，但最近他明显对公司的事情不关心了。

吴欣欣让余帆负责营销的深广合玺园在 2012 年上半年开工，预备2013 年对外销售。刚进入公司，余帆还比较收敛，虽然也会在员工面前摆小老板的姿态，但对于吴欣欣交代的事情他还是能够配合完成的。隔了半年，余帆开始有点变化，汪力宏作为他的直属领导首先感觉到了。余华也经常在吴欣欣、汪力宏回去吃饭的饭桌上开始反复唠叨说余帆锻炼大半年了，是不是该换个岗位了？

这些都没有引起吴欣欣的注意，她直接对余华说再锻炼一段时间，不能因为是她弟弟就破坏公司规矩。吴欣欣更没有意识到余华是按接班人的步骤在培养余帆，她让儿子进公司的目的就是了解各个环节，熟悉公司后再担任老总。

深广合玺园经过前期筹备，终于在 2013 年五一当日开盘了，

　　2013 年的深海市房地产市场整体比较好，楼盘不用做广告宣传也会卖得很好。深广合玺园开盘当天签约深派传媒，重金做了一场明星秀预热活动，这是余帆第一次见到深派传媒签约的国内一线女明星黄曼曼。

　　见到黄曼曼第一眼的时候，吴欣欣觉得此女皮肤不错，但身高没有网络 P 图传的那么高，也就一米六八左右。黄曼曼在台上站了一会儿，讲了几句无关痛痒的话就离开了。

　　因预告黄曼曼开盘当天要来现场，购房客户和看热闹的人群都提前来到了现场，不到 9 点，开盘现场被围得水泄不通。

　　回到台下休息室，黄曼曼准备离开，此刻余帆进来了。深派传媒的老板 Denie 立刻向她介绍余帆的身份。

　　"曼曼，这位是深广合地产吴老板的儿子余帆，跟随母亲姓，富二代帅哥。"听说是老板的儿子，黄曼曼立刻收起刚才那副冰冷的面孔，转而是满脸笑容。吴欣欣刚好路过休息室门口，清楚听到了这几句话。

　　"余总，幸会，留个电话给你，以后我们多联系。"黄曼曼说完，助理立刻递上一张名片。吴欣欣没有再听，她有事离开了。

　　深广合玺园以 5 万元均价开盘，当天销售率达 80%，然后每周提一次价格，尾盘在国庆前以 6.5 万元的价格卖完，总销售额达 120 亿元，2 期的性质为 3 栋商务公寓，此刻正在加紧施工中。

　　深广合玺园全部是以大面积为主，168 平方米设计成 2 个套房，198 平方米设计成 3 个套房、240 平方米设计成 4 个套房，还有一个户型是 400 平方米的联排别墅。联排别墅只有 8 套，吴欣欣留了一套自住，余华要了一套给余帆结婚用，其他 6 套被关系户低价拿走。

　　深广合玺园销售完，吴欣欣和汪力宏去了欧洲旅游，在旅游途中就突然接到父亲电话，让他们早点回国。

　　"爸，我们到家了，现在来看你？"一放下行李，吴欣欣就立刻打电话给父亲。

　　"我来找你。"司机载着吴广龙来到吴欣欣尚湖花都的房子，吴广龙让他在楼下等，自己一个人上楼。

　　"欣欣，我最近总是做梦，感觉有人要杀我。"吴广龙进去后坐在沙发上，很严肃地对吴欣欣说。

"爸，你头脑没问题吧，怎么可能呢？"吴欣欣不相信地看着父亲。

"真的，欣欣，你要相信爸爸。我身体越来越差，你也知道年初我在医院检查都没有问题。"吴广龙继续说。

"而且最近我有点尿血，所以越来越怕……"

"爸，你是说那个人？"吴广龙话没有说完就被吴欣欣打断。

"我怀疑她在用慢性毒药害我早死，最近我做梦都能梦到她，更害怕看见她。"吴广龙说完悲伤地往沙发上一仰，闭上眼睛。

"爸，你们离婚吧，有件事我一直没有告诉你，余帆对外都说他是老板的儿子，因此很多人以为他是你在外面的私生子。"吴欣欣此刻联想到余帆的举动，于是也告诉父亲。

"都是我，不该善心，现在是养虎为患，是时候该处理掉了。原本余帆要去公司我就不同意，但你们都答应，我也不好说什么。你知道她不是一般人，绝对不会善罢甘休。"吴广龙愧疚地对女儿说。

"爸，你立刻跟她离婚，该补偿就补偿，总比被害死强。"吴欣欣劝慰父亲。那天父女讨论好久，觉得给余华2亿元现金应该可以了。但是直到吴广龙开口跟余华正面谈这件事的时候，他才知道之前一直小看了这个女人。

"余总，吴总上去了，我只能在下面，不知道他们谈了什么。"吴广龙上楼后，楼下等候的司机给余华打了一个电话。

"你继续盯着，晚上我找你，老家伙估计有所察觉了。"余华挂了电话。

跟了吴广龙12年，来自他老家的司机小吴继续在车里等着他。吴广龙待了两个小时后下楼，然后上车继续由吴司机送回家。

"广龙，我去超市买点东西，小吴送我下，你先睡。"晚上余华借口买东西跟吴司机出去了。

"开快点。"上车后，吴司机立刻开出去，车很快离开别墅区。

车很快开到了余华离婚前的另外一套房子楼下，两人进了房间，轻车熟路地连灯都没有开，就翻滚着上床，完成见面后的第一件事。

"估计上次进医院，他有所察觉了。"完事后，余华穿上衣服开灯坐起来，然后跟吴司机讨论。

"不会吧，后来不是也没发现啥吗？"上次在医院，吴司机偷听了黄医生和吴欣欣的对话后立刻告诉余华，于是她迅速清理了垃圾和剩余没煲的药。

余华跟吴广龙结婚后，除了工作，两人没任何话题，就是在家里也是各睡各的，早没有了床笫之欢，这对于处于中年旺盛期的余华来说，确实是一种煎熬。一次酒醉后她由吴司机送回家，吴司机抱着她进门，她突然感觉到温暖，于是双手抱紧他，没想到的是吴司机不仅没有推开，反而更用力地搂着她。

事后，余华怕吴司机找麻烦，经常拿现金和烟酒礼物给他，后来两人越来越火热，余华就让他监视吴广龙的一举一动。

在吴广龙跟吴欣欣谈话后的第二天上午，吴广龙叫出在厨房帮忙的余华，说有事跟她聊聊。

"余华，你看我这种状态，身体越来越不好，但你还年轻，所以我不想耽误你，咱们离婚吧。"吴广龙说完，余华竟然没有表现出惊讶，也许她早就在等这句话。看着她平静的面容，吴广龙更觉得他的怀疑是对的。

"广龙，你怎么说出这样的话呢？你身体虽然不好，但我又没有嫌弃你，我不同意离婚。"余华虽然很想离婚，但是目的没有达到，觉得现在离开有点吃亏，于是装作对吴广龙还有留恋。

"好聚好散，我给你2亿元，你跟余帆离开吧。"吴广龙很坚持，然后说出了给他们母子的补偿条件。

"吴广龙，你真会计算，深广合地产几百亿身价，你就想用2亿元打发我们母子？真是做梦。"听吴广龙说出才给2亿元，余华立刻露出了真面目。

"这个补偿不低了。"

"不可能，要分手也是我提条件。"

"你要多少才同意离开？"吴广龙试探余华的底。

"我要深广合地产40%股份。"余华说出了心里的目标。

"你真是狮子大开口，深广合是我一手打下的江山，你凭什么拿走这多？"吴广龙激动地朝余华怒吼。

"就凭我帮你这么多年，没有我，能有你和深广合的今天？

余华的这个条件让吴广龙震惊，他想不到自己这么多年是养虎为患。

也许 7 年前就该坚持不结婚，那时候拿 2 亿元给余华，她肯定可以接受。

然而余华看到深广合地产今天几百亿估值后，眼光也水涨船高了。

拿走深广合地产 40% 股份意味着分走几十亿，两人谈崩。

52. 还情

在深广合地产跟兄弟集团第一次谈判没有结果后，汪力宏跟吴欣欣商量对策。吴欣欣的目的很明确，不放弃定金，全力保住这块地。为此她还亲自回家跟父亲说明情况，希望吴广龙跟她一起去趟美国。

"爸，你最近身体如何？"

"很好，你看我气色还可以吧。"吴广龙确实气色红润，跟余华离婚虽然分走了深广合的1/3，但是对他个人来说，却去掉了一个隐患。

"看你脸色确实不错。爸，我有件事想麻烦你，希望你陪我去一趟洛杉矶。"

"还是为那块地的事？力宏不是去了吗？"吴广龙早已经不过问公司的事，所以暂时还不知道公司资金链短缺的事，他觉得汪力宏应该能处理好，没必要他们父女再去。

"兄弟集团虽然有松口，但还没有达到我们的预期。洛杉矶有个人可以帮我们，苏明萱在那家公司工作。"吴欣欣详细地跟父亲讲了汪力宏告诉她的关于苏明萱和胡总的事。

"好吧，这么多年过去了，不知道她还认不认我这个老熟人……"跟父亲商定好，吴欣欣让秘书订了第二天晚上香港飞洛杉矶的头等舱。

"汪总，这是我的辞职信，真的很抱歉。"汪力宏正在等待着岳父和妻子到来的时候，刘涛过来他办公室递交辞职信。

"刘总，你是从头到尾负责此事的人，现在辞职，想拍拍屁股走人？老板很快到，你要不等她来了跟她解释下。"刘涛这么急着要离开让汪力宏很生气。

"汪总，我父亲确实病重，这是医院发来的检查报告，他得了癌症。我今晚就回国，我要给他找最好的医院治疗，因为回去时间比较长，我怕耽误公司事情，想来想去只有辞职。"汪力宏发火，刘涛继续搬出父亲做挡箭牌。

"你是想好了，一定要走？"汪力宏问他最后一遍。

"是的，我机票已订好，国内医院也联系好了。"刘涛肯定地回答。

"你把洛杉矶地块所有资料都转交给我，然后去办手续，但此月薪水要等地块处理完再结算。"汪力宏知道他的心已走，强行留下也没有用。于是问他要资料，没想到刘涛早有准备，立刻拿出一个厚厚的文件夹递给他，里面是这块地签约的所有资料复印件。

刘涛在签订这个地块合约后，就已经从吴欣欣那里拿到 1000 万人民币，这笔钱由深广合的财务直接打到他同学账户上，他原本是想拿到兄弟集团的 2500 万美元佣金后再辞职，但现在看来形势不妙，也怕牵扯出拿佣金的事情，所以提前开溜。

10 个小时后，吴欣欣跟吴广龙到达洛杉矶机场。

"欣欣，刘涛辞职了，我觉得这个人有问题，要不要查查他？"汪力宏跟司机一起去机场接了吴欣欣父女，同时说出了心中的疑惑。

"刘涛？应该不会吧，他是我长海商学院同学介绍的，谈地的时候，确实有很多买家在竞争，我认识的就有几家，最后还是刘涛迅速拿下的。"吴欣欣不相信汪力宏的判断。

"正常来说，作为分公司总经理，他不应该这个时候离职。我总有一种预感，这块地从头到尾也许就是一个请君入瓮的局。你再想想，这块地如果真有这么好，兄弟集团为何放了十几年也不开发？我也不能肯定，只是预感。"汪力宏心里也不希望是那样。

"苏总，我已经辞职离开深广合地产，你答应我的 2500 万美元，我现在只要 1000 万美元，希望你们尽快付给我。"汪力宏去机场接吴欣欣的时候，苏明萱再次接到刘涛的催款电话。

"刘总，你为何这么急走？"苏明萱问他。

"汪总来了，吴老板也来了，我在这里形同虚设，不如早点离开，希望你看在当初我尽力促成的分儿上，尽快给我佣金。"

"吴老板？哪个吴老板？"听到吴老板，苏明萱心里一愣，也想起吴广龙当年对自己的恩情，于是想确认一下。

"两个老板都来了，汪总现在去机场接他们了。"

"好，你明天跟朋友过来拿支票吧，别忘了带上协议。金额改了，合约要交回给我们换新的。"

"好的，谢谢苏总。"挂了刘涛的电话，苏明萱吩咐财务准备份新合约和支票。

"明萱，你好，还记得我吗？"30 分钟后，苏明萱接到了一个陌生电话号码打来的电话，电话那头的声音虽然隔了很多年，但是她还是想到了今天刚到的人。

"吴总，吴老板？是你吗？"

"明萱，你都十几年没来过我办公室啦，还能听出我的声音？"听到苏明萱听出自己的声音，吴广龙有点兴奋。

"我们能见个面聊聊吗？"吴广龙的这个要求让苏明萱无法拒绝。

"当然可以，你告诉我地址，我来看你。"

"好的，等会儿见。"吴广龙让汪力宏把地址发给苏明萱，30 分钟后，她到达了吴广龙父女入住的皇冠假日酒店。

"明萱，这边走。"在 30 楼行政酒廊门口，看到苏明萱到来，汪力宏上前招呼她。

"吴总怎么来了？你让他来的？"苏明萱看着汪力宏问他，心里还产生过一丝对他的鄙视，她觉得汪力宏不应该拿吴广龙当年对她的恩情来要挟她。

"明萱，不是你想的那样，我没有让他们来，是欣欣非要来，她一直不知道我们当年的关系……"汪力宏的话没说完就被苏明萱打断。

"汪力宏，请你记住，我们当年没有任何关系，以后也永远不会有。这件事从头到尾只怪你们贪心，我们只是卖房而已，需要维护我们的利益。"

苏明萱说完向酒廊内部走，在一个围合的座位那儿，她看到了两张熟悉的面孔。

"你好，吴总？"在皇冠假日酒店的苏明萱被等待在门口的汪力宏接到座位上，看着记忆中 40 多岁的年轻精瘦的吴广龙如今是满脸斑纹和花白头发，苏明萱很难把这两个形象拼合在一起。其实余华离开后，吴广龙经过调养，身体已经比之前好很多了。

"苏总，你好，好久不见。"吴欣欣看到苏明萱进来也立刻跟她打招呼。在深海市的一些场合，她们之前经常见面，只是这几年因为苏明萱的离开很少再见。苏明萱因为汪力宏的关系千方百计跟她保持着距离。

"明萱，看着你，我还能想起你第一次来我们公司的场景，时间过得真快，一晃就是 17 年。"吴广龙由衷地发出感慨。

"是啊，感谢吴总当年给我的支持，我一生都不会忘记。"

"我来这里的目的，想必你也知道，能帮下我们吗？深广合地产这次过不去这个槛，也许就完了，至少倒退 5 年，我们之前经过一次折腾，好不容易才恢复元气，这次千万不能再重蹈覆辙了。"吴广龙单刀直入地跟苏明萱说出实情，吴欣欣和汪力宏坐在他身旁一直没吭声。

"吴总，你的意思我明白，但是公司不是我的，我只能尽力，胡总她是一个原则性很强的人，现在答应延迟 3 个月已经是很大让步，你们要求的 6 个月我只能试试。"那天吴广龙跟苏明萱聊了很久，在对往事的回忆中，他还称赞苏明萱给他介绍了汪力宏，听到这里，旁边听着的汪力宏起身借口去洗手间。而苏明萱的心里也不是滋味，谁能算到未来呢？

"吴总，那你好好休息，等我消息。"2 个小时后，苏明萱离开了酒店，去了胡婉真的家里。

3 天后，深广合地产洛杉矶分公司接到兄弟集团同意给他们剩下的后期款延期 6 个月支付的通知。

"汪总，延期付款，要签个补充协议，你准备好后可以拿过来。"通知发完后，宋大成还亲自打电话给汪力宏。

"谢谢宋总。"

"你不用感谢我，最应该感谢的人是我弟媳妇。"汪力宏明白这次顺利延期的最大功臣是苏明萱。

"另外，听说你太太和岳父都来洛杉矶了，我母亲想邀请你们一家到家里做客。"听说胡总邀请，汪力宏立刻答应。这次危机化解，吴广龙和吴欣欣也想见见这个传奇女人。

刘涛辞职后，苏明萱最终报请胡婉真批准，跟刘涛和那个中间人同学签署了一份新协议，一次性付给他们1000万美元结束，刘涛随即带着这笔钱离开了洛杉矶。

53. 迷雾被一步步解开

2月26日上午10点，汪力宏驾车带着吴欣欣和岳父，来到胡婉真位于洛杉矶半山的家里。

从进山开始，吴欣欣就有点震撼，她没有想到在这个看似荒秃的山里面竟然有这样一些隐秘的房子。吴欣欣的这个震撼虽没有当年苏明萱第一次来时强烈，但她显然也被这些半山豪宅吸引住了。

车在山坡上行驶，一栋栋由茂密树林遮挡的住宅若隐若现，车子靠近的时候，吴欣欣感觉到了这些房子呈现出来的低调奢华。每一栋房子都有不同的建筑造型和设计，门口可视的花园区也都是别具一格，所以不看门牌号码也容易区分辨认。胡婉真的这栋外形看起来像欧式城堡，花园设计是欧美混搭。

这些半山豪宅跟洛杉矶普通木质结构房屋相比，还有一个特色，那就是房子的材料是由半石材半木质混合成的。吴欣欣很喜欢这里，后来她向房屋中介打听过这里的价格，每栋基本都在1200万美元以上，而且很难买到，因为住在这里的人是不轻易出售的。

汪力宏开到别墅门口，有一个工作人员在那里等待。工作人员看到他们到来后立刻指引他们停车，然后带着他们向门口方向走去。

"吴总，汪总，请跟我来。"开门后，工作人员带着他们进到客厅。

"请各位稍作休息，宋总马上到。"工作人员把他们带进休息厅，端上茶水，然后离开。仅仅看了客厅，吴欣欣就被房子的内部奢华给震撼住了。

"吴总、张总你们好，久等了。"宋大成很快从花园大门进来，热情地打招呼。

"爸，欣欣，这位是兄弟集团的宋总，胡总的大儿子。"

"宋总，这位是我岳父，这位是我太太吴欣欣。"

"幸会。"汪力宏介绍完后，宋大成礼节性地上前跟吴广龙握手。

"大家先喝点茶，我们等下出去用餐。"

宋大成跟他们聊了十几分钟，工作人员过来说可以用餐了。

宋大成带着他们3个人走进后花园，花园里长方形的餐台上铺好了白色餐布和盘子刀叉，餐台中间点缀的是鲜花和烛台。餐台旁边有几个服务人员在烤肉，酒架上摆满各种酒水，这些酒水来自世界各地。除酒水外，还配备了各种饮料、中式茶。

胡婉真今天招待汪力宏他们的是美式烤肉餐，而且只邀请了他们一家。宋大成指引他们入座后，让服务人员过来给他们倒上3杯普洱茶。

"我母亲听说你们来自深海市，所以肯定喜欢喝普洱茶，这是她珍藏的普洱古树茶，请品尝。"茶上来后，宋大成特地做了介绍。

"谢谢，宋总。这茶真不错。"喝罢一口，吴广龙立刻称赞。

"伯伯好。"喝茶间，一个10多岁的小男孩走过来，热情地跟宋大成打招呼。

"Bill，你妈妈到了吗？"看到孩子，宋大成问他。

"妈妈到了，跟奶奶在一起。"

"这个小朋友真可爱，是你侄子？"吴欣欣看到Bill便问宋大成。

"是的，苏总的儿子。Bill，这是吴爷爷、汪叔叔和吴阿姨。"宋大成给Bill介绍道。

"爷爷、叔叔、阿姨好，很高兴见到你们。"Bill全程说的都是英文。

Bill说完就去花园玩了，看着这个孩子的面容，吴欣欣觉得有一种似曾相识的感觉，可是又说不出在哪里见过。

"Hello，吴总、汪总你们好。"就在吴欣欣看着Bill想入非非的时候，胡婉真推门进来，后面跟着的是苏明萱和宋大伟。

"胡总，你好……是你？高……"吴广龙是背对着客厅坐的，听到胡婉真的招呼声，他扭过头来刚说完 4 个字就愣住了，这个面容太熟悉了，他真的不敢相信她是那个当年叱咤深海市，后来又消失了 20 年的女人，可她明明不姓胡啊。

"你是……广龙？"听吴广龙说出"高"字，胡婉真心里咯噔一下，然后细细地盯着叫出她名字的人细看，瞬间她也认出了他。

"高总，这么多年不见，你还是老样子。"确定是他认识的人后，吴广龙深有感触地看着胡婉真说。

"我们都老了，时代属于他们了。"胡婉真指着汪力宏和吴欣欣，由衷地发出感慨。

"你改名字了，难怪深海市的朋友们没有你任何消息。"

"我改名字也是想换一种生活。"老熟人相见，相谈甚欢。

"妈、吴总，你们早就认识？"苏明萱没有想到吴广龙竟然是婆婆的老相识。

"是啊，我跟吴总是老相识了。"惊讶的，不止苏明萱一人，还有汪力宏和吴欣欣。

"胡总，爸，你们觉得这是不是缘分啊？"最高兴的是吴欣欣，她觉得既然是熟人，那么后期的合作就更顺风顺水了。

"吴总、汪总，你们跟明萱都认识，我就不介绍了。这位是我二儿子宋大伟，也就是明萱的丈夫，大家请入座，等会儿细聊。"胡婉真笑着介绍宋大伟。

"两位吴总，汪总，幸会，欢迎你们来我家做客，请坐。"宋大伟说完在苏明萱身旁坐下，没有再看汪力宏一眼，他不知道苏明萱是否还爱着这个人，这么多年了，他相信自己的行为已经感化了她。

午餐在 12 点准时开始，就餐中，汪力宏看着坐在对面的宋大伟对苏明萱的关爱有点失落，宋大伟则在汪力宏的眼里看到了一丝醋意。

胡婉真在家里招待吴广龙和汪力宏夫妇，算是为彼此双方下了台阶。

经过 2016 年的成交缓慢后，深海市楼市在 2017 年 3 月迎来了增长势头，无论是销售速度还是价格，整个市场都呈现出一个不断上涨的旺盛局面。深广合地产在售的几个项目速度加快了，按照这个进度，3个月后公司资金就可以缓解，也能支付洛杉矶地块的第三笔资金，所以胡婉真给他们半年时间足够了。

"吴总，东湖山庄现在怎么样了？"席间胡婉真突然问起。

"胡总，你知道我住在东湖山庄？别墅虽然老旧，但毕竟是20世纪90年代的第一豪宅，我习惯住在那里。"吴广龙以为胡婉真知道他住那里。

"这么巧，我当年也在那儿住过啊。"胡婉真笑着回答。

"你住？"

"A16栋。我在那里住了几年，来美国20年了，还很想念那里。"胡婉真说着，眼前仿佛又浮现起20年前的往事。那时她才40多岁，可以说是带着满腔热血来到深海市的，深海市既有她的爱情，又有她的事业，多少次在梦里她都想回去看看，但是醒来后又在犹豫中放弃了。

"胡总，真是太巧了，你的房子被我爸爸买了。"吴欣欣惊喜地说着，胡婉真觉得世界真是太小了。

午餐在下午2点结束，苏明萱带着儿子准备离开，Bill跟宋大伟撒娇说要再玩一会儿。然后吴欣欣跟Bill礼节性地拥抱一下告别，当她近距离抱着Bill的时候，突然发现了一个问题，这个孩子的脸是瘦长的，而宋大伟的脸是圆圆的，在这孩子身上完全看不到宋大伟的影子，相反她越看越觉得这孩子的脸好熟悉，放下孩子，目光转到汪力宏的脸上，吴欣欣瞬间呆了，如果把他们放在一起，活脱脱的父子模样，这怎么可能呢？带着疑惑，吴欣欣离开了胡婉真的家。

离开胡婉真的家，吴欣欣一路上没有说话，她想了很多问题，也许是心里作怪，她不相信这么巧。汪力宏从来没有跟她说过苏明萱跟他有任何关系，难道他们之前就认识？

尽管今天跟胡婉真谈得很好，但是发现这件事后，她心里再多的喜悦也掩盖不住失落，她决定解开这个谜团。

汪力宏开了50分钟的车到达他们入住的皇冠假日酒店。回到酒店汪力宏想跟吴欣欣聊聊天，却发现她并没什么心情。他以为她累了，所以就没打扰她，回房间休息了。

"苏总，我们明天回国，今天下午你有没有空，我想找你聊聊。"第二天早上9点，吴欣欣发了微信给苏明萱。

"我下午正好没事，你定个地方，我过来。"苏明萱回复。

"那就定在我们酒店一楼的咖啡厅。"吴欣欣发了定位过去。

下午3点，她们见面了。

"你好，吴总。"苏明萱进来后，发现吴欣欣已经提前到了。

"这件事终于处理完了。我很感谢你的帮助。"吴欣欣首先表示了对苏明萱的感谢，然后想怎么聊到那个话题。

"这是我该做的，对于之前的一些误解我也跟你说声对不起。"

两人聊了很久，直到苏明萱快要离开的时候，吴欣欣才把那句难以开口的话问了出来。

"明萱，Bill是你跟宋总的孩子吗？"吴欣欣看着苏明萱问。

"这……这是我的私事，Bill是我和大伟的亲生儿子。"苏明萱刚准备站起的身子突然僵住，不过她很快镇定下来，用不容置疑的语气回答。

"真的吗？"

"真的，吴总，我还有事，先走了，祝你们一路顺风。"

54. 自欺欺人

　　墨尔本的一周很快过去了，陆小曼这次发现郑太明有点心不在焉。几次她想问他发生了什么，但是郑太明总是回避这个话题。之前每年郑太明跟陆小曼都会在澳洲待两周，这次他只待了一周就匆匆回国。

　　深海市最近天气降温，再加上陆小曼很久没有休假，所以她没有跟郑太明一起回国，而是留在这里住到2017年1月底才回去。

　　1月4日，郑太明离开后的第二天，陆小曼订了去布里斯班的机票，每次来墨尔本她跟郑太明都是在别墅里度过，这次他先回去，陆小曼就想去澳大利亚的其他几个城市看看。

　　郑太明走后第三天，陆小曼飞去了布里斯班，在黄金海岸的范思哲酒店住了3晚。这几晚，她思考了很多，今年她36岁了，不能再跟郑太明无限制地耗下去，必须有一个结果。

　　陆希今年8岁，已经上小学，每次父亲见完他后又很久不出现，于是他总是问爸爸去了哪里，为何不跟他们一起住？陆小曼编造了各种谎言来应付儿子。

　　经过几天思考，陆小曼决定这次回国就跟郑太明摊牌，即使没有她想要的结果，也就此了结。

　　陆小曼还没有回到深海市，墨尔本家里就迎来了一个不速之客。

1月8日下午，陆小曼刚拖着行李走进大门，安娜就跟她说有人找她。

"陆小姐，有位刘小姐找你，她已经来了3次，我给你打电话，但是你没有开机。"

"好，谢谢，客人在哪里呢？"

"她在会客室等。"陆小曼跟着安娜向会客室走去，她不知道谁来找她，墨尔本这个地方除了郑太明没人知道。

"刘总，怎么是你？"进入会客室，陆小曼吃惊地叫了一声，刘菲雅和另外两个男人坐在沙发上喝茶。

"很吃惊吧，我为何出现在这里？"刘菲雅看着神色有点惊慌的陆小曼，脸上闪过一丝不露声色的自傲表情，然后冷冷地说着话。

"你们先出去，我跟陆小姐有事谈。"刘菲雅对安娜和她带来的两个人说。这两个人中，陆小曼认识其中一位，他是美莱地产的法律顾问郭律师，另外一个年轻的她没有见过。

"刘总，你怎么有空来墨尔本？"片刻慌张之后，陆小曼镇静下来准备转移话题。

"我来的目的你应该很清楚，坐吧。"刘菲雅仿佛是这个房子的主人一样对陆小曼说。

"你们的事情我知道很久了，我一直希望郑太明自己处理干净。但是既然他这么多年没有处理，而且还有了孩子，我就不能坐视不管了。"陆小曼坐下后，刘菲雅单刀直入说出目的。

"刘总，对不起，但我真不是有意要伤害你……"陆小曼作为主持人，向来伶牙俐齿，但是此刻作为第三者，她真是无地自容，也没有任何勇气在别人面前理直气壮辩解。

"客套话就不要说了，既然你们都做了，说对不起又有何用？这么多年我帮郑太明处理过很多像你这样的，不要以为自己是他的真爱，也别拿爱情当幌子，把自己衬托得多伟大，再伟大，你也是破坏别人家庭的第三者。陆小曼你也是一个公众人物，所以我不想多说什么，只希望你能认清形势，早点跟他结束……"

跟对待别的女人相比，刘菲雅这次算很客气了。但是对陆小曼来说，就如同一巴掌打在她脸上，她在刘菲雅的训斥之下毫无反驳的理由，脸色顿时羞得红起来，刘菲雅的每句话都戳着她的内心。陆小曼以为郑太明之前会有过很多女人，但是在她之后就不会有了，她也一直认为郑太明是爱她的，但刘菲雅刚才的话，让陆小曼知道自己一直是自欺欺人。

陆小曼跟郑太明在一起9年，刘菲雅从头开始都知道，他们如同透明体一样在别人面前表演而不知，陆小曼也突然觉得自己这么多年的感情用错了地方。

"我知道你心里难过。你太不了解男人，事业在男人的心里就是永远的爱情，没有事业的男人什么都不是。而我就是他的事业，我既能成全他，也能让他一无所有。"刘菲雅看着已经没有笑容的陆小曼，一语道破了男人的本性。

这是陆小曼第一次近距离看到刘菲雅的表情，刘菲雅给外人的感觉永远是温文尔雅、不问世事的贤妻良母形象，而今天这一字一句从她嘴里说出来，颠覆了陆小曼对她之前的所有认识，毫无疑问刘菲雅才是那个躲在暗处看戏的猎人。

"刘总，你今天来这里的目的，是让我跟郑太明分手？"在刘菲雅咄咄逼人的话语之下，陆小曼问道。

"你知道美莱地产最近的状况吗？估计你也不知道，郑太明肯定不会跟你说，说了也没用，因为你只知道索取，根本帮不了他。公司去年投了几个外地项目，市场不好卖不动，现在资金回不来，年底银行又不停催贷款，不还掉贷款，美莱地产会破产。"刘菲雅没有回答陆小曼，继续按她的思路说完。

说到这件事情，陆小曼终于知道前几天郑太明待在墨尔本，整天心神不宁、电话无数，最后提前回国的原因了。

"刘总，我确实不知道，郑总从不跟我讨论公司的事，现在公司还有救吗？"陆小曼紧张地问刘菲雅，美莱虽然跟她没有关系，但是那毕竟是他儿子父亲的公司。

"我刚处理好。"陆小曼从刘菲雅的口气中听出，她应该是帮郑太明渡过了难关，否则现在的她是不可能花时间在这里跟自己废话的。

"我告诉你的目的就是，最近几年公司还会很困难，我希望你能识时务跟他立刻结束这种关系。你这么年轻漂亮，没有必要把心思放在一个没有希望的人身上，他这辈子都不可能跟我离婚，这是他跟我结婚的时候跪在我面前发誓的。而且你还不知道美莱地产的股份构成，我是占80%的大股东，所以他即使跟我离婚，也是什么都没有。对于有野心的男人来说这跟死了有什么区别呢？"刘菲雅说完喝了一口桌上的茶，继续说。

"你放心，就是你不来，我也准备跟他分手了。"话都说到这份儿上了，陆小曼也立刻表达出自己的想法。

"这个是看在你跟他生了孩子的分儿上，我给你算出来的分手费。"刘菲雅在得到陆小曼的回答后拿出一份文件扔在她面前，同时拨通了等在外面的律师的电话，让他们进来。

"刘总，陆小姐，协议可以签了吗？"郭律师进来问。

"我看一下。"陆小曼拿起桌上的协议，在协议中，刘菲雅已经很清楚地指出之前郑太明给她的那两套房产算是补偿，每年另外再给陆希100万元生活费，直到18岁为止，也可以选择一次性补偿1000万。至于陆小曼，没有现金补偿，两套房子按现有市值评估是1亿元。

"公司现在资金很困难。对你，我已经很客气了，其他女人都是几十万元打发的。我念你跟郑太明这么久没有骚扰过我们的家庭，才给你这么多……"

"好了，你不要说了，我马上签。"陆小曼再也听不下去，对于金钱她已经没有年轻时候的欲望了。但是对郑太明这个男人，她付出了全部真爱，她还想问下郑太明知不知道这件事，于是借口说去下洗手间，回来签。

陆小曼走进二楼卧室，眼泪如雨水一样流下来。陆小曼找到郑太明的电话拨过去，按时间推算此刻应该是国内下午4点，他应该在办公室里。可是拨了几遍，一直关机。再打他办公室的座机也是无人接，连拨几次后终于有人接了。接电话的是郑太明的秘书，秘书说郑总去北京出差了。其实此刻郑太明就坐在办公室里面，陆小曼能感受到。

郑太明知道刘菲雅去了墨尔本，这次她答应帮他解决银行资金的条件就是跟陆小曼彻底分手，她不想即将大学毕业归来接班的女儿知道父亲还有这么令人不齿的丑事。

协议达成后，刘菲雅再次动用了父亲的老关系，从外地小城市给美莱地产贷款 10 亿来解燃眉之急，拿这笔款先还掉本地银行贷款，然后重新再贷。办好这些事后，刘菲雅带着郭律师去了墨尔本。

绝望中的陆小曼挂了电话，擦干眼泪，然后对着镜子梳理下头发，微笑着走下楼。

"签完了。"陆小曼朝郭律师说。

"你儿子的抚养费，因为近期公司现金困难，要在 5 月后才能支付。"看着从楼上下来，调整好情绪的陆小曼，刘菲雅猜她联系郑太明失败了。

刘菲雅知道郑太明会兑现他的诺言，近期之内肯定不会再接陆小曼的电话。关于他们的儿子也是一年探视一次，探视还要跟刘菲雅一起，成年后直接送到国外生活定居，绝不能参与美莱地产任何事务。

"无所谓了，随便你们怎么付，我自己也养得起孩子。"陆小曼没有再看刘菲雅，然后在郭律师要求的地方按手印。

"后面的事情由郭律师联系你。从今天开始这个房子的所有费用美莱地产不再支付，全部由你自己负责。"刘菲雅说完起身离去。

看着桌上留下的合约，陆小曼想了很多种跟郑太明的结局，就是没有想到会是这种解决方法。

陆小曼心里有种说不出来的滋味，这么多年她是爱错了人，郑太明，说到底就是一个伪君子和懦夫。受伤害最大的还是儿子，陆小曼不知道如何面对他，来澳洲之前，她还信誓旦旦地跟孩子说这次要把爸爸带回来，可如今什么都落空了。

55. 洗尽铅华

自 2010 年后，许多地产商都办理了移民手续，李海也不例外。

2006 年，李海的老婆去加拿大旅游，在当地经纪人的介绍下，购买了一套温哥华温西 800 万加元的房子，目的是移民后过来居住。

2015 年，裕华曦园 3 期开发结束，销售完总金额达 150 亿元，相当于裕鹏华地产之前开发 5 个项目的销售总和。直到清华大学 EMBA 总裁班课业结束，苏明萱在国内也没有再见过李海，他们最后一次见面是在温哥华李海的家里。

"李总，我来温哥华了，有空见一面？"2015 年冬天，苏明萱从洛杉矶过来温哥华考察几块地，得知李海在这里，于是通过微信联系他。

"欢迎苏总，你到了给我打电话。"收到苏明萱的信息，李海显然很高兴。

"苏总，这是我今天刚打回来的野味，我现在烤肉给你吃。"苏明萱下了飞机去了李海的家里看他，此刻她真没有想到李海会像个孩子一样在烤肉，于是不由得感叹世事变幻无常，而人也都会随着环境而改变。

"谢谢，李总，想不到你还有这一手。"

"刚学的，40 年没做过饭了，现在一切重头来，发现其实并不难。"李海乐呵呵地回答。那天他们聊了很多，问及是否会在加拿大做开发，李海说这里利润低，先看几年再定。苏明萱考察了那几块地发现地价太高，也放弃了。

李海移居国外后，裕鹏华地产就不再运营，变成一个空壳公司。李海来到温哥华后，委托律师把剩余两块地卖给其他公司，然后辞退80%的员工，虽然没有动到杨庆华，但他还是主动离开了。

裕鹏华地产在最鼎盛的2015年，曾经有500多名员工，但留到最后的就是几十个员工。公司办公室也从占用三层的3000多平方米浓缩到半层600平方米里，腾出来的空间对外出租。

在裕鹏华地产跌到低谷，刘佳佳得知李海移居加拿大再也不回来的时候，就在2015年秋天跟王悦丰举办了婚礼，这个婚礼虽然受到众多同行的私下非议，但王悦丰还是很开心地请了世桦地产事业二部的所有员工和公司领导到场，两人的婚房选在王悦丰当时留的裕华曦园1503房。

婚后，刘佳佳一直希望有个孩子，她跟王悦丰在一起的几年内，从来没有避孕，但也没有怀过孕。结婚后她去医院检查，医生说她患有多囊卵巢综合征，这种病症很难怀孕。得知这一情况，已经35岁的刘佳佳直接从裕鹏华地产辞职回家休养了。辞职在家一心治病的刘佳佳到处找中医调理，最终肥胖了20斤但依旧未孕，2018年朱文茜偶遇她，发现不到40岁的她头发竟然全白了。

2016年末，黄燕青在深海市医院接受了手术和后期化疗，手术很成功，术后两周后，她顺利出院。自从这次生病，黄燕青可以说是看透了人生，赚再多的钱在病魔面前都为零，一旦身体出现问题，再多金钱也挽救不了。

休息两周后，黄燕青做的第一件事就是到公司开会，她正式把公司交给妹妹黄燕如和妹夫李建，黄燕如担任总经理，李建任副总经理，并且把公司30%的股份转到他们夫妇名下，希望他们积极运营好这家公司。黄燕青的另外两个妹妹成长得也比较快，她们现在是业务部的骨干，黄燕青也给她们两人各分了10%的股份，自己仅保留50%的股份。2016年10月，黄燕如和李建结婚了，看着他们相亲相爱的样子，黄燕青心满意足。

手术后3个月，黄燕青去复查，医生说恢复得很好，按照进度化疗，化疗完每年定期检查就可以。以前忙于工作，黄燕青一直想去一趟西藏旅行都没有成行，这次放下包袱，她决定去西藏，来一次真正的心灵旅行。

黄燕青想好西藏之旅后，还邀约了另外一个人，那就是朱文茜。2017年7月1日，朱文茜在赵磊死后的第十三年，跟黄燕青登上了深海市直飞拉萨的航班，4个小时后，飞机降落在拉萨贡嘎机场。

出飞机舱之前，两人还没有高原反应，但到了晚上两个人都出现了高原反应的症状。第二天原本计划去大昭寺，最后还是先去酒店附近诊所看了医生，医生建议她们吸氧，吸完又买了一个氧气包带回去，以防半夜睡不着的时候再吸。

第二个晚上，她们的睡眠明显好了很多，第三天早上，在酒店吃完早饭，朱文茜和黄燕青一起去了大昭寺。她们被大昭寺的门前朝圣的信徒们的虔诚深深震撼着。

从大昭寺出来她们又去了布达拉宫。布达拉宫门口排着长长的队伍。朱文茜跟赵磊第一次来布达拉宫是在2001年的秋天，那年她28岁，再次到来是16年后，她已44岁。时间过得真快，一切仿佛在昨天一样。

下午3点，她们进入布达拉宫。为了更好地了解藏文化，在门口请了一个叫卓玛的讲解员。参观完出来，她们除了惊叹布达拉宫的藏品，记得写情诗的六世达赖喇嘛仓央嘉措之外，其他全部忘记了。

朱文茜明白她和黄燕青只不过是根本无法适应这里的匆匆的过客。

下午6点，两人从出口走出来，出口处有给佛贴金的，黄燕青和朱文茜各自花钱贴了一个，了一个心愿。

在拉萨的第四天，两人包了一辆车向日喀则、珠峰大本营方向开去，第六天后，两人的高原反应明显消失了，所以心情好了很多，一路上互相拍照发微信圈。

在日喀则，两人去到了羊卓雍湖，这个湖真是美不胜收。这是黄燕青第一次看到这么美的湖景，远远看去，就像一幅天蓝色的油画挂在眼前。朱文茜也是第一次来羊卓雍湖，她同样被眼前的美景震撼了，似乎明白了赵磊不是被藏文化吸引的，而是被这里的原生态野性吸引过来的。

早上，她们继续跟着包车的藏族司机出发了，一路上颠簸地来到了珠峰大本营下，夜晚住宿在帐篷里面，这里住宿条件简陋，很多前来登山的都是提前住在这里，然后从这里养精蓄锐上珠峰。

　　这个帐篷，朱文茜和黄燕青以为就是两个人住的，进去后才知道是几十个人一起，而且男女老少不分。夜晚很多人都因为高原反应睡不着觉，整夜都在聊天，也有不畏严寒去外面看星星的。

　　朱文茜半夜忍受不了帐篷里面的怪味，一个人穿上提前准备好的御寒羽绒服走出帐篷。不远处一对情侣搂在一起正对着夜空数星星，那缠绵的样子勾起了朱文茜冰封已久的记忆……

56. 日出与日落

2013 年，吴广龙在得知余华要深广合地产 40% 股份的时候，感到震惊，于是立刻去找女儿商量。

"欣欣，你在公司等我，我马上过来。"吴广龙让吴司机送他去公司。

"爸，什么事这么急，不能晚上回家说？"吴广龙进办公室后立刻反锁上门，然后吩咐吴欣欣的秘书不要让任何人来打扰。

"你先坐下，听我说。"

"她要我们 40% 股份才答应离婚，这个女人太恐怖了。"吴广龙随即说出了余华的离婚要求。

"她疯了，这是做梦吧。"听到 40% 这个数字，吴欣欣当场就气得满脸通红。

"我今天就是来找你商量的，你把力宏也叫来，看看怎么处理。"吴欣欣随即打电话给汪力宏。

"爸，欣欣，你们先不要惊慌。我觉得现在的首要任务是稳住余华，既然要分家，那就分彻底，不管多少股份，都不能混在一起了。可以让余帆先辞职，然后给他们成立一家新公司，把谈好的股份转到新公司，让他们母子自己去管理。"汪力宏过来后，提出了自己的想法。

"那股份呢？给多少？"吴欣欣问。

　　"我觉得这是她的开价，不可能一成不变，我们要先讨论看看把哪些地块和多少现金分给他们。"

　　"另外，我听欣欣说过一些事，如果怀疑，我们可以找个私家侦探调查一下，看看是否能找到一些线索，然后让她降低要求。"

　　"我觉得力宏说得有理，就按他说的抓紧办，你们去找下余帆，从他这边入手可能好些。"吴广龙赞同汪力宏的建议。

　　余帆听说给他成立一家新公司让他做老板，立刻答应。私家侦探在调查中，也很快发现余华和吴司机通奸的证据，并且拍下了一大堆不雅的照片。这些证据摆在面前，吴广龙恨不得杀了吴司机，他没想到自己那么信任的人竟然跟他老婆混在一起，而且透露了他的所有行踪帮她，真是"欲"字头上一把刀。

　　在这些不雅照片面前，余华只好同意成立新公司，然后要走深广合地产在宝龙区域和海南的两块地，现金拿走了2亿。分完后，两人在2014年年初办理了离婚手续。

　　处理这件事期间，吴广龙因为心脏问题遇险进医院抢救。吴广龙再次病重后，吴欣欣开始重视起他来，在深广合玺园的别墅装修好后，她把父亲接到身边一起居住。

　　吴广龙经历跟余华的事后，56岁的他一下子老了很多。余华分走地块和现金后，深广合地产元气一度受损，用了差不多1年才缓和过来。

　　参加完胡婉真的家宴后第三天，吴广龙和女儿女婿出发去机场回国。15个小时后，飞机准点降落在香港国际机场。再次回到中国，对汪力宏来说，有一种说不出来的想念。汪力宏发现在他离开的这3个月，深海市楼市发生了巨大的变化，之前停滞1年多销售缓慢的房地产市场，再度迎来了疯狂的抢购潮。

　　2017年3月，深广合地产旗下在售的位于宝龙区域的水榭湾邸、宝成区域的上城府、太和道均取得了超过2016年半年的销售数量总和的销售成绩，银行在上一年度签约销售的客户贷款也陆续批下来，深广合地产在资金这一块算是缓过来了。这几个在售项目共有100亿销售总额，按照现在的销售进度，国庆前后将全部回款。回款之后，深广合地产完全可以支付完洛杉矶地块的全部尾款。

余华和余帆重新成立了一家房地产开发公司，他们把海南的地块卖给了北京的一家房地产公司，拿了卖海南地块的资金开发宝龙区域的那块地。然而好景不长，余华离婚后，吴司机便提出要跟她结婚。

余华一直敷衍着吴司机。2017 年 4 月，他收到了被余华拒绝的回复，余华甚至还骂他是癞蛤蟆想吃天鹅肉。短暂伤痛后，吴司机搜集了余华一些不法资料后，发到网上，并到相关部门去告发她，这一举动使得余华和余帆的新公司在 2017 年 5 月被查封。

调查结果显示余华在位期间涉及土地案件太多，随后她就被抓捕立案调查。

听到余华被抓捕的消息，吴广龙担心深广合地产受牵连，再次心脏病复发，而这一次他再也没有醒过来。

吴广龙病逝后，也没有救得了深广合地产。余华不仅是他的前妻，也是深广合地产这么多年土地买卖的经办人，进去后，余华把所有的事情都交代了，随即进去的是她的前夫。6 月，深广合地产的账户全部被查封，此刻深广合地产刚刚付完美国地块的第三笔款。

"吴总，我是汪总的秘书小陈，他刚才在公司晕倒了，现在正送往医院抢救，医生说情况不好……"吴欣欣刚刚送走父亲，心情很不好，此刻正在家里休息，突然接到公司秘书电话。

"小陈，汪总为何晕倒？公司发生什么事了吗？"吴欣欣觉得汪力宏不可能无缘无故晕倒。

"吴总，汪总不让告诉你，公司今天被查封了……"秘书忍不住说出了实情。

"你告诉我他在哪家医院，我马上来。"

"深海市医院。"放下电话，吴欣欣换上衣服立刻赶往医院，同时忍不住流下眼泪，刚刚送走父亲，她不想汪力宏再出什么意外。这么多年，汪力宏对深广合地产的辛苦付出，是所有人有目共睹的，如果没有他的全身心投入，深广合地产也不可能有今天的发展。

"吴女士，经过我们的初步检查，怀疑你丈夫得了胃癌，而且状况不是很好，具体结果要等胃镜做完才能知道。"到了医院，吴欣欣找到给汪力宏急救的医生，医生如实说出结果。

"医生，怎么会这样？"得知这个结果，吴欣欣的大脑瞬间凝固，眼泪也情不自禁流下来，她真想是自己听错了。

"医生，你确定吗？"冷静后，她再次问医生。

"基本可以确定，立刻办住院手续。"医生再次回答。

"欣欣，没事，医生说做个手术就可以了。"得知结果，汪力宏反而显得很平静，他帮她抹去眼泪，握住她的手安慰她。

平时汪力宏的胃就经常不舒服，但他一直以为是吃饭休息不规律引起的胃溃疡，但没有想到会是这个结果。此刻的汪力宏觉得生命是如此的珍贵。

"力宏，我们去美国治疗，那里条件更好。"吴欣欣第一时间想到要去国外治疗。

"我觉得没有必要，就在深海市治疗吧。"汪力宏的心里闪过一丝阴冷。

"力宏，我咨询下医生再决定。"吴欣欣给汪力宏办好住院手续后，就前往主治医生办公室咨询，医生说就目前对癌症的治疗，美国是比中国先进，如果有条件的话，可以去美国做手术。既然医生都觉得可以，吴欣欣最终决定带他去美国，而且即刻出发，在联系美国医院这块，她准备求助苏明萱帮忙。

"明萱，有件事情我还要请你帮忙。"苏明萱此刻和宋大伟正在家里用午餐，突然接到了吴欣欣打来的电话。

"吴总，公司已经收到你们打来的第三笔款，你什么事情需要我帮忙？"

"汪总生病了，我们准备来美国治疗，想请你帮忙联系医生办理入院。"

"生病？什么病，需要来美国治疗？"苏明萱追问。

"胃癌。"

"怎么会这样？"听到汪力宏得了癌症，苏明萱心头一震，握电话的手甚至有点颤抖，同时她的心底也产生了一种怜悯的感觉，尽管她恨过他，但是此刻听到他生病的消息，她心里还是很难受。

57. 房子是用来住的

光华城项目因为占据学位优势获得持续不断热销，但此楼盘终究是一个中端的刚需楼盘。真正让光复地产轰动全中国的则是 2015 年开发的天玺湾 1 号。

天玺湾 1 号响应国家环保要求，带 1.5 万元豪华装修，全屋家电配备的更是欧洲一线品牌。

天玺湾 1 号 1 期以大户型为主，户型以 226 平方米 3 室、338 平方米 4 室为主，认筹客户大多是本地换房升级的人群。在项目没有正式发售前，业界就纷纷猜测此楼盘价格，大多预测范围在 10 万—12 万元。

6 月，在开盘前，陆小曼跟几个朋友去参观，销售员说一个洗衣机就价值 5 万元。看过样板房后，她立刻有了购买的冲动。但自 2012 年后深海市出台了限购限贷政策，深海市本地户口居民也只能购买两套，外地户口只能购买一套，而且有过贷款记录的两套以上全部要交五成首付。

陆小曼很愁没有购买名额，因为她名下有尚湖花都、黄金海岸、红树海悦湾等几套，最后还是朱文茜给她出主意，让她去注册一家公司，然后以公司名义购买。

听取朱文茜的意见，陆小曼立刻准备注册一家公司。为了凑款，她还以 400 万元总价卖掉了第一套房产时尚天地，加上大连丽宫苑，凑了 1600

万元。

天玺湾 1 号 1 期因为限价低于预期，以 6.8 万元起价，均价 9 万元开盘，此时周边二手房都在 10 万元以上。在价格低于预期的情况之下，陆小曼订了一套 42 层 338 平方米 4 室，总价 3000 万元。这套房子是陆小曼最喜欢的，是真正地面朝大海，春暖花开。

2017 年 2 月初，天玺湾 1 号 2 期启动认筹，朱文茜从现场经理那儿了解发现，2 期认筹增加了很多外来的客户，这些客户们大多数受北方的环境污染影响，所以希望来深海市置业安家。

受限购限贷政策影响，外地客户为了买房，纷纷在深海市注册了公司，然后以公司的名义购买。有些外地客户为了拥有深海市的购房指标，在几年前就开始做准备，找深海市的公司挂靠，交 3—5 年的社保。

天玺湾 1 号 2 期开盘依旧被限价，在 1 期基础上，仅上调 10%。

3 月，天玺湾 1 号 2 期销售结束后不久，光华城 5 期开盘，认筹形式是在银行冻结 50 万元认筹金。早在 2010 年，政府就已经严格限制"认筹"这两个字眼，并且取消了楼盘的认筹制度，开发商开盘吸纳客户采用的方式就是在银行验资，然后冻结这部分金额。

光华城自 1 期开始之后，为了学位和教育，中国的父母们可以说是血拼了，无论是刚需的年轻白领，还是为了学位的土豪们都是千方百计想买一套，这导致光华城 5 期 1440 套单位竟然有 5000 多人认筹。

面对这么多的购房大军，中介人员在外面散布消息说只要给 120 万元喝茶费就可以 100% 拿到房子，这个风声传到了光复地产总部，公司随即发文辟谣。

尽管辟谣，但实际还是有人花钱拿到了房源。比如黄燕青的一个朋友委托她帮忙，她找到曾小娟顺利拿到一套。黄燕青拿了朋友给的 100 万，转了 80 万元给她，接着又帮了几个人，这件事因为风险高，黄燕青从来没敢跟朱文茜透露过。

为何花这么高的喝茶费还要买？还是因为新房限价，低于周边二手房 10%—20%，这样买到就是赚到。

2017 年，光华城 5 期均价 8 万元，周边二手房价格已经涨到 12 万元，所以买一套 100 平方米的，立刻可以赚 300 万—400 万元，即使给完喝茶费，还能有 200 万—300 万元赚头。此刻，房子在人们的心里已经是投资价值远远高于居住价值。

2018 年，开盘的光华城 6 期和天玺湾 1 号 3 期，则引发了全国房地产市场的轰动。深海市新一轮调控政策也随之出台，然而这轮政策并没有奏效。自 2018 年初开始，深海市的成交量仍旧在上升。

限价抢购人群越来越多，有人开始投诉开发商的摇号有鬼，只要在外面给钱就能摇到号进去选房，在这样的风声下，南京、杭州等地在 2017 年率先出现了由政府公证人员在现场监管的摇号选房政策。2018 年春季，深海市也出台同样的政策。

政策出台后，第一个开盘的就是备受关注的天玺湾 1 号 3 期。3 期采用"政府主管部门监管 + 公证处监督抽签"的形式开盘，开盘前 3 天，购房者要把 500 万元认筹金打入开发商指定的银行监管账户冻结。为了打击炒房行为，还要求合买房子的名额不得超过 4 位，仅限于夫妻、父母和子女之间允许更名一次，选房时间不得超过 2 分钟，过时即视为放弃。

2018 年五一，天玺湾 1 号 3 期开盘，此次销售产品为 210 平方米、288 平方米、368 平方米、428 平方米等 4 种户型，总数量仅 167 套。

现场采用抽签方式选房，所有进入选房区的客户都是随机抽取产生，抽取结果为选房的顺序，并且在现场公示。

选房现场也只允许办理了认筹金冻结的客户参加，其他人员一概不许入场，选房结束后，立刻把结果送给主管部门审核。在这样的严厉政策之下，天玺湾 1 号 3 期仍旧是 2 小时不到全部售罄。

天玺湾 1 号受欢迎的不仅是它的地理位置，更是与片区的长远规划分不开，楼盘周边是光复地产花千亿重金打造的邮轮母港、深海市政府规划的 60 公里滨海长廊，天玺湾 1 号集齐了深海市高端楼盘中的所有卖点。

当天选房现场，认筹客户没有座位只能蹲在地上，因而引发了深海市媒体集中讨论的一个新话题，那就是猜测深海市的富豪到底有多少？

朱文茜再次听到传言，说只要舍得给 200 万元喝茶费就能拿到一套。

"各位员工，我进来时又听到风声，我希望这都不是真的，大家要严格要求自己，不要走歪路，光复地产是国有企业，一旦发现，等待大家的就是牢狱之灾。"朱文茜再次给员工开会，希望他们严格要求自己，不要走歪路。

2018 年 6 月 21 日，光复地产备受关注的光华城 6 期开盘。光华城 6 期认筹标准和开盘都是依据天玺湾 1 号 3 期标准执行，客户在开盘前 3 天将 200 万元认筹金打入银行监管账户，同时还要去国土局打印购房资格证明，父母双方和未成年的小孩都要打，然后就是去人民银行和招商银行打印购房人的征信报告，一次性付款的客户也不例外。这些手续全部办完才能来售楼处办理认筹手续。

光华城 6 期共有 750 套，在这样的严格条件之下，认筹人数竟然还有 4500 人，摇号中签率不到 16%。在周末两天办理认筹资料的时候，深海市还下着暴雨，但即使是暴雨也没有冲淡人们心中对购房的欲望，全深海市民的微信圈都在报道着光华城 6 期盛况。

从 2017 年 12 月开始，光复地产所有项目的宣传都停了，广告费只用在登报辟谣上，后来，光华城 6 期又传出 120 万元喝茶费的消息，最终在获得准确信息之后，朱文茜找曾小娟谈话。

"小娟，念及你做了我 7 年部下，你辞职吧，否则公司查下来，后果肯定比这严重。"在朱文茜面前的曾小娟一言不发，她知道最终还是暴露了，想到要离开，她还真有点不舍。

"谢谢朱总，对不起。"曾小娟很感激朱文茜，也迅速递交了辞职报告。

离开后，曾小娟算算这几年拿了近千万的喝茶费，就是离开也值了，办完手续后，她立刻订了机票飞往普吉岛度假。

光华城 6 期也是两小时售罄，现场还出现了有人花 2000 万元认 10 个号码，竟然没有 1 个被抽中，然后遗憾离去。

2018 年 8 月 1 日，深海市政府再次出台调控政策：首先是停止以公司名义购买住宅，已经购买的在 5 年之内不得转让；其次是从现在开始，个人购买商品房取得不动产权证书之日起 3 年内禁止转让；再次是商务公寓在取得不动产权证书后 5 年内禁止转让；最后是对有房贷记录并且在两年内买房有贷款的严格按照第二套房标准执行，有房贷记录的在离婚两年之内申请公积金贷款也是按照第二套执行；同时为了加强规范市场秩序，政府要继续打击和监控房地产企业捂盘等不明码标价行为，打击中介和新媒体恶意炒作房地产、发布虚假信息等行为。

从这次政策可以充分看出深海市的这次调控力度之强，二手房市成交量再次变得缓慢。

58. 旧爱，已远去

"大伟，汪力宏得了胃癌，他太太委托我帮他联系美国的医生，他们要来美国做手术。"放下电话，苏明萱便跟饭桌上的宋大伟说了刚才的电话内容。

"去吧，他毕竟是……"宋大伟刚想说出后面的话，但看到正在吃饭的Bill，忍住了。苏明萱明白他话里的意思。

"那我先出去了，下午不能陪你们去打球了。"苏明萱分别跟宋大伟和儿子拥抱后转身离开。在转身的一刹那一直含在眼里的泪水还是流了下来。这么多年她虽然恨汪力宏，但是听到他生病的消息后，突然释怀了，心里那团恨的火焰也瞬间消失了。

看着苏明萱远去的背影，宋大伟的心情也有点复杂，这么多年他知道苏明萱虽然跟自己生活在一起，但心里仍旧忘不了那个人。他们原本是假结婚的，但是当Bill生下后，宋大伟想给苏明萱自由的时候，她却不愿意离婚了。

多年相处中，宋大伟感受到了苏明萱对他的感情从哥哥慢慢升温到丈夫，她对他是有感情的。

苏明萱很快帮他们联系了加州大学附属医院的医生，在手术前后几天里，吴欣欣全程陪伴着汪力宏。美国医院有规定，病人有专门人员护理，但是吴欣欣放心不下，只要能探视，她都会守在他的身边。

十几年来，这是汪力宏第一次感受到吴欣欣温柔的一面，之前在公司和家庭中，她永远都是一副强势的我行我素的状态。而这么多年，他汪力宏也没有好好地爱过吴欣欣，想到这些，他的心一阵内疚。

汪力宏觉得此生愧对苏明萱，甚至还幻想哪一天能跟她复合，但自从去年飞机上偶遇后，他的幻想彻底破灭。从苏明萱的眼神中，他看到了永远的不可能。同样，随着时间的流逝，苏明萱的身影在汪力宏心里也越来越模糊，倒是吴欣欣的影子随时可现。

"欣欣，有件事我想了很久，还是决定告诉你。"手术后几天，汪力宏决定向吴欣欣坦白他跟苏明萱之间的往事，如果吴欣欣能原谅他，他就好好地跟她过完这一生。

"明萱是我的初恋情人，当初是因为看到我跟你在一起，她才离开我的，对不起。"汪力宏平静地说。

"怎么会这样？为什么你这么多年都不告诉我。"吴欣欣的心一阵激动，换作以往，她肯定就会摔门而去，而此时她知道不能，毕竟他刚做完手术。

"欣欣，我对不起你们两个人，都怪我，你能原谅我吗？"看着脸色大变的吴欣欣，汪力宏转过头不敢直视她的双眼。

"不能原谅。"吴欣欣说完向病房门口走去，她想出去透口气，整理一下思绪。

此时，苏明萱正好赶来医院看望汪力宏，她在病房门口目睹了这一幕。

"吴总，你们没事吧？"苏明萱的到来，让汪力宏和吴欣欣有点尴尬。

"苏总，谢谢你帮我们联系医生，我们出去聊。"吴欣欣首先恢复平静。

"汪总，你好好休息，我们出去了。"苏明萱放下手里的鲜花随同吴欣欣走出病房，来到医院大厅的一个有咖啡提供的休息区。

"苏总，我刚知道你跟汪力宏的事，我很抱歉，如果当年他告诉我你是他的女朋友，我肯定不会跟他结婚。"

"吴总，过去的事情就让它过去吧，我们都要向前看，我很爱我现在的丈夫。"苏明萱打断了吴欣欣的话。

"明萱，我知道你一直没有放下，否则就不会有这块地的事……"

　　"吴总，你想多了，地块的事纯属偶然，你好好照顾汪总，我走了。"吴欣欣的话让苏明萱产生了反感。说实话，刚开始谈这块地的时候，苏明萱确实有过报复私心，但后来明白胡婉真的心思，要尽快卖掉套现，她才秘密私会刘涛，让他尽力促成交易。

　　"对不起，是我想多了。还有件事要麻烦你，来之前我们公司就出事了，我父亲已经突发心脏病去世，这块地可能也买不成了，能不能请你跟胡总说情，按照合约把多余的款退到我们美国公司账户上。"

　　"怎么会这样？"听到这个消息，苏明萱心里一阵难受，不过几个月时间，深广合地产竟发生了如此翻天覆地的变化。

　　苏明萱去医院看完汪力宏回到家里已经是晚上 7 点，宋大伟正在书房看书。

　　"大伟，有空吗？我想跟你聊一下。"苏明萱走进书房问他。

　　"过来坐。"苏明萱坐下后，宋大伟放下书，在她的眼里，宋大伟永远都是沉稳不惊。也许是看淡了人生，宋大伟现在除了跟 Bill 在一起有乐趣外，对其他都没有任何兴趣，以前他还喜欢旅行，但是这几年为了陪 Bill 也不外出了，从某种程度来说，他这个父亲比苏明萱这个母亲更称职。

　　"大伟，也许我做错了，不该掺和兄弟集团跟深广合地产的地块买卖。"

　　"地块的事不早结束了，为何你还这样想？"宋大伟觉得苏明萱今天有点奇怪，他向来不过问公司的事，所以也不知道深广合地产又出事了。

　　"深广合地产刚支付完第三笔款，公司被查封，汪力宏又得了胃癌。"苏明萱说出了实情。

　　"你是不是还爱着他？"宋大伟看着苏明萱问。

　　"大伟，我跟他早就过去了。去医院看他，是因为我们毕竟认识过，而且深广合地产买下这块地，我也有责任，我存有私心，想让他们买下后在这块地上栽跟头。"苏明萱跟汪力宏的过去，宋大伟都知道，结婚之后他们也形成了默契，几乎从来不提那个公司和那个人的名字。今晚苏明萱主动提出来，宋大伟知道她肯定还有其他事情要说。

　　"你也不要自责，生病的事情谁也说不准，即使他们不买这块地，该得病还会得，只是时间早晚的问题。"宋大伟此刻心里也有点不舒服，这么多年他对苏明萱的爱超越了任何人，为何他还不能走进她的心里？

"大伟，你别忘了，他毕竟是 Bill 的亲生父亲。"苏明萱提到 Bill，宋大伟便不再说什么。

"关于那块地你能不能跟妈商量一下，把款退给他们，重新卖。深广合地产国内账户被查封，已经明确无法支付后期余款了。"苏明萱试探性地向宋大伟说出了心里的想法。

"明萱，你要是真想给他们求情的话，明天我们一起去妈那里，你跟她谈。"两人商量完，宋大伟给母亲打了电话说明天带着 Bill 过去看她。

电话后，苏明萱跟宋大伟回到了卧室，这一夜她想起了很多往事，觉得一切都该放下了，有些恨终究都是要被化解的。

她很久都没有睡着，于是起身来到隔壁宋大伟的房间。宋大伟没有锁门，她开门后没有开灯就悄悄地上床躺在他的身边，此刻她觉得心里无比踏实。黑暗中的宋大伟一样没有睡着，看到悄悄进来的苏明萱，他等待着看她想做什么，直到看到这个他深爱的女人躺在自己的身边，瞬间产生了一种温暖，他翻身搂住她。多年之后，他终于真正得到了这个女人的心。

59. 要不要宽恕？

第二天下午，等 Bill 一放学，苏明萱带着他和宋大伟一起去了胡婉真的半山别墅。看到这个房子，苏明萱至今还能想起第一次来时的情景，她跟宋大伟在里面住了好久，直到 2008 年金融危机，胡婉真从一个明星手里低价买下一套比弗利山庄的房子给他们才搬出去。

"奶奶，我想你。"Bill 看到胡婉真后立刻扑上去跟她搂在一起。Bill 自出生后就跟着胡婉真一起生活，所以跟她很亲昵。孙子甜蜜地跟她撒娇，让她感到开心。

听说宋大伟他们过来吃饭，她早就让新来的王阿姨准备好了菜，之前的陈姨因为年纪大辞职回台湾养老了。新换的王阿姨做卫生还可以，饭菜相比陈姨真是一般。王阿姨准备的菜是羊肚菌煲鸡汤、蔬菜沙拉、清蒸海鱼、凉拌虾仁，主食是西红柿面条、牛油果黍米饭。饭后，苏明萱说想跟胡婉真聊聊，于是她们两人来到了书房。

"妈，我想求你一件事情，深广合地产出事了，我们把款退给他们。"苏明萱详细地向胡婉真讲了深广合地产发生的所有事。

"你先找其他公司洽谈吧，遇到合适的低价卖，卖完可以退款给他们，不过手续费肯定是要扣的。"

"妈，还有一件事情，我想还是应该告诉你，这也是我要给深广合地产

280

说情的缘由。深广合地产的总经理汪力宏，他是 Bill 的亲生父亲。"看着胡婉真沉默没有说话，苏明萱只有把自己隐瞒了 10 多年的事告诉她。

"大伟知道吗?"胡婉真听到这个消息，有点惊讶。

"他知道，从开始就是他提议假结婚的。"

"唉，只怪我这儿子太善良了。"胡婉真想到儿子不由得感慨。

"你现在爱大伟吗?"

"爱，深深地爱。"

"你这样说，我就放心了。"

"你跟大伟也该有个自己的孩子了。我答应你这件事后，你也要答应我一件事，给我们宋家生一个孩子。"

"妈，我会记住你的话。"

一周后，汪力宏在洛杉矶医院顺利做完胃癌手术，吴欣欣租了一套房子，她决定先好好照顾他一段时间后再回国。

"吴总，我跟胡总已经商量过，你们可以找新的买家转让，我这边也帮你一起找，如果有新买家介入，她同意把你们的款退还。"出院后第三天，吴欣欣接到苏明萱的电话。

"谢谢你，苏总，还有件事摆在我心里很久了，希望你如实告诉我。"

"什么事?"苏明萱问。

"在胡总家做客时，我看到 Bill 跟力宏长得太像了，他会不会是?"吴欣欣小心翼翼地说出这句话。

"既然你知道了，又何必再问呢?"

"汪力宏知道吗?"吴欣欣继续问。

"当初我没告诉他 Bill 的存在，以后也永远不想让他知道，希望你能够保守秘密。"得到肯定答复后，吴欣欣心情一阵失落。

"吴总，你不要多想，我跟汪力宏不管有没有这个孩子，都回不到过去了，而且我看得出来，他现在爱的人是你。"苏明萱听出吴欣欣的失落，安慰她。

"我先生深爱我，我也爱他。所以你放心，孩子的事就当没有发生过。祝你们永远幸福。"苏明萱说完挂了电话。

281

一个月后，汪力宏身体恢复得差不多来了，准备回国化疗。深广合地产被查封后，吴欣欣也是一筹莫展，她决定3天后带着汪力宏回国。

"欣欣，最近辛苦你了，今天尝尝我的手艺。很久没有做饭，都有点生疏了。"看得出来汪力宏的心情很好。

晚餐尽管很简单，但吴欣欣很开心。她发现这半年以来，汪力宏对她的关心明显多起来。吴欣欣很担心汪力宏知道他有一个儿子存在后会改变什么。

晚上在床上想了很久，吴欣欣还是决定在回国前把这件事情告诉汪力宏。

"力宏，如果有一天你发现身边突然出现了一个儿子，会怎么想呢"吴欣欣突然问他。

"怎么可能呢？欣欣你不要瞎想了，你是了解我的，除了工作，我其他什么都没有，尤其是女人这一块。"汪力宏拍拍吴欣欣的肩让她不要乱猜。

"我是说以前的，很久之前的。"吴欣欣继续引导他。听着吴欣欣说这话，汪力宏突然想到了苏明萱，想到了13年前他们在一起同居的半年时光。

"Bill是你的亲生儿子，我已经跟苏明萱确认了。"吴欣欣的这句话对汪力宏来说仿佛就像一颗炸弹在他心里炸开了。

"怎么可能呢？她从来都没有告诉过我。"

"没有告诉你，也许是因为我。"汪力宏在疑惑中接受了这个事实后，两人沉默不语，但都没有睡着。

天亮后，汪力宏在离开洛杉矶前，打了一个电话给苏明萱。

"明萱，欣欣说的是真的吗？Bill是我们的儿子？"电话接通后，汪力宏直接问。

"是又怎样呢？你觉得你配做他父亲吗？我从来都没有想过要告诉你，现在知道了也一样。在孩子的心里，宋大伟才是他的父亲。"接到汪力宏的电话，苏明萱毫不客气地回答。想到汪力宏当年移情别恋，苏明萱觉得他不配做Bill的父亲，而且这么多年他也没有尽过做父亲的责任。

"明萱，我知道这辈子最对不起的人就是你，明天我们回国了，你能让我见下儿子吗？我知道自己之前很混蛋，不配做这个父亲，所以就当是请求你。"汪力宏近乎哀求地跟苏明萱说。

"不可能，那天你也看到了，大伟待他很好，我不希望你插进来。"苏明萱拒绝了汪力宏，她希望这辈子 Bill 都不要掺和到汪力宏和吴欣欣之间。

吴欣欣在房间听到汪力宏在客厅打电话，感觉他是被拒绝了，因为挂了电话，汪力宏在沙发上陷入了沉思，连早饭也没有准备。

"力宏，吃饭了。"吴欣欣走出房间，她去厨房拿出面包牛奶，简单地做了点早餐。

"欣欣，对不起，昨晚听了你说的，我真是没有心理准备，我知道当年自己太混蛋。"

第二天早上 8 点，吴欣欣带着汪力宏由司机送往洛杉矶机场，登上了 11 点洛杉矶飞往香港的国际航班。

飞机上，汪力宏闭上眼睛，满脑子回想的都是跟苏明萱在一起的点点滴滴，他现在觉得自己不仅在感情上亏欠了她，更是在生活上给她带来了无尽的磨难。他也终于明白苏明萱当年为何闪电结婚，然后在美国近一年时间都没有回来，原来那段时间就是她怀着 Bill 等待生产的日子。

回忆中，汪力宏流下了眼泪，他知道自己这一生都是亏欠这两个女人的，一个是永远回不来了，一个还在身边，那就该好好珍惜。

在汪力宏考虑跟吴欣欣以后的生活时，吴欣欣也在思考着跟汪力宏的未来，在孩子这件事上，她尽管不舒服但还是选择了原谅汪力宏。如果当初汪力宏知道苏明萱怀孕的话，也许就不可能有他们的婚姻，所以一切都是命运。

"郑总，好久不见，听说美莱地产有在海外买地的计划？"吴欣欣夫妇离开后，苏明萱拨通了郑太明的电话。

"苏总，你好。我们确实有这个打算，你有好的推荐？"接到苏明萱的电话，郑太明很意外，他们已经几年不联系了。苏明萱是通过朱文茜知道美莱地产想转移资金，有在海外拿地的打算。

"我这有现成的一块宝地，这个地开发出来利润肯定也不低，而且我们还可以申请做 EB-5 投资移民项目。现在国内很多人都想移民，按项目未来的规模估算至少可以提供 200 个以上的移民计划，有移民配额的高档公寓在国内是很好卖的，所以后期销售肯定没有问题。"

"哪个项目，被你说得这么好？"

"深广合地产拿的项目，你也知道不是变故，他们不可能转手的。"

"哦，知道了，我近期来美国考察后再谈。" 1周以后，苏明萱在洛杉矶见到了带着团队而来的郑太明。郑太明对美国房产很了解，这块地他也很满意，完全可以实现他的建筑梦想，于是开始了与深广合地产的谈判。最终这块地在 2018 年 4 月以亏损 5 亿美元的代价，卖给美莱地产。

郑太明和刘菲雅原本就是在美国留学，在经历了 2016—2018 年的中国房地产市场动荡之后，他们决定结束中国市场移居美国，其间刘菲雅的父亲病重去世也加速了他们进军美国的步伐。

签完协议，深广合地产美国公司收到美莱地产转来的余款，吴欣欣和汪力宏同时轻叹了一口气。

2018 年 12 月，美莱地产付完兄弟集团的全部土地款，胡婉真把公司的管理权交给宋大成和苏明萱，她宣布正式退休，并说近期想回深海市和辽阳老家看看。

60. 一个时代的结束

小曼的佛门

2017 年年初，刘菲雅的出现让陆小曼和郑太明的关系彻底结束。考虑到墨尔本房子维护成本太高，陆小曼辞掉安娜，把房子委托给当地的经纪人出售。

墨尔本的房子是郑太明 2006 年花 500 万澳元购买的，当时汇率是 1∶6.5，折合人民币 3250 万元。2017 年 8 月这套房子以 800 万澳元售出，此时汇率跌到 1∶5，折合人民币 4000 万元，与中国近 10 年的高速上涨的房价相比，墨尔本的涨幅确实不高。

中介问陆小曼如何处理这笔资金时，她考虑到转回中国太麻烦，于是把澳元全部换成美元，然后存到新加坡的账户上，留给儿子陆希做教育资金。

处理完所有事情，陆小曼感觉人生再无希望，逐渐沉迷于佛学，她跟张莹莹两人在弘法寺常常一住就是 1 周。再后来陆小曼结识了净空法师，净空法师很多有哲理的话让她一再悔悟，最终看破红尘，跟净空法师入了佛门。

陆小曼偶尔还会回到深海市的家里，除了陪陪儿子，基本闭门不出。

2018 年 5 月，苏明萱和朱文茜相约一起去陆小曼栖身的观世庵看她，陆小曼一脸素颜，穿着灰色的宽大居士服出现在昔日密友前。这半年她好像苍老了很多，这哪里是当年的那个活泼潇洒的美女主持人呢？

"小曼，我们来看你了。"朱文茜眼里噙着泪水，轻轻招呼了一句，打破了的沉默。

"阿弥陀佛。"这是陆小曼的回应。

密友的出现唤醒了陆小曼对往日的追忆，来到深海市的这十几年时光，她的人生像极了电影，从开始的一无所有到中间貌似拥有了很多，最后却还是孑然一身。

她人生中遇到的每一个人，她都曾经真情对待过，但是最后他们都离自己远去。

苏超然带埋藏了她的初恋，那是她美好生活的开始。

王有伟让她认清楚了社会现实，看清楚了金钱的魔力。

李明是唯一能让她感到温暖的男人，却在狱中自杀告终。

郑太明是她最爱的、付出感情最多的男人，然而最后却留给她这样一个残局。

如果时光可以重来，陆小曼宁可在家乡嫁人过着平静的生活。

2018 年冬季，苏超然得知陆小曼皈依佛门，他在北京的居所里流下了伤心的眼泪。已经做了父亲的他变了很多，因为一直没有红起来，苏超然最终也坦然接受了做配角的命运。苏超然觉得陆小曼的选择也许都是他造成的，如果当年他们能够顺利地走到一起，结婚生子，她也许就不会走这条路。

郑太明去洛杉矶长住时，苏明萱告诉了他陆小曼的现状，但他没有苏明萱想象的惊诧和悲伤，仿佛那个人跟他没有任何关系。苏明萱为陆小曼感到可惜，男人在金钱事业和女人爱情之间，永远会选择前者。

文茜的爱情

面对已经看不懂的中国楼市，朱文茜决定退出地产这个行业，余生把时间留给自己的私人生活，毕竟她已经 45 岁了。

2018 年 9 月，朱文茜辞职，离开已工作了 13 年的光复地产。

朱文茜一直想要一个孩子，她觉得这辈子可能不会嫁人了，有个孩子陪伴是最好的选择。于是请苏明萱帮她联系了美国的一家生育机构。

到达美国后，苏明萱带着朱文茜去见已预约好的黄医生做全面检查。黄医生在洛杉矶的华人圈很有名气。

"朱女士，我看了检查结果，你的身体素质还可以，完全可以生个健康的孩子。"半个月后，朱文茜再次见到黄医生，他说出来的结果让朱文茜很开心。

"谢谢你，黄医生。"

"你对捐精人有什么要求？"黄医生接着问朱文茜。

"我希望他是中国人，年龄在40岁以下，身体健康。"朱文茜说出了要求。

10月底，黄医生帮朱文茜选了一位南加大硕士毕业，身高一米八七、身体健康的37岁华裔。朱文茜对此很满意，立刻同意。

随后就是在医院做备孕前的准备，也许是生命力旺盛，朱文茜第1次移植就成功受孕，3个月后，胎儿基本稳定。此刻朱文茜接到黄医生的电话，说捐精人希望跟她见一面，朱文茜同意了。

在苏明萱的陪同下，她们来到了约见地点。

"是你？"推开门后，看到郭天阳一脸阳光地看着她微笑，朱文茜惊呆了，难道这一切是命中注定？眼前的郭天阳还是那么帅气迷人，几年不见，多了一些胡须，更显出成熟男人的味道。

"文茜，我还以为这辈子都见不到你了。"郭天阳走上前拥抱着还在发呆的朱文茜，然后对她轻轻耳语。

2006年，郭天阳回美国前，还真的去了深海市找朱文茜，但深海市这么大，朱文茜又换了手机号码，他去哪里找呢？于是，在深海市待了2天，郭天阳就遗憾地从香港回到了洛杉矶，至此再也没有回过中国，但跟朱文茜在丽江相遇的那段甜蜜日子时常在他心里浮现。

苏明萱知道朱文茜的心里一直藏着郭天阳，于是她根据朱文茜的描述，在华人网发了一个寻人启事，没有想到真的联系上了郭天阳。

苏明萱原本想在朱文茜来到美国后就安排他们见面给她惊喜，但郭天阳得知朱文茜来美国的目的是想要一个孩子，于是他希望苏明萱配合他，暂时不告诉朱文茜，因为他怕朱文茜知道是他后会拒绝。

了解事实后，朱文茜很感激苏明萱的帮忙，但她这辈子注定是没有勇气跟郭天阳生活在一起，能拥有一个他的孩子，此生也不留遗憾了。

郭天阳提出要照顾怀孕的朱文茜，被她拒绝了。她觉得既然没有结果又何必再让自己伤心呢？朱文茜觉得她比郭天阳大 8 岁，年龄是他们之间不可逾越的鸿沟，如果差距再小一些，她或许可以勇敢地走出这一步。

花开花落

2012 年朱文茜搬进了深广合地产开发的黄金海岸居住。2013 年苏明萱和陆小曼也陆续搬进一路之隔的红树海悦湾，只有黄燕青一个人还在尚湖花都坚守着。黄燕青觉得住在尚湖花都离公司近，便于工作。

2015 年，在几个姐妹的劝说下，黄燕青购买了深广合地产开发的后海湾豪宅深广合玺园，装修好后，她就搬了过去，与住在别墅区的吴欣欣为邻。至此，这几个在深海市奋斗了近 20 年的女人们又在山海区会合了，她们虽然不在同一个社区，但距离很近。

2014 年后，全国各地开始流行跑马拉松，黄燕青一度也拉起了自己的队伍，这支队伍的成员都是她在深海市地产圈熟悉的女性朋友们，她组建的这支队伍名叫"深海市女地产人悦跑队"，队伍成立初期，黄燕青还特地定制了几百套广告衫，她动员苏明萱、朱文茜、张莹莹以及她们公司的人一起加入跑步群。两年后，跑步人群越来越少，最后也就剩下关系密切的 10 多位朋友。苏明萱去美国长居后退出了跑步群，陆小曼始终都没有加入，张莹莹迷上太极后也退出了，2016 年黄燕青生病后，这支队伍彻底解散。

2018 年后，这 5 个从深海市走出来的女人因为爱情、家庭又纷纷离开，去了世界各地。

随着儿子 Bill 的长大，苏明萱觉得要回归家庭，多花点时间陪伴他成长。于是在 2014 年后，她在深海市逐渐淡出房地产圈，把公司交由吴浩管理，并给了他 20% 股份。2015 年，苏明萱回到美国后，经不住胡婉真几次说服，去了兄弟集团，担任副总裁。于 2018 年 12 月顺利生下了与宋大伟的爱情结晶——女儿露丝。

2019 年 5 月，朱文茜带着新出生的女儿去了巴黎，尽管郭天阳万分不舍，但还是无奈地放她走了。他们约定 5 年后，如果你没娶，我没嫁，那就结伴终老。

2018 年 12 月，黄燕青第一次去美国探望苏明萱和她的女儿时，就喜欢上了加州的阳光沙滩、蓝天白云，于是决定留下来长居，她也希望换一个新的环境找个爱他的男人度过余生。

2017 年 12 月底，深广合地产顺利转让完洛杉矶地块，汪力宏跟吴欣欣的矛盾也因为他的生病而化解。回国后，他们在开门就可以看见大海的深广合玺园别墅休养，经过余华分家、公司被查封、父亲病逝、汪力宏得癌症等几件事的打击，深广合地产已经无力再开发新的地块，吴欣欣开始萌生退出地产圈的想法。2018 年，余华被判刑，深广合地产除吴欣欣和汪力宏个人资产外，其他基本上被充公，吴欣欣购买洛杉矶块地所转出去的 8 亿美元资金成为他们度过余生的唯一资本。2019 年，经过几个疗程的化疗，汪力宏身体逐渐好转，吴欣欣带着他来到洛杉矶长居，开始新的生活。

至今，仍坚守在中国的只有陆小曼，她一个人孤苦地守在距离深海市 200 公里外的寺庙，每天念着经文，两耳不闻窗外事，儿子陆希早在两年前就被她送到英国的寄宿学校。